ダイヤモンドが微笑むときは

序文

中国で始まり、欧州を中心に普及が進んだ印刷技術が二十一世紀の今日、建物や戦車といった巨大にして立体的な物までをも造り出すという話は、誰であれ俄には信じ難く、想像することさえ困難を伴なう。それはともかく、平面から立面体を追求する志向は、必ずしも今に始まったことではない。例えば、二十世紀初頭における絵画のキュービズムが、平面のカンヴァスに対象物を立体的に描こうとしたものであることは周知のことである。更に、遡る一八二二年には、今日の３Ｄ映画にさきがけてジオラマが、フランス人ダゲールによって発明されてもいる。これらによって人間には、平面から立体への三次元世界に向かう傾向があると言えよう。

翻って、言葉を文字に置き換えて綴る文学においては、先の物などと違い、一片たりとも物理的な面を持ち合わすことがないため、およそ誰もが立体的に小説を描くなどということを考えてこなかったものと思われる。強いて言えば戯曲の場合、それを上演することによって舞台という空間を作り出すことは可能となる。そこでは、前後、左右、上下という立方体の中で物語が進行してゆく。小説も舞台にかけられなくはないが、その際には一旦脚本化しなければならず、どうしても小説と三次元とは無縁であるかのようにみえる。言うまでもなくこの文学形式は、叙述文によって成り立ち、必要によって会話が挿入されるにとどまるためである。それ故、面を持たぬ小説の三次元化は不可能だが、絵画で採られた立体技法を引用するとしたらどうであろう。主人公を立体的に描くことにより、それと同様の効果を引き出すことが出来るのではあるまいか。一般にそこでの主人公は、終始物語の中心に据えられて描写されるのが常である。この従来型を踏襲しては、相も変わらず平面描写の域にとどまる。時には横から、斜めから、また後から主人公を写し出すことにより、最終的にそれが立体感を伴って浮かび上がると考えることは出来ないだろうか。この場合、印刷技術が物理的立方体を、映画や絵画が視覚的立方体を造り出すのに対し、小説は「知覚的立方体」を読み手に感じさせることになる。著者自身キューービズムは、絵画よりも小説においてこそ有効な手法であるととらえている。

本書は、小説における立体技法を用いた著者二作目の試みである。但し、全ての題材が立体技法を採り得るとは限らず、本書は必ずしもその適材対象ではないが、主人公「橘行憲」に注目して読み進まれることを衷心より願う。

なお、作中随所に歌の歌詞を載せてあるのは、ミュージカルとしての映画化、舞台化を念頭に執筆した事情に依る。

主な登場人物

橘行憲　成田空港の元整備士。五十歳。重い交通事故の後、別の職種に転職。妻と共に港内にコーラスグループを結成。本編の主人公。

かおる　行憲の妻。闘病生活の末、四十五年の生涯を閉じる。この間、美佐子母娘を招いて交流を深める。

高桑ひづる　失恋により深刻な挫折を味わう。その後、華やかな結婚生活と現実のそれとの間《はざま》で心揺れ動く。二十三歳のコーラスメンバー。

藤川梨花　ひづるの同期生でその良き友。周囲の手本となる堅実な生き方を実践する前向きな女性。コーラスメンバー。

戸叶順子　容姿に優れ、ダイヤの指輪や金のネックレスに包まれる生活を望む夢多き二十五歳。コーラスメンバー。

山科美佐子　親の許さぬ結婚に失敗し、子育てをしながら空港レストランで働く。コーラスグループのピアノ伴奏者。

さと子　美佐子の娘。四歳。橘家に出入りし、ピアノ練習に励む。

宮脇雪乃　エアポートホテルに勤める熱心なコーラスメンバー。仲間内からの人気が高い。

三村慎二　二十七歳のバーテンダー。戸叶順子への愛が実らず、プロのサックス奏者を目指して東京へ出る。

中原浩一郎　ひづるへの求愛を続け、次第に相手の心の中にその真心を浸透させてゆく。空港の給油業務担当者。

西原健三　空港の貨物部門で働く控えめな性格の持ち主。梨花と結ばれ、堅実な生活を歩む。

若大路典仁　大手貿易会社のエリート社員。女性の心をとらえて離さぬ長身の美青年。ひづるへの愛を捨て、上司の勧める女性と結婚。

二宮具広　外務省課長補佐。有能な官吏であると共に、女を口説く術《すべ》にも長けた抜け目のない男。

場面一

出発予定を一時間半程過ぎて飛立った飛行機は、ほぼその遅れを引継いで成田に到着した。ひづるには予めそれを連絡していたものの、典仁は他の乗客を掻き分けるように急ぎ足で先へ進んだ。小さな手荷物だけで五日ばかりの出張から帰る彼は、パスポート審査を抜けると直ぐに税関に足を向けた。係員は若い男の旅券をめくりながら、その挙動を寸分逃すまいと視線を投ずる。


「どちらへ行ってらっしゃいましたか」

「シンガポールです」

「ご旅行ですか」

「出張です」

「よく行かれるようですね、パスポートを拝見すると」

「ええ、商社の貿易部に所属してますので、今は東南アジア方面に行くことが多いんです。そのためか、この所ここで、よく同様の質問を受けるようになりました」

税関吏は苦笑を隠しきれずに頬を緩めた。次いで、別送品の有無を問うてから、再度相手の態度を確認して通過を認めた。

形通りのやり取りを済ませて到着ロビーに入る典仁の目に、小さく手を振るひづるの姿が飛び込んできた。その瞳はきらきら輝き、到着機の遅れを気にする様子は微塵もない。勤務時における紺の制服もさることながら、明かるい色合いの私服姿が彼女を引立てる。背こそさして高くはないが、人目を惹く整った目鼻立ちが魅力を放つ。華やかな中に堅実さがあり、軽い笑顔を覗かせる時の愛らしさが際立つ。

この空港のインフォメーション部門に就く高桑ひづるは、今日の非番の他に、明日も休暇を取って典仁の帰りを迎えた。一年近い前、若大路典仁がひづるに声を掛けたのを機に、二人の交際は始まった。以来、彼の出張前後は決まってひづるのアパートが出逢いの場となり、両者の愛は結婚一歩手前の域に達していた。将来、企業での要職が約束される典仁は、かねて望むひづるの理想の男性像と合致する。長身で見映えのするその容貌は、名前にも似てどこか昔の公卿の面立を連想させる。男としてはやや色の白さが目立つ。そのせいか、典仁には上流階級にありがちな気品が漂い、平凡な家庭に育つひづるの憧れを誘う要因でもあった。知り合うと同時に、彼女が男に体を許した理由もそこにある。それは、結果として二人の結び付きを早めた。

典仁の人柄は容貌に違わず、若い女が望む優しさと思い遣りに溢れている。出張の度に、ひづるに化粧品や香水の贈り物をするのもその表われと言えよう。尤も、多忙な業務に追われる典仁と、必ずしも土、日を休日としないひづるが日を合わせるのは容易ではない。しかも、成田と東京の市部に住む両者の距離にも隔たりがある。これまでに、ひづるが東京まで出て逢瀬を楽しむことは何度かあったが、多くは今回同様の形が採られた。彼女はこの男との幸運なめぐり合わせに感謝し、無理なく互いの愛が熟成するのを待った。

二人は駐車場に預けておいた典仁の車に乗込み、そのまま成田市内のひづるのアパートに向かった。部屋に入ると、ひづるは甲斐甲斐しく典仁の背広を脱がせたり、ネクタイをほどくなどして彼に寛ぎを促した。一DKの小さな部屋は昼の間中、ベッドをソファーに直して居間に作り変えられている。

「何か飲物はどう。コーヒー、紅茶、それとも冷たいジュースでも」

典仁をソファーに座らせて台所に向かったひづるが呼掛けた。

「あれば牛乳がいいな」

「はい、ただ今。典仁さんって、ほんとに健康志向ね、牛乳を選ぶなんて。それに、お酒はあまり飲まないし、タバコは全くなんですもん」

「まだ体を気遣う年じゃないけれど、どちらも僕の体質に合わないもんでね。タバコはともかく、仕事柄少しは酒もいけると好いんだけれど」

「でも、そこが私には典仁さんらしい気がするの、いつも折り目正しくて」

「そうかな、そんな風に言ってくれるのはひづるちゃんだけだよ」

「ふふふふ……私はそんな典仁さんが好き、私が惹かれる理由もそこにあるのよ」

ひづるが持って来た牛乳を飲み干すと直ぐに、典仁は並んで腰を下ろす恋人を抱き寄せた。いつに変わらず見せる典仁の行動手順の始まりである。軽い接吻を繰返した後、互いに顔を突合せて笑みを交わし合う。が、この日の典仁は腕を解かず、いつもと少し様子の違うことをひづるに感じさせた。予め恋人を迎えるに当り、彼女はシャワーを浴びて体に香水を振掛けていた。それは前回彼が、以前とは異なる種類のものとして贈ってくれたものである。男を燃え上がらせるのは新しい香水のせいかと思いながら、ひづるは執拗に続く彼の抱擁を心地良く受け止めた。

「ひづるちゃん、ソファーをベッドに作り変えよう」

ようやく体を離した典仁が心持ちせわしげに言った。自分を求める相手の気持ちを憎からず思う反面、ひづるはどこかに彼のぎこちなさを認めて訝《いぶか》った。

「えっ、どうしてそんなに急ぐの、まだこんなに明かるい内だというのに。もっとゆっくり体を休めてからだって好いんじゃない。私、これからおいしい夕飯を作るつもりよ、もう材料は午前中に買ってあるの。シンガポールのレストランには及ばないでしょうけど、この所腕を上げた私の料理を楽しんで欲しいわ」

まだひづるの言葉の終わらぬ内に、典仁は立上がって窓のカーテンを閉めに掛かった。更に、自らソファーを広げてベッドに仕立てた。何が男を急立てるかが分からぬまま、ひづるは相手の求めに応じて服を脱いだ。甘い言葉に誘われてベッドに入るこれまでとは違い、彼女はやや得心のゆかぬ中で典仁の愛撫を受けた。しかし、それが始まるにつれて彼女の蟠《わだかま》りは消え、男の腕に抱かれる恍惚たる陶酔に身を委ねた。

季節は既に春たけなわとなっていた。空港から続く道路沿いの桜並木は緑に包まれ、三週間後には五月の連休に合わせた旅行客が押寄せる。日本の空の玄関口らしい賑わいと華やかさが空港を彩る。ひづるはそこに憧れを寄せ、四年前に今の職を選んだ。国際空港という言葉が醸し出す響きは、乙女の夢を果てしなく広げる。ここに身を置くことがそのまま夢を育み、いつの日か我が身に幸運が訪れることへの期待が募る。それは一人彼女にとどまらず、身近にいる若い女たちにも共通する。かつての成田は新勝寺の門前町として知られ、多数の参拝者が訪れる正月にのみ注目される町に過ぎなかった。それが、昭和五十三年の空港開設により、成田はその様相を一変させた。羽田に代わる国際空港の地位を占めるに至り、その一帯は集約されたリトルタウンを形成する感さえある。一番機が飛立つ四年前に営業を始めた成田ビューホテルを皮切りに、エアポートホテルは二十に近い数にまで増加した。その後空港第二ビルが増設され、成田は勤務者に疎まれる遠隔地とは言難い地となった。

　海外出張の多い若大路典仁との出逢いは、かねてのひづるの夢を具現化させるものとなった。二人の交際は順調に進み、彼女自身が空港利用客の立場へ移行することが約束された。これまでは、インフォメーションカウンターから様々な乗客たちを眺めてきた。中でも、ひと目で分かる新婚カップルの姿は彼女の羨望を掻き立てる。カウンター越しに彼らの行動を目にする度に、いずれ実現されるであろう自分自身の同様の場面を思い描く。当然、その相手は見映えのする男であり、誰に紹介しても恥じぬ要素を有する必要がある。幸運にも、あらゆる要件を備えた典仁がひづるの前に現われた。それは、文字通り絵に描いた通りの筋書きである。彼の出張の度に過ごすひづる宅での一日は、言わば結婚生活への準備過程に等しい。ひづるは妻の役を演じ、典仁は夫を意識して振舞う。事実上の新婚家庭に近いこうした時間は、今後の主婦業を担うひづるに自信を与えた。

　一年近くこうした経験を積重ねたことで、二人の愛は夫婦と言っても好い域にまで到達した。何よりもそれは、ひづるの健気な努力があげられる。彼女は事実上の花嫁修業に余念がなく、料理の他にも幅広く主婦に必要な事柄を身に付けた。少し早いことは承知の上で、事の序でに育児の本にまで目を通した。田舎育ちの自分が、どうしたら男の気を惹くかについても心を配った。そのため、ファッションを中心とする若い女性向け雑誌を複数読み、垢抜けした女への脱皮も試みた。それまでより高いヒールの靴に変えるだけでも、彼女は幾分自分が洗練された女へ変貌するのを感ずる。事程左様にひづるの頭の中は、典仁に相応しい自分を作り上げることにのみ集約される。それ故、仕事を離れた日々の時間の多くがこうしたことに当てられた。

いずこも同じ成田空港にも、様々な施設・職場から集まる女性たちによる合唱部がある。その名も成田スカイコーラスグループ、として活動する。入社以来続けてきたこの同好会の朝練習を、最近ひづるはこうした事情で遠ざかってしまった。仲間と歌うことを歓びとする彼女に、より大きなときめきが待ち受けているからである。時としてリーダーの橘行憲から、たまには顔を出すよう促されることがある。その都度彼女は「ええ……」と受けた後、「その内にまた」と言って曖昧に言葉を濁す。結婚間近であることを喉元まで言い掛けておいて、彼女は誰に対してもそれを慎重に控えた。仮に、相手が身近な職場の男であったら、彼女にそうしたためらいは生じなかったと思われる。気軽に現在の進行具合を説明したり、将来に寄せる自分たちの生活設計まで胸膨らませて話したことであろう。

国際空港という言葉の響きからそこは、一見華やいだ職場という印象を人々に与える。だが、存外そこに置かれる職種は、地味で目立たぬものが全体を占める。ひづるが担うインフォメーション部門同様、発券や搭乗案内も比較的単純な業務に近い。かつて整備士であったコーラスリーダーの橘は、重い交通事故の後は、障害のある人々などの港内誘導を主たる業務とする。航空機の離着陸の度に行なわれる各種必要作業も、地味な脇役たちがこれを支える。付随する免税店他の店舗や両替・保険等々の窓口もこれに類する。就職して空港業務に慣れ親しむ頃になって、ひづるはこれらの事実に直面した。

職場が結婚の機会をもたらす最有力の場であることに照らし、国際空港に寄せるひづるの夢は打ち砕かれた。彼女の夢は、陽の当たらぬ脇役たちとの生活ではないのだ。将来への希望を果てしなく広げてくれる相手にこそ自分を託したいと願う。かつて、コーラスグループの親しい仲間たちとそんなことを話し合ったことがある。同じ思いを寄せる女たちの心意気にひづるは勇気付けられた。誰もが安易な妥協を良しとせず、どこまでも望みを高く揚げる。それをこれまで貫いた結果が今に至る。この願ってもない良縁を前に、実の所ひづるは背伸びをする自分に気付いていた。都会と地方、一流大出と高卒、エリート社員と平凡業務——典仁と自分を結び付けるに当り、どれを取っても両者に隔たりのあることが浮上する。相手に自分を合わせる余り、彼女は少なからず無理をしてここまでを切り抜けてきた。彼女が楽な気持ちで典仁と向き合えるのは、その求めに応じてベッドに身を投ずる時位のものである。互いに裸でその身を寄せ合うひと時だけが、ひづるに男への気兼ねを忘れさせる。この時ばかりは両者対等に相手と接し、持つものの多少や、位置する上下関係を捨て去って求め合う。

相手が起き上がってシャワー室へ向かうのを、ひづるは体を投げ出したまま見送った。甘やかな怠さが全身を被い、彼女は直ぐにそれに付き従うことが出来なかった。どれ程かして典仁が出るのを見るに及び、ひづるも遅れてそれに続いた。

「直ぐに上がるわ」

と言い残し、男が全身に触れた手や唇の感触が流れ去るのを惜しみつつ、彼女は今しがたの場面を思い描いて温かい湯をその身に浴びた。結婚とは、こうした心地良さが日常的に続けられることを意味する。彼女はこの一年近い中でそれを知った。いつ、相手から正式な申し込みがなされても平然と受け止めることが出来る。あらゆる準備が整っているのだ。もはや、自分が相当程度典仁に対応可能な女になったものと、ひづるは自信を深める。彼の性格を粗方掴み、好みや趣味まで把握する。彼が出張で立寄る際には、常より明るく派手な色合いの服で迎える。無論、料理もそれ相応のものとする。何事につけ、洒落た洋風好みの彼に合わせる術を、ひづるはいち早く会得した。ここまで事がうまく運んだことがそれを証明する。その結果、彼女は典仁好みの都会の女に近付いた。彼と出逢う前の自分との比較でそれが分かるのだ。

ひづるがバスタオルを巻き付けてシャワー室から戻った所、ワイシャツを着た典仁は鏡の前でネクタイを締めにかかっていた。それを目にした途端ひづるは、事の意味が分からずに怪訝な表情を見せた。彼女は急いで男の前に回り、その手を押し止めて言った。

「ネクタイなんか着けたりして、おかしいわ、典仁さんたら。何をそんなに改めなければいけないの。今日はこれから、私の手料理を食べて下さるんでしょう。だったら、いつも通り寛いで下されば好いんですのに」

幾分視線を外し加減にひづるの言葉を聞く典仁の表情は強張っていた。ネクタイを解く相手の仕草はそのままに、彼は明らかな困惑を表に示した。それはたちまちひづるの疑念を誘発した。

「どうなさったというの、何をそんなに急いでらっしゃるの、典仁さんは」

忙しなげにまばたきを繰り返す典仁は、何かを決意するかのようにひづるをまともにとらえて口を開いた。

「これから帰って、報告書の取り纏めに掛かろうと思っているんだ。これまでより少し大事な用件での出張なもんだから、余りゆっくりはしていられないんだよ」

「でも、夕飯位なら構わないでしょう。私は、明日の日曜日まで居てくれるものと思っていたのよ。そのために休暇を取って、どうしたら典仁さんに出張の疲れを癒してもらおうかと考えていたんですのに」

　ひづるは甘えて男の体に擦り寄り、訴え掛ける眼差しで相手を見上げた。彼女がそんな仕草を見せる時、いつもの典仁は軽く抱き寄せて唇を重ねてくれる。今回もそれを期待してしな垂れてみせるひづるを、典仁は冷めた目で眺めやった。事が終わった後の彼の態度は、それ以前のものとは格段に異なる。彼は既にビジネスマンとしての自分に立ち返り、仕事への責務を果たそうとするかの如き構えを見せる。それから少し間を置いた後、彼はひづるからネクタイを取戻して言った。

「ひづるちゃん、服を着けないか、ちょっと話したいことがあるんだ」

　そう言ってひづるの前を離れた典仁は、彼女が部屋の隅に脱ぎ捨てた服の方に歩み寄った。

「どんなこと、何を私にお話したいの」

「まあ、とにかくこれを着てからにしよう」

「ううん、構わないわ、このままだって。それより早くお話して」

　男が手渡す服を取らず、バスタオルを巻いた姿でひづるは再び典仁の前に体を寄せた。駄々を捏ねる幼子を持て余す親の心境そのままに、典仁は仕方なく服を元に戻した。踵を返してひづるの方に顔を向けたものの、彼は相手との間に一定の距離を取って話し始めた。

「僕の仕事もだいぶ責任の重いものに変わって、明日は休日返上で出社ということになっている。予め君にそれを伝えていれば、無駄な休みを取らせずに済んだんだけど」

「そんなこと、私何とも思っていません。典仁さんが社内で重要な位置に就くのは、私にとっても歓びですもの。何か改まって私にお話しようというのは、それだけのこと。あなたは他にもっとおっしゃりたいことがあるんじゃないの、私を驚かせるような。例えば、どこか遠い地へ転勤なさるとでもいったような。そのことで、当分逢えないなんてことになったら悲しいわ。もう私、典仁さん無しでは生きてゆけない程あなたが好きになってしまったんですもん。私のこの気持ち、典仁さんだって分かって下さるわね、きっと」

「転勤はいずれ近い内にあるかもしれない、それも多分海外にね。今の仕事をしている以上それは避けられないし、僕自身それを望んでいるんだ。それはさて置き、今回僕が往き帰り共ここに立ち寄ったのは、、これまで培ってきた二人の愛を、いつまでも美しい思い出の中に閉じ込めておきたいためだったからなんだ」

「思い出……ですって、それどういうこと。もっと詳しくお話してくれなくっちゃ分からないわ。どうして私たちの愛を、思い出の中に閉じ込めなければいけないというの」

「誓って僕は、ひづるちゃんに心惹かれて今日まで過ごしてきたことを告白する。出張の度に、君との出逢いが待ち受ける歓びを感じない日はなかった。そのため僕の心の中には、確実にひづるちゃんが入り込んできた。これは包み隠さず話すことなんだが、体を許し合って以来、君との結婚をずっと考えてきた」

「じゃあ何故今、それを私に言って下さらないの。私はこれまで今か今かと、あなたの口からそれの話されるのを待っていました。私の何がいけないのかおっしゃって。これから私たちどうなってしまうんですか」

「話を手短に言ってしまうと、この出張のひと月程前、僕は上司の仲介で或る女性と婚約してしまった。それは、君とのことをひと通り話した上での承諾だった」

「そんな……酷いわ、そんな話聞きたくありません。嘘でしょう、お願い、嘘だと言って。今しがた私を抱いたその口で別れ話なんて……信じられない。さっきまでの典仁さんはどこへ行ってしまったの。いやよ私、そんなのいや」

ひづるはその場に泣き崩れた。彼女の嗚咽は、止む所か時と共に高まりを見せる。体を震わせ、全身で悲嘆を表していることが典仁にも感じられる。もとよりそれは予期していたことで、彼はしばらくひづるの泣き止むのを傍観した。そのまま立ち去ることを考えなくもないが、彼には別れ際を爽やかに終わらせたいという願いがある。一時は彼女との結婚を視野に入れていただけに、逃げるような別れ方だけは回避したい。振り返ってみて今日までのひと時は、少なからず彼にも忘れ難いものをもたらした。ひづるのアパートに立ち寄る度にときめきを覚え、笑顔で迎えられる歓びにも浸った。相手が浮ついた気持ちでいるのではないことを知るにつけ、彼の想いは増していった。

何よりひづるは、これまで付き合った相手に比べて扱い易い女だった。過去に特定の男との恋愛経験はなく、素直で従順な性格を今に引継いでいる所が好ましい。生涯の伴侶に打って付けの相手であると思った理由もそこにある。一時その気持ちが続いた後に彼は、長所と思われたひづるの性格に物足りなさを覚え始めた。彼女が余りに己が手中にあることで、ときめきを誘う逢瀬への刺激が次第に薄らいでいったのである。このため、夫婦気取りで過ごした期間は長続きしなかった。相手への疎ましさこそ生じぬものの、昨今の彼は便宜的にひづるを訪れるにとどまった。出張があれば成行きでここへ立寄り、いつも通り事を済ませて立帰る。表向き互いの仲が深まるのをよそに、心の歯車は必ずしも噛合わぬまま進行した。程日を追って男にのめり込むひづるとは逆に、典仁は彼女を都合の好い恋人として扱った。程好く相手に歩調を合わせる一方、或る一線を越えてひづるが踏込まぬ配慮にも抜かりがなかった。その限りにおいて、ひづるは彼に不可欠な女であると言うことが出来る。あえて今の関係を清算する必要はなく、このままの状態の持続こそが望ましい。

こんな時期に勧められた縁談を、若大路は渡りに舟とばかりに受入れた。三十にもなって、この先独身というのは外聞が悪い。そろそろ身を固めようという気持ちはかねてからあった。上司の紹介する相手は幾つかの点でひづるを上回る。容姿はともかく、学歴・家庭環境とも申し分ない。実家が都内の旧家とあって、広い土地所有者ということが彼を惹き付ける。跡取り娘ではないため遺産相続に限界はあるが、一定の土地譲渡は保証済みときている。上司に承諾の返事を与えると同時に、彼は恋人の扱いに思いを馳せた。一旦はけじめをつけるにしても、一方的にひづるを突き放すことはためらわれる。相手の想いが深いだけに、別れ方次第では互いの関係を先延ばしすることも可能となる。彼女を恋人として繋ぎ留めておく利点は十分ある。殊に、両者が地理的に程好い距離にあることは都合が好い。近過ぎることもなければ遠過ぎることもない。この位置こそが重要な意味を持つ。適度に離れていればこそ結婚後の平穏な関係が保たれる。当面、ひづるの魅力が失われる訳ではなく、結婚によって親密な仲を断ち切るのは惜しまれる。と言って、事実を秘したままの交際には危うさが付き纏う。一時期相手に衝撃を与えても、ここは一応のけりをつけることを彼は選んだ。

「ひづるちゃん」

典仁は跪《ひざまず》いて、そっと両手を泣き止まぬ女の肩に宛がった。小刻みに揺れる振動がその手に伝わる。女との別れを経験してきた彼に、これ程梃子《てこ》摺《ず》る場面に遭遇したのは初めてである。これまではそうしたことにならぬよう、事前にさり気ない下準備をしていた。『代わるべき相手があれば女はどうにでもなる』という持論に基づき、彼はその都度友人たちに橋渡し役を託した。自身悪者になることを厭《いと》わぬ彼には、女を気遣う神経などは欠片《かけら》程もない。ただ、別れ際を無頓着にヤリ過ごしてきたこれまでと違い今回は、結婚後もひづるを手元に引き止めておきたい身勝手がある。今後自由の利かぬ身となっても、素直に家庭に治まる窮屈さが今の段階から案じられる。適度に羽を伸ばす相手として、ひづるは又とない女なのだ。彼女に自分の存在を刻み込む方策として、あえて出張の往き帰りにひづる宅に立寄る道を選択した。愛の法悦の中で別れの言葉を聞く女の心境を、彼は自分に都合よく解釈した。彼に依れば恐らくこの状況下で、女は未練を断ち切ることが困難となる。恨みは即思慕へと繋がり、再び男が自分の下へ立帰ることへの願望を強める。これを可能とするために彼は、女の心に楔《くさび》を打ち込む相応な言葉を模索した。

「泣くのはもうその位にしておこう。別れの悲しみは僕にだってあるんだよ。これまで過ごしてきた君との甘いひと時を忘れることはないだろう。それは僕の貴重な思い出として、心に焼き付いているからなんだ。僕を優しく迎えてくれた君の笑顔に励まされて、ここまで難しい仕事もこなしてきた。止むない事情で別れることにはなっても、君を愛してきた僕の気持ちに変わりはない。今度の話は、もっと早くに君の耳に入れておくべきだった。でもそれは、僕の心を締め付ける程苦しいことだった。別れの言葉をもって、ひづるちゃんとの仲を終わらせることに僕は悩んだ。二人がここまで結び合わせた絆は、そんな脆《もろ》いものではなかったはずだからね。君を抱いた後にこんなことを言い出したのは、さっきも触れたように、互いの愛を変わらず胸にとどめておきたいためだったんだ。それがどんなに強いものだったかを、君に知ってもらいたかった。理想の別れなんてものがあるかどうかは分からないけど、僕は可能な限りそれを願った。どれ程時が経っても、僕の中にいるひづるちゃんは美しく愛らしい人でいて欲しい、とね」

典仁がそこまでを言った所でひづるは立上った。彼女は相手に向き合う形で身を起こしたものの、顔はあらぬ方に向けていた。

「止めて、止めて頂だい。そんなことが何の慰めになるというの。紙屑を捨てるように人を踏み躙《にじ》っておいて」

語気は強く、典仁はその気迫に押されて口をつぐんだ。

「ああ、この一年、私は何のために生きてきたか分からない。これが愛だなんて、そんな偽りに同意することなんて出来やしないわ。私を騙していたなら、いさぎよくそれを告白したら好いじゃありませんか。どんなに弁解がましいことを口にしたって、しょせん捨てられることに変わりはないんだから。馬鹿な女を弄《もてあそ》んで、あなたはさぞかし満足でしょう。私があなたに縋り付いて、泣いて懇願するのを楽しもうという訳なのね。そんなことを何度も繰り返してきた人だと知っていれば、あんなにも尽くすことはなかったのに。もう好い、終わったのよ。これは恋でもなければ愛でもない、田舎娘が描いたひと時の幻影なのよ。夢と憧れを勝手に広げて、一人おとぎの世界に迷い込んでいたんでしょう。あなたを白馬の王子様に見立て、その手に導かれて王宮へ誘われることを願いながら。でも、もう私は夢から覚めました。どんなに悲しみが襲おうと、自分の迂闊さが招いたことだから仕方ありません。さあ、もう行って頂だい、この時点であなたはよその人になったのよ。これ以上ここにとどまる理由がどこにあるというの。心にもない言い訳なんて聞きたくない、あなたはもう見ず知らずの人になったんだから」

ひづるがこうまで感情を露わにぶつける女であることに典仁は驚かされた。彼はひづるが自分に取り縋り、ひたすら哀願することだけを想像していた。他の女と結婚するにせよ、これまでの関係維持を望む言葉が出るのを期待していた。それだけに、自身の誤算を率直に認めた。少なくもこの時点で、彼女の心を和らげる手立ては見出し難い。むしろここは適度な時間を置き、相手の未練心に迫る方が賢明であると悟った。当面彼女に恋人の出来る気遣いはなく、自分が再びそこに入り込む余地は十分あるのだから。それはさて置きこの時彼は、決然として男を突っ放すひづるを再認識した。全面的に付き従ってきた女が背を向けるに及び、彼はそれまでとは別のひづる像を見る思いがした。と共にどこからともなく、このまま捨て去ることへの惜別の情が湧いてくる。

「ひづるちゃん、君の言葉に従って僕は帰るよ、こんな結末を招いた自分を恥じながらね。だからと言って僕にとっての君は、よその人でもなければ見ず知らずの人でもないんだ。僕の中に君は変わらず息づいている。僕は、君との思い出を消し去ることなど望んではいない。今日はこのまま別れても、いつの日か再び笑顔で言葉を交わし合えることを願っている。それも近い内にね」

顔を背けて佇むひづるの肩に手をやった後に、典仁は片隅に置いた旅行鞄を持って部屋を出た。先程来、両肩を剥き出しにしたままのひづるの体は冷えていたが、彼女には殆どその自覚がなかった。典仁が表で車のエンジンを掛ける音が耳に入った。それは彼女に、一切の終わりを告げる音として聞こえる。

「ああ！」

遣り場のない嘆きの声が口から零れ、ひづるは頽《くず》れるように膝を着いてベッドにもたれた。エンジン音が耳から離れたことをぼんやり意識の底でとらえる彼女に、再び典仁の声が間近に聞こえた。

「ひづるちゃん」

ひづるにはそれが現《うつつ》のものとは思われず、幻聴による呼び掛けなのだと受け止めた。しかし、それは即座に打ち消された。出て行く時とは違い、典仁は勢いよくドアを開けて入って来たのだ。

「ねえ、ひづるちゃん、鍵をかっておいた方がいいよ。ましてそんな恰好をしているんだから」

そう言ってひと呼吸置いた典仁は、ベッド脇に脱ぎ捨てられたスリップを頭から彼女に被せてやった。次いで、ブラウスも取って肩に置いた。逆らいもせずその行為を受け止めはしても、ひづるは振返って男に顔を向けようとはしなかった。これを見て典仁は戸口に向かった。

「鍵をね、ひづるちゃん」

再度念を押して典仁は立去った。

外には夕暮れが迫っている。カーテンを閉ざした室内は照明を必要とする程に薄暗い。沈黙と静寂の続いた後にひづるは身を起こし、体に巻き付けていたバスタオルをベッドに叩き付けた。

「裏切り者！　人をさんざ弄んでおいて別れ話だなんて。若大路なんて大嫌いよ、嫌い、嫌い。最初から結婚する気もなしに私を騙したんだわ、それがあの男のやり方なのよ。悔しい、何でもっと早くに気付かなかったの。それが分かっていれば、私の方から典仁なんか捨ててやったのに」

ひづるはこれという当てもなしに室内を歩き回り、ふと気付いて玄関ドアの鍵を掛けた。それから壁に掛けた鏡の前で足を止め、悲しくも歪んだ己が顔を覗き込んだ。既に涙は乾いていたが、つい先程まで頬を流れ伝った痕がはっきりと見てとれる。自身の顔を鏡に映し、かくも情けない心情に追いやられたことが過去にあろうか。惨めな程沈んだその顔と向き合う耐え難さに、程無く彼女は鏡から離れた。と、その目の中に、典仁がみやげに持ってきたデューティーフリーショップの包みが入った。彼女はそれを開けて中身を取出した。いつものように三点ばかりの化粧品が入っている。ひとしきり眺めた末に、彼女は力任せにそれをベッドに投げ捨てた。

「こんなもの、誰のために付けろと言うのよ、人を馬鹿にしないで頂だい」

時間の経過と共に、ひづるには哀れな女の姿が見えてくる。典仁を知ってここまで心弾む日々を過ごしてきた裏返しに、明日《あす》という日が突如急速に遠のいてゆく。これから何を支えに朝の目覚めを迎えるべきか、途方に暮れた。同時に、絶望という言葉が頭を掠める。全てを若大路に託してきただけに、手元に残るものは何ひとつない。鏡に映る情けない顔を、このの先生涯引き摺って生きねばならぬ重圧が迫る。次第に暗さを増す部屋にあって、このまま闇の中に呑み込まれてゆく恐怖感に身を縮めた。そうかといって今の彼女は、直ぐに部屋の明かりを点す気持ちには程遠い。闇の恐怖もさることながら、明かりに映し出される自分の姿を見る嫌悪感が勝っているのだ。今日までを過ごした二十三年の中で、彼女は現在の自分が最も美しく輝いていると信じていた。夢と希望に満ち溢れ、体中に心湧き立つものが滲み出ていた。男の腕の中に抱かれる毎、彼女はこれ以上はない満ち足りた時間に身を委ねた。これをしっかり繋ぎ留めておくべき留金が外れ、目の前からあらゆる色彩が失せてしまった。ドラマの中では幾度も見馴れた場面である。皮肉にもここでは、悲しみに暮れるヒロイン役と、同情を寄せる観客の同一性がドラマとは異なる。この奇妙な取合せを容認せねばならぬ残酷さに、ひづるは打ちのめされた。

場面二

若大路のために取った無駄な休暇が却ってひづるに幸いした。失恋翌日の勤務は辛いものだが、一日置いて、彼女は重い足を引き摺りながらも持ち場に着いた。様々な搭乗客の行き交う広いロビーが、この日のひづるには別物に写った。たとえ自身は案内側に回っても、いつもは空港施設のどこをとっても華やかな雰囲気が感じられる。迎える者も飛立つ者も、およそれら人々の動きには生命感が溢れている。案内カウンターで、彼女は日々そうした光景に接してきた。憧れと羨望は脇に置いて、彼らと情感を共有する歓びが空港業務にはある。しかし、さすがにこの日の彼女は、そうした中に自分を置くことが出来なかった。いつもと同じ席に座しはしても、どことも知れぬ場所にいるという感覚が付いて回る。笑顔が口元から零れ出ないことにも気付いていた。伏し目がちに首を垂れることも何度かあった。

「高桑君、どうかしたのかな、そんなに下を向いて」

横合いからの突然の呼掛けにひづるは襟を正した。誰かに咎められているという後ろめたさが体を走る。彼女は、恐る恐る顔を上げて声の主に視線を向けた。

「何だか元気がないようだが、いつもと少し様子が違うようだね」

男の声色を使う相手が藤川梨花であることを認め、ひづるはひと安心した。相手は部署こそ違え、発券や搭乗案内等を受持つ同期生である。共に誘い合ってコーラスグループに入ったこともあり、同期生の中では最も親密な間柄にある。

「ああ……梨花ちゃんだったの、驚かせたのは」

親しい友に笑顔で応えたつもりであったが、その表情はそれまでと同様に沈んでいた。

「ああ、もないでしょう。どうしたっていうの、そんな落ち込んだ風をして。インフォメが下を向いていたんじゃしょうがないわね。それに今日はノーメイクだし、やっぱり変だわ」

「寝坊しちゃったのよ、夕べ遅くまで起きてたもんだから」

「駄目駄目、そんな嘘は通らないわよ。白状しなさい、彼氏と喧嘩。この所歌の練習にも来ないから、てっきりうまくいってるんだと思っていたけど。あなたを落胆させる大きな出来事があった、どう、図星でしょう」

「まあ………」

明確な否定も出来ずにひづるは言葉を濁した。如何な親しい間柄でも、前々日のでいたらくを口にするのはためらわれる。

「よかったら聞いてあげるけど。でも、ここでという訳にはいかないわね。私はこれからお昼休みなの、ひづるちゃんはまだ」

「うん、もう少ししないと」

「じゃあこうしない、仕事が終わってから、スターライトで待ち合わせということにしては。七時位には行けるでしょう」

「そうね、それなら」

「あそこのバーでお酒が入れば、ひづるちゃんの重い口も開くでしょう。夜空に飛立つ出発便を眺めていると、どこか心安らぐ気がするのよ。ふふふふ……さして飲めはしないくせに、そんなことであの場所が私好きなの。以前に増してコーラスグループのメンバーは、あそこを利用することが多くなったわ。あなたが朝練習に来なくなってからかな」

「そうなの」

「それに私の方からも、ひづるちゃんに聞いてもらいたいことがあるのよ」

「へーえ、どんなこと」

「それもスターライトで。じゃあねー」

小さく手を振って、梨花はひづるの元を離れて行った。その軽やかな足取りの後姿に、ひづるは我にもない羨望を覚えた。他人に顔を見られることすら今の彼女には厭わしい。平常心でいられる歓びを今更ながら気付かされた。気持ちの晴れる見通しのつかぬことが彼女の顔を暗くする。それでも、友の声掛けが彼女を幾分か元気付けた。スターライトでの語らいが何を保証するものではないが、背負う重荷が幾分か和らげられる気がするのだ。実際、ひと言ふた言梨花と言葉を交わしたことで、ひづるはそれまでよりしっかり前方に顔を向けることが出来た。人の流れはいつもと変わらず、彼女はとにもかくにもこの日一日の仕事を務め終えた。

スカイラウンジバー「スターライト」は、成田ビューホテルの最上階にある。ひづるは空港第二ビルからホテルのシャトルバスに乗った。ホテルまでは十分程で到達する。化粧もせずに朝家を出たその顔には、梨花に指摘されて薄く紅が差されている。時間の経過にも助けられ、ちょっと見には、傷心に打ち砕かれた胸の内を見透かされぬまでに立ち返っていた。右手高めのヒールの靴を履いたその足は、真っ直ぐ伸びてホテルの玄関ドアに踏み入った。レセプションに軽い会釈をするつもりで顔を向けると同時に、これもコーラス仲間の宮脇雪乃の視線と出会った。多くが空港施設内の従業員から成るコーラスグループにあって、彼女はそれを離れた少数派に属する。

「あら、ひづるちゃん、珍しいこと」

今しがた、中国からの団体客の対応に当っていた雪乃が声を掛けた。

「ほんとに、しばらく朝練を休んでしまっていたからね。雪乃ちゃんは今も行ってるんでしょう」

「うん、続けているわ。それが私の楽しみの一つだもん。今日は一人、さっき梨花ちゃんも来たんだけれど」

「彼女に誘われて来たのよ、七時の待ち合わせということで」

「飲みながら女同士のお話って訳」

「私がちょっと沈んだ様子を見せていたので、元気付けをしてくれるんでしょう」

「好いところあるわね、あの人らしい。まあ、行ってらっしゃい、待ってるでしょうから」

エレベーターを十一階で降りた左手突当りにスターライトがある。階段を数段上がった先の入口に立つと、開け放たれたドアの前方に細く伸びた店内の様子が窺える。薄暗い中にも、三人程の客に混じって梨花の横顔が見える。

「いらっしゃい」

入口付近に立つ若い女性客を認めてバーテンダーが声を掛けた。

これに気付いて梨花が手招きした。久し振りの店内を懐かしげに見回したひづるは、その隣に席を取った。

「来てくれたわね、無理に誘ってしまったけど」

「ううん、そんなことないわ。それより私の方が先に来なければいけないのに、待たせてしまって」

「それは好いとして、何にする。私は、千円でワンドリンク・ワンオードブルというお手頃メニューを選んだわ」

「前にあるのがそれね」

「うん、白ワインに生ハムサラダ」

「じゃあ、私もそれにしよう」

注文を受けてバーテンダーの三村は、手際良く白ワインをグラスに注いでひづるの前に差出した。

「オードブルは、別から取り寄せますので少し後になります」

と言ってから三村は梨花に尋ねた。

「お友達同士」

「ええ、四年前の空港勤務以来のね。つまり同期生って訳」

「そう。じゃあ、ゆっくりしてって下さい、楽しい語らいもあるでしょうから」

そう言って三村は、オードブル注文のために二人の前から離れた。梨花は、グラスを目の前に上げてひづるにも勧めた。よく冷えた甘口のワインが、快く女たちの体の中を走り抜けた。カウンターのどの席からも、嵌め殺しのガラス窓の向こうに夜行便の離陸の様子が目に映る。夜の闇を突き抜けて機体が上空へ飛立つ様は、あたかも航空機が乗客たちの夢をいずこへか運んでゆくようにも感じられる。

「私たちの仕事って、あそこに乗ってる人たちが、快適でつつがなく旅行が出来るためのお世話をすることなのよね。その意味では、空港施設で働く全ての人が脇役で、ここでの主役は乗客たちなんだとは思わない」

「うん、主役・脇役という点ではそうかもしれない」

「その目立たぬ仕事を、一人ひとり各部署毎の積み重ねで、私たちはお客様を送り届け、また迎える。華やいだ空港とは裏腹な地味な仕事に、私たちは携わっている。どれも大切なものなのよ。だから私は自分の伴侶も、そうした人たちの中から選びたいと願っているわ。私にはそれが相応しいし、そうした相手と幸せを紡いでいけると信じているから。でも、ひづるちゃんは少し違う。海外へ飛立つああした機中の主役たちの中から、すてきな人を選ぼうと考えているでしょう」

「お見通しなのね、何もかも」

「それは二人の性格の違いもあるし、日頃のあなたの言葉から推察出来るわ。私のように手近な所で相手を見付けようというんじゃなくて、大きな夢を託せる人を求めている。成田は日本の空の表玄関だから、利用客の中にそうした人は幾らもいるしね」

「今更隠してもしょうがないわね」

「で、めぐり逢ったその人と、どんな行き違いを起こしてしまったというのよ。それを聞いて私に出来ることは何もないけど、あなたの気が晴れるのだったら話してはどう」

ひづるが胸を詰まらせ、梨花から顔を逸らせた所へオードブルの皿が運ばれた。そこに視線を落とす彼女の目に、嫌でも別れた男の姿が浮かび上がる。まだ二日前の出来事を、彼女自身消化しきれずに抱えている。それをどこからどう話したものか考えあぐねた。何より、裏切った男への自分の気持ちが定まってはいないのだ。全てが終わったという現実に向き合いながらも、未だ若大路への思慕は少なからず残る。なろうことならもう一度、あの腕の中に抱かれたいという気持ちは強く働く。別れ際に彼が残した言葉の一つひとつを思い起こすにつけ、互いの愛はまだ完全には絶たれていないと思わせるものがある。彼が妻を持つ身となっても、その気になればこれまでの関係を維持することは可能である。それがひづるの未練心を引き延ばす。たとえ不倫な関係であれ、愛のない日々に比べれば歓びがある。相手の結婚を即、背信行為と受止めることへの疑念さえもが湧いてくる。形にとらわれぬ愛に生きる選択肢があって好いし、世間には幾らもそうした例は認められる。若大路はそれを伝えようとしたとも受取れる。悲しみはそれとして、素直にこの感情を受入れるべきではないのか、とひづるの心は揺れ動く。

「どんな人、どこで何をしてる人なの」

再度梨花に促され、ひづるは少しずつ重い口を開いていった。痛みを伴なわずに、憎くもあれば慕わしくも思う男とのいきさつを口にすることは難しい。その都度時々の場面が甦り、抑え難い程胸に迫り来るものが込み上がる。取り分け、愛の歓びの絶頂から突き落とされた前々日に話が及ぶと、その瞳は涙で潤んだ。九分九厘幸せを掴み取ったと信ずる彼女には、悪夢としか言いようがない。男の気紛れや心変わりは、愛情のない男女間の問題として眺めてきた。それだけに、自身そうした女の一人として扱われた屈辱感が彼女を襲う。この現実を直視すればする程、愛情という実体が彼女から遠のく。言葉をもってそれを伝え、体を通して男女はその絆を深めてゆく。誰もが辿るそうした道筋を経た末の破綻が、ひづるを困惑の渕へ誘い入れる。

「そうだったの、そんなことがあったのね」

手にするグラスをカウンターに置き、梨花はまじまじとひづるを見詰めた。その表情には、心底親しい友への同情が滲み出ていた。悲しみをこらえてうな垂れる友を、梨花はなおも見守って言った。

「ご免ね、ひづるちゃん。私はよもや、それ程深刻な事が起きていたなんて知らなかったもんだから、あなたの傷口に触るようなことをしてしまって。今日はまだ、じっと自分の中で悲しみを閉じ込めていたいと思う時期だったんでしょうね。時が経って、早く心の整理がつくと好いけれど」

「気にしないで好いのよ、梨花ちゃん。今日あなたに声を掛けられたこと、私ほんとに嬉しく思っているの。もしそれがなければ、私は当分あのカウンターで、下を向いて仕事をすることになったと思うわ。今も、これまでのこと洗い浚い聞いてもらって、悲しみが晴れたという訳じゃないけれど、強い支えを得た気がしてるのよ」

「そうだと好いけど。確かに、悲しみは内に秘めることで、却ってそれを増幅するものなのかもしれない」

「そうなの、それを私今知ったわ。昨日、一昨日の私は、誰にも会いたくないし顔も見られたくない、出来ることなら出勤もせず、ずっと部屋に閉じ籠っていたいなんて思っていたの。でも、それはあなたの言うように、単に悲しみを増幅するだけのことだったのよね。化粧をし、部屋を出ていつもの自分に立ち返ることこそ、心の傷を塞ぐことになることに気付いたわ。たとえいっ時、こうしたお酒に頼ってもね」

「ああ、嬉しい、ひづるちゃん少し元気が出て来たみたい」

「そう見えて」

「うん、あなたに泣き顔は似合わないもん」

「何言ってるの、泣き顔なんて誰にだって似合わないわよ」

「そりゃそうだけど」

そこで、初めて二人の女は笑い合った。両者の笑いに相違はあっても、つい少し前までのひづるには劇的とも言える変化である。力なくか細い笑いとはいえ、こうも早く口元がほころぶことにひづる自身驚きを覚えた。先の見えぬ絶望の包囲網から少しは解放される気さえした。口当りの好いワインが程好く回り、ここに来るまでとは違う自分に、自ずと背筋が真っ直ぐに伸びた。そのひづるの顔に、元気を裏付ける赤みが差したのを認めて梨花が言った。

「よかったらどう、もう少しやらない。おいしいわ、このワイン」

ひづるは即座に頷いた。それを受けて梨花は追加の注文を出した。目の前のグラスにワインが注がれる様を、二人の女は同様に見守った。慣れたこととはいえ、伸ばした腕で姿良く均等に注ぐ様に二人は見とれた。それはちょっとした絵画風景を見るようで、この些細な行為の中に、彼女らはバーテンダーの職業を感じた。

「形が好いわ、注ぎ方がとっても綺麗」

うっとりした表情で梨花が言った。

「はははは……そうですか。これは僕らの基本中の基本ですよ、シェーカーを振るのと同じようにね。どう注いだって味に変わりはないんだけれど、形を重んずるのは料理に皿を選ぶようなもんでしょう」

「なる程、そういうものかもしれないわね。肘を曲げたり、顔を下げて量を確認して出されるワインでは受け止め方が違うもの」

「まあ、そんなとこかな。親しい同士、夜景を眺めながら飲む酒は悪くないでしょう。特に、少し込み入った話のような場合などには」

「あら、聞いていたの、私たちの会話」

「所々。切れ切れに耳に入って来ますよ、これだけ距離が近いんだから」

「そうね、ここはとても静かだし、音楽も話の邪魔にならないように絞られている。それはそうと、ひづるちゃんに三村さんを紹介しておこうかしら、遅くなってしまったけれど」

一人打ち解けてバーテンダーとの会話を進めていることに気付いて、梨花は言った。彼女はそこで両者を紹介した。

「梨花ちゃんはこの所、余程ここに足を運んでいるのね。三村さんとは親しいお友達のようにみえるもの」

「そうよー、それもとっても親密な、ね」

思わせ振りたっぷりに梨花は言った。

「何だ、それだったの、あなたが私に話すことがあると言ってたのは」

「ううん、それはもう少し後で。まずは、三村さんとの馴れ初めから聞いて」

カウンター越しの三村は、梨花の投げ掛ける視線に余裕のある含み笑いを浮かべた。三者の中でひづるだけが蚊帳の外に置かれる形で、彼女は否応もなく梨花の口元に注視した。

「スカイコーラスグループの活動なんだけど、ひづるちゃんの足が遠のいてからちょっとした変化があったのよ」

「へえー、聞かせて、どんなこと」

「これまでは、コーラスグループだけで施設回りをしてたでしょう。それがね、リーダーの提唱で、バンドの人たちと共同歩調を取ることになったの。そのため、月に一度は、朝練習も双方一緒ということになった訳」

「目的が同じであればその必要性は出てくるでしょうね。でも、それと三村さんとがどう結び付くの」

「つまり彼は、スカイバンドグループのサックス奏者なの。上手よ、とっても、中学生の頃から吹奏楽部で吹いていたというだけあって」

「ああ、それで……」

ひづるは、合点がいったという顔で頷いた。

「コーラスグループは女ばかり、バンドは男性ばかりということで、賑やかになったと同時に色取りも良くなったと思わない。私たちの方には山科美佐子さんがピアノ伴奏を務めてくれるけど、いろんな楽器が入ると音楽の楽しさが倍増するでしょう。特にボランティア活動では、聞き手を退屈させない要素になっていると私は思うの。橘さんは、それを考えてバンドグループを誘ったんじゃないかしら」

「うん、歌だけでは、少し平板な所があるかもしれないものね」

「さあ、そこでひづるちゃん」

梨花は少し調子を変えて呼び掛けると共に、三村の方にも視線を投げた。三村は入れ替わりにやって来た客の応待をしながら、顔だけは二人の女の方に向けて関心を示した。

「好きな人との縁が切れたからという訳じゃないけれど、もう一度コーラスグループに戻ってみない。活動は以前と全く同じよ。みんな思い思いに参加して、何に縛られることなく歌を楽しむ。これが橘さん流のやり方なの。とにかく私たちの仕事は、みんな時間がバラバラなんだもん。そりゃあそうよね、空港が土・日・祝日と休んだり、夕方と共に閉鎖しては業務になんかなりゃあしないわ。県大会に優勝して、全国に出ようという他のグループとの差が出るのは致し方ない所。それにリーダー自身音大出の人じゃないし、ご自分でも言ってる通り、コンクールでの制覇を最大の目的とはしていないのよ。多分、私がここまで合唱を続けてこられたのはそこにあると思う。それにもう一つ付け加えると、橘さんの人柄かなぁ。奥さんも含めたあのご夫婦の生き方に惹かれるの」

「それはどんなこと、橘さんに、私の知らない何か特別のことでもあるというの」

「ううん、そうじゃないの。逆に、何もないという点に惹かれるのよ」

「分からないな。それじゃ梨花ちゃん、説明にならないわよ」

「そうね、どう言ったら好いかしら。あの人今は港内で、障害のある人たちのお世話・誘導といった業務に携わっているでしょう。重い交通事故で片方の視力を失ない、元の仕事には戻れずに変更したことはひづるちゃんも知ってる通り。美佐子さんが居ない時にはピアノも受持つけど、滑らかという訳にはいかない理由もそこにあるのよ。闘病中は奥さんが献身的な介護をし、今度はその奥さんが、乳癌の転移で立場が逆転してしまった。日常の細かいことまでは分からないけど、そりゃあ心優しい介助などをされているそうなの。何があっても、どんな苦境や不遇をも受入れ、たんたんと精一杯生きるあのご夫婦の姿勢は、とても美しいと感ずるわ。施設訪問後に館内業務のお手伝いをするのも、練習の成果を聞いてもらったお礼の意味が込められているからなのよ。そんな所にも、あの人の謙虚さが表われていると思わない」

「うん、そう言われれば、人が嫌がる施設での作業を率先して受け持っていたわ」

「そこにもあの人の人柄が出てるでしょう。子供たちへのおみやげだって、私たちには一切その費用を求めない」

「みんなポケットマネーなのね」

「それが面白いのよ」

「どんな風に」

「その資金集めに橘さんたら、いろんなクイズに応募して当選金を貯めるんですって。新聞の俳句欄にも応募するそうよ。以前私、ここで聞いたことがあるの。そしたら彼曰く、僕は賞金稼ぎなんだよ、だって。西部劇などのそれと違って、この種の賞金稼ぎは珍しいだろう、なんて言って笑ってたわ」

やり取りが進むにつれ、僅かながらもひづるの表情がほぐれてゆくのを梨花は認めた。たやすく恋の痛手を癒す手立てはないと知りつつも、より早い友の回復を彼女は願った。そのためにも、コーラスグループへのひづるの復帰の必要性を感じたが、あえて強要はせずに最近の活動状況の説明にとどめた。そこで彼女は、これまでとは異なるバンドグループとの取り組みを紹介した。

従来子供たちの施設では、唱歌を皆で合唱することに主眼が置かれていた。互いに手を取り、腕を組み合うことで双方の親近感を深めることが期待出来る。バンドが加わる利点を活かしてこれを一歩進め、遊戯歌に切り替えることを橘は皆に提案した。歌って体を動かす遊戯歌には躍動感があり、子供の心を浮き立たせる。これに、簡単に作れる動物の縫い包みや小道具を揃えることで効果を高める。当然、歌は軽快な曲の中から選ばれる。そこでメンバーは今回この検討に入り、大筋の案が出来上がった。コーラスグループが縫い包みを、バンドグループが小道具を、それぞれ手分けしてその製作に当る。

「その縫い包みをあなたも一緒に作ってるの」

「うん、そうよ。前に美佐子さんがそれを作った経験があるので、みんなあの人から教わっているの。彼女は四歳になる女の子の母親だけに、私たちとは少し違うのよね。と言って、全身に被る大きなものなんて作れはしないわ。でしょう、だから、子供たち一人ひとりが頭に載せる程度の小さなものよ。熊とかリスとか兎といった親しみやすい動物ばかり」

「梨花ちゃんは何を」

「私は兎。まずは、一番易しそうなものから始めようと思ってるので」

「それだけでも子供たちは歓ぶでしょうね、みんなのはしゃぐ姿が目に浮かぶよう。その発案、ヒットすること間違いなしよ」

「私たちもそれを想像して準備を進めているの。ボランティアという意識は全くなくて、楽しみとしてやってるのよ。みんなも同じだと思う。今度の金曜日は、打ち合わせを兼ねたバンドグループとの合同練習なの。ちょっと覗いてみる。コーラスグループに戻るかどうかは別にして、気晴らし位にはなるんじゃないかな。もう、三村さんとは顔馴染みになったことだし、バンドの人たちに気兼ねなんかしなくて好いのよ」

「そうね、考えておくわ、まだ日があることだし。それはそうと、あなたから私に話したいことっていうのを聞かせて。私がこんな境遇になったからって、遠慮なんかいらないわ。少しは元気も出てきたことだし」

どこまでが本物で、どこまでがワインの助けであるかを確かめるように、梨花は女友達の顔を見やった。その表情には確実に血の気が戻り、従来のひづるらしい明るさが窺える。用意していた自身の婚約話は今のひづるに相応しからぬように思えるが、却ってそれが刺激となることを願って梨花は口を開いた。

「これはまだ橘さんにしか話していないことなんだけど、私最近婚約したのよ」

このひと言は、酔いが回ったひづるの瞳を大きく見開かせた。身近な友人たちの中で、それまで自分だけが先行して恋愛劇を演じていたとする彼女には意外であった。婚約という言葉はそのまま結婚に通ずる。彼女はそこに限りない憧れを寄せてきた。逃げた男への恨めしさが込み上げると同時に、どんな出逢いが梨花を待ち受けていたかにも関心が移った。

「そうなの」

複雑な思いがひづるの心中を駆け巡った。幸せが飛び去ってしまった自身と、それを手にする相手との対比が鮮明さを増す。手の届く所にあった若大路との結婚は幻と化した。もはや、当分その言葉が自分と無縁になったことで、彼女が友に祝福を伝えるには時間を要した。

「おめでとう、梨花ちゃん。と言って、今の私の口から、こんなお祝いを受けても戸惑いを覚えるでしょうね。二人の立場が余りに違いすぎるんだもん。私はまた一からやり直しよ。で、ひょっとして、そのお相手は三村さんということ」

ひづるは、入口近くの客の相手をする三村にちらりと目をやって尋ねた。梨花も同様に視線を投げたが、小さく笑って声を潜めた。

「あの人のお目当ては戸叶さんよ」

「戸叶さんって、あのデューティーフリーショップの順子さん」

「うん、彼は戸叶さんにご執心なの。もうだいぶモーションを掛けてるんだけど、彼女の方がさっぱりなの。順子さんは背が高くて容貌も華やかでしょう。同性の私が羨む位だもん。それだけに望みも大きいのよ」

「じゃあ、梨花ちゃんのお相手は」

「私はぐっと現実的よ、高望みしたって始まらないから。でも、私が心を決めたのは妥協じゃないわ。その人の人柄をしっかり見極め、末長く愛情を傾けることが出来ると確信したから。彼は貨物の方で働いてるの。飛行機の発着の度に積荷・積下ろしをする地味な仕事。それはとても単純だし、将来に渡って何が望める訳じゃないけれど、彼は誠実にそこで務めてる。この世のどんな仕事も必要で、必要な仕事は皆重要だ、という橘さんの言葉通り。彼もそれを地で行ってる所があるわ」

「どこでその人と」

「ふふふふ……」

「何笑ってるのよ、早く言いなさいな、勿体なんかつけずに」

「ご免、ご免。勿体をつけてる訳じゃないけれど、ついおかしくなってしまって」

「何がよ、何がそんなにおかしいの」

「三村さんが順子さんにご執心になったのも、彼と私が出逢ったのも共通の場だってことが」

「と言うことは……」

「そう、もう気付いたでしょう。彼もバンドグループの一員ということ、クラリネットを吹いてるわ。音楽が二人を結び付けてくれたって訳。でも、ひづるちゃんから見て、物足りない相手であることは私も認める。彼は背が高い訳でもなければ、男前というのでもない平凡な人よ。おまけに、お給料は安くて将来性もない。何でそんな人を、と言いたいでしょうね。確かに、すてきな家に住んで高級車に乗り、休みにゴルフをして、優雅に海外旅行を楽しみたいのであれば論外の人だわ。それを望まない訳じゃないけれど、私は小さな夢を、信頼出来る人と自分の手で紡ぎ、織上げる生き方を選択したのよ。勿論、結婚後も働くつもりよ。そうすれば、収入は少ないなりにその夢を実現出来るでしょうから。どんなささやかな夢や願いであっても、愛する人と共に手を携えて実現させる歓びは尊いものだと思っているの。短い交際期間の中で、私たちは互いの認識が一致することを確認し合った。決して後悔することなく先に進む自信は十分ある。近々、ひづるちゃんに彼を紹介するわ。西原健三ってゆうの、年は三十一。今私たち、新居となるアパート探しをしてるのよ。決まり次第、籍を入れて一緒に暮らすことになるでしょう。ただ、式とハネムーンは秋に予定してるんだけどね、諸般の事情で」

友の結婚話に少なからず動揺したひづるも、どこまでそれを祝福すべきものか考えあぐねた。女には憧れの結婚とはいえ、それは相手によりけりである。先のない男を選ぶ梨花の心境に、ひづるは腰が引けた。共に歓び、あやかりたいと願うには距離がありすぎる。ひづるが求める結婚は、大きな夢を伴なうものでなければならない。手痛い若大路の不実にあった今も、彼女は直ぐに方向転換しようという気にはなれなかった。友の進む先にいささかの疑念を抱きつつ、表向き彼女は羨望の眼差しで梨花を見やった。

彼女らが席を取ってからカウンターは何人かの客が入れ替わり、今は女二人だけとなった。時間の経過と共に闇は深まり、夜行便の放つライトも輝きを増して上昇する。ひと通りの話を終えたひづると梨花は、しばし窓越しの夜景に目をやった。店が開くと共にスターライトには常時音楽が流されていたが、二人の女は初めてそれに気付いたように耳を傾けた。音楽は概して甘く、ゆるやかなテンポの曲が続いてゆく。その内、椅子の背にもたれて時を忘れたかの二人に「追憶のワルツ」が聞こえてきた。

「これ、今のひづるちゃんにぴったりの曲ね。他に誰もいないし、ちょっと踊ってみない」

「あなたと」

「ううん、私とじゃ気分が出ないでしょ。三村さんとよ」

カウンターでグラスを拭く三村に、梨花は頼むという顔で合図を送った。

「踊りはご法度なんだけれどね」

そう言いながらも三村は、カウンターを出てひづるの腕を取った。戸惑いの中で男の肩に手を当てたひづるは、曲が進むにつれてやるせない旋律に気持ちを溶け込ませていった。三拍子に合わせて静かにステップを踏む間、その曲想とは裏腹に彼女の心は和んだ。体を揺らし、背中に受ける男の手の感触に身を任すにつれ、孤立感を深める彼女は現実から逃避することが出来た。少なくとも、昨日までの果てしない悲しみは遠ざかり、曲がりなりにも日常が立ち返って来たように思われた。何より彼女は、こうして声を掛けてくれる友のいることに勇気付けられた。ステップを踏む最中にも、時折典仁の顔が浮かんでは消える。しかしそれは、前日まで胸を締め付けてきた男の映像とは違いがあった。輪郭はぼんやりとかすみ、どこか現実味の薄れた虚像に近いものであった。こうしたものに追い縋る空しさを、ひづるは感ずるともなく受止めた。

三村のリードに身を任せる耳元に、流れてくる曲の歌詞が哀しげに聞こえる。

時は過ぎても胸の痛み
癒えることもなく深まるばかり
思い出の場所に来て君を探す
溢れて頬濡らす涙の中に
二度と還らぬあの日の愛は
追憶の中でのみあなたはいるの

ワルツの曲が閉じた所でひづるは席に戻った。

「梨花ちゃん、今日は有難う。あなたに誘われてここに来たことを感謝するわ。多分明日からの私は、前を向いて笑顔で仕事が出来るでしょう。勿論、お化粧も忘れないわ。失恋の痛手を一気に解消することは出来なくても、それをいつまでも引き摺って生きることはないと思うの。過去を振り返ってみてもしょうがないし、私はまだそんな年じゃないんだもん」

「そうよ、明日を見詰めて生きることよ。失敗は人生に付きもので、それを乗り越えてゆくことが大事なんだわ。健三さんと私は、近くに目標、遠くに夢という言葉を掲げているの。その夢や目標には人それぞれ違いはあるでしょうけど、一つひとつ叶えてゆこうと話し合ってるの」

「ああ、私も早くそんな風になりたい。そのためには、いつまでも悲しみなんかとこんにちはをしていちゃ駄目、直ぐにもさよならをすることなのよね。そしてあんな風に、どこかの国へ旅立つ旅行者のように、希望に胸膨らませる自分に立返ることなんだわ」

「空港、とりわけ私たちの成田は、乗客の人々に夢を贈り届ける舞台だものね。その一翼を担う私たち自身、輝いていなければ暗くなるわ」

一時席の空いたカウンターには、纏まった数の客が入って来た。これを見て、ひづると梨花は頷き合って席を立った。久し振りに打ち解けた話を交わした二人の表情には、満足感が表われ出ていた。彼女らは、三村に小さく手を振ってスターライトを後にした。

場面三

同じ週の金曜日、ひづるは目覚ましに呼び起こされて目を覚ました。コーラスグループの朝練習は五時半に始まる。長い空白があっただけに、かつてのように直ぐに飛び起きて身仕度を整えるには気遅れがした。まだ頭は朦朧とし、心地良い朝のまどろみをもう少し味わっていたい誘惑が勝る。カーテンの引かれた室内は暗闇に包まれ、どこからも起床を促す声は聞かれない。今日、是が非でも顔を出さねばならぬ差し迫った理由はなく、梨花にも確約を与えなかったことが彼女に気の緩みを誘発した。

再び短い眠りに落ち込んだ後にひづるはようやく床を抜け出し、急いで洗面を済ませて化粧を始めた。練習場所に着いた時は六時であった。ここ従業員用休憩室は、橘行憲が空港会社との交渉の末に確保したものである。その際都合の好いことに、会社側の配慮でアップライトピアノが用意された。二年前の山科美佐子の加入まで、橘がタクトと共にピアノも受け持った。終わり次第時を置かず持ち場に着けることが、この練習場の利点である。早朝出勤者は途中退出も可能で、厳格な縛りのないことがどのメンバーにも歓ばれた。

練習室の入口前に立つひづるの耳に、何種類かの楽器の音色が聞こえてきた。これまでにない室内の様子に、これが梨花の話していたことだと知って合点した。直ぐにも中へ入るつもりであったが、壁越しに流れる軽快な音楽が彼女にそれを躊躇させた。ひづるは少しの間聞き耳を立て、中の練習風景を想像した。どこにどんな風に人が配置されているのか、自由に思い巡らすことが楽しかった。明らかに、コーラスのみの練習とは雰囲気が異なる。単に人数が多くなったという枠を越え、そこには複数の楽器が奏でる躍動がある。隔てられた壁越しにも、サックスやクラリネットやファゴットなどの音色を聞き分けることが出来る。

コーラスが作り出すハーモニーとは別の音楽の世界にひづるは惹かれた。自ずと体が浮き立つのを覚え、彼女は音の跡絶えた頃合を見計らってドアを開いた。ノックの音に気付いた室内の目が、一斉にドアの方に注がれた。

「来た来た、やっぱり来てくれたわね」

最初に梨花が声を掛けた。彼女は急いで部屋の中央から歩み寄り、入口を背にはにかみを見せる友の手を取って中に招き入れた。

「ご免なさい、遅くなってしまって。それに、練習まで中断させてしまって」

知った顔も知らない顔も取り混ぜ、ひづるは室内をひと通り見回してから軽く頭を下げた。

「やあ、これは頼もしい人が戻ってくれた、心強いね」

満面に笑みを浮かべた橘が、ひづるを迎えるように近付いて言った。これに合わせ、コーラスグループのメンバー全員がぐるりとひづるの周りを取り囲んだ。彼女らはそこで練習をそっちのけに談笑し、さながら久しい出逢いの同窓会の如き賑わいを見せた。そこには、戸叶順子、山科美佐子、宮脇雪乃、高遠鞠子、榊ひろみ、響妙子といった仲間の他に、ひづるの知らぬ二人の新しい顔も混じっていた。橘は早速、夏池美帆子と真清水珠代を紹介し、合わせてバンドの者たちにも引き合わせた。こちらは西原、三村の他、税関の牧田弘貴、給油の中原浩一郎、セキュリティの岸和田武志、これに警備の名立豊といった顔触れである。四十代の牧田を除けば、他は三十前後の独身者で占められる。どの顔も、ひづるに向ける目は輝いて見える。彼らは、女性たちの後の位置でこの新加入者に接した。

「互いのグループはそれぞれ独自の活動を持ちながら、施設回りでは一緒に行動しようということになってね。それでこんな風に月に一、二度、事前の打ち合わせを兼ねての顔合わせをしている。バンドを率いる牧田さんとも意見が一致して、毎回楽しい練習をしているんだ。うちの方同様、バンド側もいつもメンバー全員が揃うという訳ではない。その都度紹介するので、順次顔を覚えてもらえば好いよ。ちなみに牧田さん以外は若い独身者だから、感覚的にはバンドの人たちとの間にそれ程の違いはないと思うな。ドアを開ける前に少し聞こえたかもしれないね、あれは、月末に子供たちと一緒に遊ぶお遊戯歌なんだよ。新しいのを二曲用意している。バンド演奏が入ると、子供たちばかりか大人まで心浮き立つ曲でね、皆に歓んでもらえること請け合いだと思う。早速、ひづるちゃんにも楽譜を渡しておこうかな」

ひづるは二曲の譜面を橘から受け取った。素早く目を通す限り、「動物と遊ぼう」と「元気だよ」のどちらも、テンポを速めに採った弾んだ曲であることが分かる。グループ復帰の最初に取組む曲が子供向けのものであることに、彼女の口元はほころんだ。今の精神状態にはそれがぴったりの気がするからだ。恋や人生といった面倒なものから離れ、至極無邪気なものにひと時を委ねる。そこで、これまでに描いた幻影を洗い去り、梨花の言う「明日を見詰めて生きる」手掛かりを掴む。譜面から目を離して再び仲間の方に顔を向けた所で声が飛んだ。

「高桑さんはどうしてグループを離れていたんですか。お差支えなかったら聞いてみたいな、この際」

背後からの声にひづるは振り返った。声の主が中原浩一郎であることは直ぐに分かった。彼は笑顔と緊張を綯交《ないま》ぜにした表情でひづるを見ていた。その強い視線にひづるの気持ちは後ずさりした。

「えっ、そんなことまで」

誰かの助けを求めて辺りを見回すひづるに、他の男たちからも同様の声が上がった。その場の雰囲気はこれに同調する流れが漂い、誰もがひづるの口元を注視した。進退極まった末に彼女は、哀願の眼差しを梨花に送った。

「これはあなた次第だけれど」

と、梨花は優しく語り掛けるように言った。

「気持ちに踏ん切りをつけるためには、思い切ってこれまでのことを曝け出してしまうという手もあるわ。もう何も包み隠すものがないとなれば、人は肩の荷が下りて楽に歩けるものなのよ。あなたが不実なことをした訳ではなし、誰に憚ることがあるというの。ここに居るのはみんなあなたの仲間でしょ、力になってくれることがあっても、ひづるちゃんを誹《そし》る人なんていやしない。あなたが今朝ここに来たことは、もはや過去を引き摺るまいという表れだもの。これまでのいきさつを他の人にも聞いてもらうことで、あなたの歩みはきっと力強いものになっていくに違いないわ」

友の語り掛けにひづるは勇気付けられた。昨夜のスターライトでの告白は、親しい友に対してのみ気持ちを打ち明けたに過ぎない。しかし、より広い世界に踏み出して行くには、更にそこを突き抜ける必要がある。自分を悲しみの殻に閉じ込めぬためにも、梨花の助言に従うことを彼女は選んだ。

「じゃあ、聞いて下さい。私この一年、男に弄ばれた末に捨てられたんです」

意を決して言葉を発したためか、その口調は彼女自身驚く程しっかりしていた。若大路との出逢いから破綻までを、ひづるは感情を押し殺して披瀝した。この間どんな気持ちで時を過ごし、夢や憧れを男に託してきたかを詳《つまび》らかにした。皆は、これに余計な言葉を挟まずに聞き入った。中でも、中原は他の者以上に関心を注いだ。彼はひづるを特別なものとして見ていた。予想外の恋愛劇にはいささか気持ちを挫かれたが、それが彼の恋心を萎縮させることには繋がらなかった。逆にそれが彼に、ひづるの持つ女の魅力を引き立たせた。

「立ち入ったことをお話させてしまいましたね。僕はぼんくらなもんだから、深い考えもなくついあんなお尋ねをしてしまって。これには、いつか何かで埋め合わせをしなければいけないと思っています」

「あら、いいのよ、そんなこと。梨花ちゃんに勧められて洗い浚い話してしまったことで私、気持ちが軽くなった感じがしてるんです。もし……えー……と」

「中原です、給油の仕事をしている」

「そう、中原さんのお尋ねがなかったら、もう少し過去と訣別出来ずに苦しまなければいけなかったと思います。こうして心の中の膿を出し切ってしまうと、誰にどこからどう見られても、臆するものはなくなります。隠し続ける必要のないというのは好いことですね。だから私、中原さんにも梨花ちゃんにも感謝してる位なのよ」

「それなら良かった。もうこれから先、高桑さんに声を掛けることは出来ないかと思ってましたので」

重苦しいひづるの告白で漂った空気は一掃され、一同の表情に再び晴れやかさが戻った。そうする内にも、練習終了の時間が迫っていた。

「さあ、それじゃあ」

と、橘は時計を見ながら皆に呼び掛けた。

「今日は最後に、歌で高桑さんの決意表明を受けて締め括りましょうか」

「決意表明ですって、私の」

意外な要請にひづるは棒立ちとなった。彼女にはまだそれの意味する所が分からず、唖然とした表情で橘を見詰めた。

「事の序《ついで》に、歌で今のひづるちゃんの心境を披露してもらおうということです」

「だって、何をどう歌ったら好いんですか、私何も用意してませんのに」

「牧田さんたちのリードで、思いつくまま即興で歌ってくれれば好いのさ。僕たちは皆音楽グループのメンバーだから、決意表明も歌が相応しいと思うんだ」

なおもひづるが戸惑いを見せるのをよそに、既に牧田は仲間たちに合図を送ってイントロを出した。

「ひづるちゃん、歌の題は、明日《あす》を見詰めて、というのはどう」

梨花が横合いから後押しをした。

「明日を見詰めて、ですって」

「そうよ、それが今のあなたにぴったりだわ。もう後なんかは振り返らず、前を見詰めて生きる気持ちを歌うのよ」

とにもかくにもそれが誘い水となり、スイング調の弾んだリズムに乗ってひづるの口から歌声が響いた。

雨の吹きつける部屋に一人いて
涙流して何になろ
逃げた男に縋ってみても
嘘で固めたキザな奴
何で戻って来るもんですか
〔男の嘘に気付きなさいな〕　と女たちが呼応
風の便りも跡絶えがち

この一番ではまだ多少のぎこちなさを残すひづるの歌も、続く二、三番と進むにつれて次第に滑らかさを加えていった。

涙など拭《ぬぐ》い部屋を飛出して

街へ出るのよ化粧して
雨はいつまで続きはしない
雲の切れ間に覗く空
男なんかは五万といるわ
〔掃いて捨てても惜しくはないわ〕
雨の後には虹が出る

両手を掲げて空を見上げりゃ
明日が見えるわきらきらと
誰も頼らず甘えてないで
生きてゆくのよ夢を持ち
体の底に漲る力
〔湧いてくるのよ泉のように〕
大地踏みしめ歩きましょう

ひづるの歌声に自信と力強さが出た所で、橘は傍にいる雪乃の手を取って踊り始めた。それを見て順子が珠代を誘い、鞠子が美帆子をといった具合に、女たちはステップを踏んだ。美佐子もピアノの席に戻り、バンドに合わせて即興演奏に加わった。

橘の仕組んだこの演出は効を奏し、朝の練習場はさながらライブ会場の如き雰囲気を作り出した。ひづる自身、当初は無理難題を突き付けるリーダーを恨めしく見詰めていたが、歌い終わる頃には、ステージに立つプロの歌手の気分に変わっていた。恐る恐るこの場に足を踏み入れた彼女は、短時間で全ての仲間たちと打ち解け合った。周囲の誘導で歌った彼女の歌は、文字通りの決意表明を示す。体の底から力が漲り、明日を見詰めて生きる希望が前方に見えてくる。音楽仲間を持つ歓びを、彼女はこれまでになく知った。何も見えぬつい一週間前とはおよそ異なる。この不思議な力に支えられた彼女の表情は晴れ渡り、もはや首をうなだれて歩く必要は感じなくなった。ひづるはライブを終えた歌手のように、バンドの一人ひとりと握手を交わした。歌い始めと共に澱みなく歌詞を引出してくれたその伴奏に感謝した。心浮き立つ乗りの好いリズムが彼女の歌に弾みを付けたのだ。トランペットを受け持つ中原はひと際強くひづるの手を握り、その想いを明確な形で彼女に伝えた。

練習は常にも増して和やかに終了した。早朝からの仕事を持つ者は慌しくこの場を立ち去るものだが、この日は誰もがそれを惜しんだ。彼らは音楽グループの一員であることを越え、全体が一つの家族としての連帯感を共有した。それ故ここでのひづるは、長旅から戻った血縁者といった意味合いを持つ。音楽を奏でた後の爽快感に加え、こうした温もりが彼らに、部屋から立ち去り難い気分をもたらしたと考えられる。そこここで交わす取り留めのない会話が、こんな時には彼らの間で一層の歓びとして返ってくる。当然この機に中原はひづるに接近し、三村も戸叶順子に誘いを掛ける。明け透けな性格の順子は、一定範囲の中で三村との親しい間柄を許容する。スカイラウンジバーへも、求められるままにこれまで何度か足を運んだ。しかし彼女はひづる同様、結婚相手への理想は極めて高い。彼女の望みは、それによる中産階層以上の地位に自分を押上げることにある。共働きは言うに及ばず、日常の些細な煩いとは無縁の結婚に夢を託した。

各自がそれぞれの持ち場へと散り、ひづるもインフォメーションデスクに着いた。自身も驚く程力強い決意表明をした後とあって、ここ一週間続いた暗い陰りは一掃された。平常時の自分に立ち返ったことで、時間と共に彼女はこの所、満足な食事をしていないことに気が付いた。これまでは感じなかった昼食事の空腹が彼女を襲った。そこへちょうど、交代用員の榊ひろみがやって来た。これを受けてひづるはレストラン街へ足を向けた。各店毎のメニューを見て回る歓びに、彼女は思わず笑いが込み上げた。たとえ短いひと時とはいえ、食に興味を失いかけた自分がおかしくてならなかった。人は誰しもこんな時には、どんなものが提供されるかに関心を注ぐ。あれかこれかと思い巡らしては品定めをする。それが楽しく、これも一種のウインドウショッピングと言えるのであろう。ひとしきりそれを忘れていた自分に、彼女は憐みを覚えた。十分な食欲が戻る程に彼女は、直ぐには決めかねて何軒かの店先を回った。

「あら、ひづるちゃん、今日はうちで食べてくれるの」

目敏く入口近くに立つ客を見付けて美佐子が声を掛けた。二年前、夫と別れた直後に、山科美佐子はこの和食レストラン「彩花」のウェートレスとなった。二歳の娘さと子を引取り、彼女は女手一つで子育てと仕事を両立させてきた。親の望まぬ熱い恋愛結婚で結ばれながら、年下の夫は子供の誕生を機に妻を疎んじ、家庭を顧みぬことが多くなった。仕事と称する遅い帰宅が常習化し、外に愛人を設けていることはじきに知れた。夫婦の不和は時と共に募り、行く末を案じた美佐子は離婚を選んだ。生計維持に汲々としていた当時、たまたま来店したのが橘である。幼子を抱えて時間の余裕などあろうはずはない。だが、伸し掛かる重荷から逃れるために、彼女はその勧め通りグループに入った。

しばらくピアノから遠ざかっていたものの、美佐子が自分以上の弾き手であることを橘は認めた。元々彼女が歌う方に執着している訳ではないこともあり、リーダーは新しい加入者に伴奏を任せた。時間のやりくりに奔走する忙しさとは逆に、グループでの活動は美佐子の心に安らぎをもたらした。これにより精神の安定が図られ、我が娘にも優しく接することが出来るようになった。却って、手の掛かる幼子のいることが、彼女の生きる張りを増幅させた。狭く小さなアパートにあっても、彼女には常に娘と間近に暮す歓びがある。強いて言えば、子供を預かる保育所の休園日位のものであろうか。それが、彼女自身の休みに当たれば問題はない。が、さもない時は、遠距離の親類宅までさと子を預けに行くことになるのだ。せめて小学生位になれば、自宅で一人遊ばせ、親の帰りを待たせるという手がある。その頃には近所に同級生の遊び相手も出来ようし、近くの図書館で時間を過ごさせることも考えられる。

そこに到達するにはまだしばらくの年月を要する。それはそれとして、彼女は日々の歓びを子育てと音楽活動に当てた。将来に向けての大きな夢こそないが、橘からの誘いは、彼女に音楽だけではない充実感を与えた。とりわけ、子供や老人の各施設への訪問時にそれを感ずる。橘は施設回りを単なる慰問とはせず、双方が楽しく、有意義なものとする社会参加型のものにしようと提案する。今回、日曜大工で出来る簡単な道具や縫い包みを使用するのも、そこから発する。結婚前に美佐子が玩具メーカーに勤めた経験が、ここで役立つ。若いコーラスメンバーに作り方を指導する過程で、練習場とは別の交流がそこに生まれた。既に三十に達する彼女には、メンバー全員が妹にも見える。若い仲間との和やかな語らいは、日常事に追われる忙しさを苦にさせない作用が働く。職場は生活の糧を得る手段に過ぎないのに対し、地域活動は自分の必要性を認識させる力を持つ。それ故彼女は、可能な限りそうした場への参入に務めてきた。

店内の空いた席にひづるを案内した美佐子は、朝方の共通する出来事に触れて言葉を交わし合った。彼女の目に映るひづるは、その決意表明の歌に裏打ちされるように、昼時の空腹を満たそうという客そのものであった。

「何にする」

「うーん、何にしようかな。中々決めかねてぶらぶら歩いてきた所で、美佐子さんに呼び止められたのよ。実はここ一週間、余りこれというものを食べてないもんだから、少し力の付くものにしようとは思ってるんだけど」

「じゃあ、カツ丼はどう。うちのカツ丼は人気メニューの一つよ。安くておいしいもんだから、店一番の売れ筋なの。力付くと思うわ」

空腹を満たす満足感が体の中を駆け巡り、久しく忘れ掛けていた食の歓びをひづるは味わった。すっきりした気持ちで食事を終えてみると、ここまで無駄な日々を過ごしたことが嘘のようにさえ思われる。アパートに帰れば、まだ少なからず若大路の残り香に惑わされるが、それとて日を追う毎に薄らいでいる。軽やかな足取りで店を出た彼女は、残り時間を確認してそのまま展望デッキに向かった。

誰もがそこで航空機の発着に注視するのをよそに、彼女はデッキに横付けされた機体周辺で働く男たちに視線を投げた。着陸便が各ゲートのデッキに到達するのに合わせ、預け入れ荷物や使用済み食器類の入った小型コンテナの取出し、運搬をする者、更には機内清掃に入る者らが忙しげに立働く。これが終わって出発便に変わると共に、新たな飲食物の搬入、給油、滑走路への誘導といった準備へと進む。これを展望デッキから眺める様は、あたかも横たわるガリバーを取巻く小人たちの動きに相通ずる。西原健三や中原浩一郎らの顔が自然とひづるの瞼に浮かんでくる。梨花がこうした中の一人を夫に選んだ理由を汲み取ろうと、彼女はひたすら男たちの仕事振りに目をやった。

人々の夢を乗せて大空に飛立つ機体は、彼らの地味な仕事に支えられて役割を果たす。この世のどんな仕事も必要で、必要な仕事は皆重要だ、という梨花の言葉が頭に浮かぶ。その言葉の美しさには賛同しても、ひづるが友の心境に達するにはまだ隔たりがありすぎる。ガリバーと小人たちが別世界の人間であるように、そこで働く男たちと自身の夢とを仕切る壁は大きい。これを切り崩すべきか否かさえ彼女には判然としない。ガリバーが小人社会に入るにはその体の縮小が迫られる。が、それは殆ど不可能に近い。と言って、あるがままの姿でそこに解け込もうとしても無理が生ずる。正に今のひづるは、ガリバーと小人との両極に立つ。梨花に倣《なら》って小さな夢を一つひとつ自身の手で紡ぎ、織り上げる先に、どんな幸せが待ち受けるものか疑問が残る。妥協や敗北を良しとしない彼女は、当面女友達の結婚生活を見守ることにしてその場を離れた。

「ひづるちゃん、何をそんなに熱心に眺めていたの。たまに訪れる乗客みたいに、長いこと飛行機に見とれたりなんかして」

踵を返して建物内に戻るひづるに美佐子が声を掛けた。彩花は先程より客が減少し、空席となったテーブルを美佐子が一席ずつ整えている所であった。

「ああ、別に、取り立てて理由もないんだけれど」

心の中を美佐子に覗き見された気がして、ひづるは照れ笑いを浮かべた。それでも彼女は、盆とテーブル拭きを手に窓際に立つ美佐子の方に自ら進んで歩み寄った。

「それはそうと美佐子さん、今度子供たちの施設で使う縫い包みは、もうすっかり出来上がってるんですか」

「ううん、まだ少し残ってるわ。仕事や家事の合間にするもんだから、中々量がいかなくて」

「そう、もしよかったら、私もお手伝いしたいんだけど。どこまでうまく縫えるか自信はないけど、教えて頂ければ精一杯やってみたいの」

「あら、それは助かる。だったら今夜うちに来ない。狭い所で恐縮だけど、夕飯も一緒に食べてってくれると嬉しいな。お客さんが来ると娘のさと子が歓ぶのよ」

「恐縮するのは私の方だわ。好いんですか、食事のお邪魔までしてしまって」

「ふふふ……遠慮なんてするような所じゃないのよ。台所と六畳ひと間しかない窮屈なアパートなんだから。今はそれが精一杯、多分これから先もそうでしょうけど」

何の屈託もなく、さらりと言ってのける美佐子の表情にひづるは見とれた。大きな夢を求めて生きる彼女に、何故かその明るさが眩しく映る。十分とは言えぬ現状を気軽に受け留める美佐子の心中が気に掛かる。何をもって母娘二人の暮らしの支えとするのか、自分とは状況の異なるこの女性の生き方にひづるは興味を抱いた。同性の彼女から見て、子持ちとはいえ美佐子は少なからぬ魅力を放つ。殊に、裾の広がるスカートでピアノに向かう姿には気品すら漂う。切れ長の二重瞼に癖のない鼻筋の通った顔は、どこから見てもウェートレスをしていることが不思議に思われる。年を二十六と下読みしても、誰疑わぬ美しさが残る。コーラスを支えるこの伴奏者への信頼は、グループ全体に共通する。橘が前面に立ってリードするのに対し、美佐子は後方でそれを助けるといった感が強い。

仕事が引けて夕闇迫る時刻に、ひづるは手みやげを持って美佐子のアパートを訪ねた。美佐子は既に帰宅して台所に入っていた。母娘揃っての出迎えを受けてみると、自身と同様の狭い造りの中にも、子供を持つ家庭と自宅との違いにひづるは気付いた。夕餉の前ということもあり、そこにはどこかそこはかとない暖かさが感じられ、ひづるはこの家庭の温もりをそこここに見る思いがした。娘のさと子は人見知りがなく、予め母親から聞かされていた来客に直ぐになついた。

「気を遣って頂いてすまないわね」

ひづるの手みやげに礼を述べた美佐子は、訪問者に座を勧めた。それに従いかけたものの、ひづるは美佐子と共に厨房に入る方を選んだ。

「よかったら、私も台所のお手伝いをしたいわ。さと子ちゃんもお姉さんと一緒にする」

「うん。あたし、いつもお母さんのお手伝いしてるんだもん」

「そう、さと子ちゃん偉いのねぇ。大きくなったら、お母さんのようにお料理上手になれるかな」

「きっとね。さあ、早く作りましょうよ」

厨房に入って三人が揃えた今夜の料理は、サラダと野菜の煮物にシチューという組合わせである。忙しい中にも、美佐子は可能な限り手作りの食事を心掛けた。物によっては出来合いの品を購入するし、そうした手軽さに惹かれもする。その一方で彼女は、子供の前で手を掛けた料理を作ることを重視した。内容はともあれ、家庭では料理に手を掛けることが食文化に通ずる。子供には理屈ではなく、平素の生活の中に必要事を習慣化することが教育なのだ、と彼女は信ずる。親の望まぬ結婚を強行し、かつ数年も経ずして離婚した手前、彼女は里からの援助を絶たれた状況下にある。時間にも金銭面にも余裕のない日々にあって、気持ちだけは卑屈にならずにここまで娘を育ててきた。その表われか、さと子は顔立ちだけでなく、母親の願い通りの素直さが全面に見える。片親家庭の子供とは思えぬ無邪気さと愛らしさがその表情や振舞いに溢れ、訪問者のひづるにもそれを窺い知ることが出来る。

「お姉さんは何のお仕事してるの」

おぼつかぬ箸捌きで食を摂る合間にさと子が尋ねた。

「私はお客様の案内をするお仕事よ。空港にやって来る人の中には様子が分からなくて、いろいろ聞いてみたいということがあるでしょう。たとえば、飛行機に乗るにはどこへどう行ったら好いのかとか、外国のお金に替えるための銀行はどこにあるのかとか、直ぐには分からずに困ることがあるものなの。そうゆう人たちにとって、教えてくれる場所あると便利よね。空港ではどこも、そうしたお客様が楽しく旅行したり、お仕事に出掛けられるようにと、何でも気軽に尋ねることの出来る案内所を設けているの。お姉さんはそこの係りよ」

「そうなの。あたしはお姉さんも、お母さんと一緒のお仕事かと思ってたのに」

「お母さんとは、お歌を歌うコーラスグループのお仲間よ。さと子ちゃんはお母さんのお仕事知ってるの」

「うん、だってあたし、何度も成田空港に行ってるんだもん」

「そーう、じゃあ、空港のこと詳しいのね」

「そーよ、展望デッキで飛行機もたくさん見てるもん」

「ということは、さと子ちゃんも大きくなったら、成田空港のお仕事するのかな」

「ううん、あたしは違うわ」

「あら、それはどうして、他にもっとしたいことがあるの」

「そう、あたし大きくなったらピアニストになるの、お母さんのように上手にピアノを弾いてみたいから」

意外な答えに、ひづるは思わず美佐子の方に顔を向けた。娘と訪問者のやり取りを聞いていた母親は、にんまりした笑みを浮かべた。彼女はそこで箸を置き、娘に代わる話の受け手となって口を開いた。

「もう何ヶ月か前に、この娘が珍しく早起きしたことがあってね、そのまま朝練習に連れて行ったことがあるの。コーラスグループのことは早い時期から話してたんだけど、実際に連れて行ってピアノ演奏を見せたのはそれが初めて。多分それが珍しく、この娘にはとても新鮮で印象的なことに思えたんでしょうね。以来時々、ピアノを習いたいなんて言い出したりして」

「それで」

「うん、私も自分に出来ることとして、この娘に教えてやりたいのは山々だけど、今はとてもそんな余裕はないわ。興味を持ってくれた歓びとは逆に、困ったことになってしまったと悔やんでる位」

「そんなことないわよ、母親が娘にピアノを教えるなんてすてきなことじゃない、たとえ今直ぐでなくても。私にはとても羨ましいことに思えるもの」

「プロになることは別として、早い時期に教えたいとは思ってるの。と言って、この狭いアパートじゃとても無理。せめて、二間ある所に移らないことには」

「じゃあ、今はアパート探しを」

「ぼちぼちね、民間ではなく市営住宅の申し込みをしているの。空きを待っての抽選だから、いつになるかは分からないのよ。この娘が小学校に上がるまでに入れると嬉しいわ」

「当たると好いわね、そうすれば夢が広がってゆくでしょうから」

「夢なんて程のものじゃないのよ。まあ、私たち母娘にとっての、当面の目標といった所かな」

「そこから夢も広がるわよ、きっと」

「夢かぁ……もう長いことこの言葉は、私の中では死語同然になってしまっている、ふふふふ……」

美佐子はそこで、諦めと自嘲を含む笑いを浮かべた。だが、その表情に投げ遣りな所はなく、どこかに希望を見出そうという節が窺えた。我が娘をいとおしげに眺めやる目にそれが表われている。ひづるはそんな母娘を改めて見較べてから言った。

「いっそ美佐子さんなら、再婚を考えた方が好いんじゃないかと思うけどなぁ。私いつも思ってるのよ、こんな綺麗な人がどうして一人でいるのかなんて」

「ふふふふ……、子持ちの三十女に飛び付く男がいると思って。それに結婚って、見掛けだけじゃないものなの、一緒に暮らしてみないと分からないことが色々あってね。所が、どうしても女は結婚への憧れが強いもんだから、実際以上に相手を美化してしまう。また、男は男で、甘い言葉を駆使してそんな女の気持ちをくすぐる訳。見るべきものを見落とした結婚には破局が待ち受けている――これは私が後から学んだ結論。無論、私とて再婚を拒むものじゃないけれど、単に男に縋ろうなんてゆう甘い考えだけは禁物だと思っているのよ。幸い私にはこの娘がいるので、存外こんなささやかな暮らしも苦にはならない。そりゃあ、余裕のないのは辛いわよ。でも、それはそれで何とか耐えてゆけるものよ」

「それを聞いて、私にも思い当たることが色々あるなぁ。今にして思うと、交際中は幸せな気持ちで一杯だったけど、私は一人勝手な夢を見ていただけなんだということを。本当に私、男の上べだけを見て心の中を見据えようとはしなかった。都会のすてきな相手に相応しい自分になろうなんて、浅はかな努力をしていたことを見透かされてたんでしょうね、きっと。振り返ってみるとそれは、普段の自分じゃなかったような気がするし、かなり窮屈であったようにも思える。と言って、背伸びをする愚かさを知りながら、賢い女にもなりきれずにいる。実の所、まだ宙ぶらりんの気持ちでいるというのが本当なの」

「こんなことを言う不似合いを承知であえて言うなら、時に失敗も無駄にはならない。夢は夢として追う一方で、しっかり現実も見据えれば好いんじゃない。我が家のように明日を見通せない家庭の中にも、小さな歓びや幸せはあるものよ。多分ひづるちゃんも気付いているでしょう、バンドの中原さんは相当あなたに傾いているわ。あの人をどう思うかはひづるちゃん次第、私が口を挟むことではないわ。ただあんな風に、女の失敗を広い気持ちで受け容れようという人が世の中にはいる。他にも伴侶を選ぶ要素はあるとして、こういう人たちも選択肢に入れて好いんじゃないかな。偽りでない本当の思い遣りや誠実さって、結婚してからとても大事なことだと私は気付いた。後は、その人の収入や肩書とは別の、光り輝くものがあるか否かということね。口で言うのは簡単でも、これが中々見極められないものなのよ。何しろそれは、表に見えて来ないものだから」

「光り輝くもの」

「そうよ。三十年、四十年と続く結婚生活を満足出来るものにするには、相手にそれがあるか否かということの方が重要でしょう。そうじゃない、考えてみて。その人の外見や肩書なんて、五年・十年する内には色褪せてしまうものよ。当初の感激が変わらずにいる人なんて、一体どれだけいるかしら。それは同様、男から見る女についても言えることだと私は思うわ。と言うことは翻って、私たち自身相手に何かを望む以前に、自らを磨く必要があるということね。あらあら、ちょっと理屈っぽくなってしまったかな」

「ううん、そんなこと。私、今日こちらにお邪魔して本当に良かった。こうして美佐子さんの家庭を拝見して、幸せは自ら作り上げてゆくものだということが分かった気がする。十分足りる満足もあれば、そこを目指して歩み続ける歓びもある――たとえそれが叶わなくても。これまで私はそれに気付かなかった。夢は大きければ大きい程好い、なんて思っていたお馬鹿さん。コーラスグループに入っていたお陰で、美佐子さんを含め、私を温かく迎えてくれる人が沢山いることに感謝しています」

「良かった、だいぶ元気が出てきたようで」

「多分、昼のカツ丼が利いたんじゃないかしら」

二人の女はそこで声を上げて笑い合った。それと共に、ここに来てカツ丼への評価が急浮上した。辛い時にはカツ丼に限る、というのが彼女らの共通認識となった。他方、話の内容までは理解出来ないものの、大人たちの幾分沈みがちな会話を心配していたさと子は、その笑い声に安堵した。どうやら話にひと区切りついたことを察して、幼子は口を挟んだ。

「ねーえ、お母さんたちはこれから縫い包みを作るんじゃなくて。お姉さんに教えてあげるって言ってたじゃない。私もそばで見ていたいわ」

「そうそう、今日はこんな話をするためにお姉さんをお呼びしたんじゃなかったのよね。さあさあ、縫い包み縫い包み」

早々に食事を済ませて片付けを終えると、美佐子は傍に娘を置いてひづるに作り方の手ほどきをした。箪笥などの家具が置かれた和室がその場所となる。三人がそこに座を取り、必要な用具を広げる空間は極めて狭い。それはひづるの住まいにも言えることだが、招かれた客には不思議と窮屈さが感じられなかった。彼女はそこで熱心に美佐子の説明に耳を傾け、時折さと子と目を交わすなどして楽しいひと時を過ごした。

常より少し早起きしたこの日、ひづるは多くのものを自身の中に取り込んだ。再びコーラスグループで活動する歓びに加え、改めて仲間内の暖かい心遣いを思い知ることが出来た。将来への夢や幸せについても、彼女の見方に変化が生じた。これまでは、手の届かぬ彼方にそれを追い求めてきた。そこに到達しさえすれば、あらゆる願いが叶うものと勘違いもした。それがその通り成就することもあれば、ならぬこともある。願いが大きければその分、叶わぬ時の落胆や失望も深い。若大路との破綻が何よりそれを物語る。今回は、コーラス仲間の支えでそれを乗り切ることが可能となった。しかし、いつまでもそこに頼れるものでない以上、間近に掴み得る足元にも目を向ける必要がある。美佐子の言う光り輝く相手を見付け、梨花のようにその相手と共に夢を紡ぎ、織り上げてゆく中に、真実の愛の花を咲かせる。この考えは、時間の経過と相まってひづるの心の中に浸透していった。

場面四

五月の連休を間近に控えた空港は、例年通り海外へ飛立つ旅行客で賑わい始めた。第一・第二ビル共各階フロアは、スーツケースを引いて訪れるこれらの人々で活気を呈した。中には一人で二つ三つのケースを携え、如何にも長期の旅行を楽しむことを周囲に窺わせる者もいる。子供の手を引く家族連れの姿もまた目立つ。夏休みや年末・年始と並ぶこの時期特有の華やいだ雰囲気がそこここで見られる。この混雑時を避けて早めの旅行を済ませた者も少なくなく、到着・出発いずれのフロアでも人々の目は輝きを放つ。今頃は秋と共に観光の好適期とあって、自ずと海外からの訪問客も増加する。その数が年々増加するのは歓ばしいが、未だ欧米の人気都市には遠く及ばぬ現状がある。関係者にとっては、今の賑わいが通年常態化することを願う所であろう。

観光客の増加は、当然港内各部署で働く従業員にも影響を及ぼす。ひづるや榊ひろみのインフォメーションから始まり、梨花の発券、セキュリティの高遠鞠子や真清水珠代、岸和田武志らの部署等々にその忙しさは引き継がれる。戸叶順子が務めるデューティーフリーショップでは、その忙しさこそが働き手に歓迎される。各種ブランド品から化粧品までを扱う店内に足踏み入れる途端、その甘やかな香水のかおりと相まって、既にここは旅行者に外国の気分を味わわせる。そこここに並ぶ女性モデルの大型ポスターもまた、一種特有の雰囲気を作り出す。予め購入品を決めて訪れる客もあれば、搭乗時間を見計らってふらりと立寄る者もある。多くは若い女性たちが受け持つこの職場で、順子は過去何年間か買い物客の対応に当ってきた。その経験からこれと思う相手には、陳列ケースの間を縫ってさり気なく近付く。時には店頭に立って笑顔を振り撒き、旅行者の素通りを阻む。彼女の手馴れた応待は、多くの場合買い物客に満足をもたらす。

旅行客の買物にひと役買うことを歓びとする順子に、それとは別の狙いが仕事の中に秘められていた。決まった取引先との接客とは異なり、ここでは迎える相手が日毎に変わる。様々な人々との接触を業務とする以上、降って湧いたような出逢いが待ち受けていると考えることに不思議があろうか。それ故彼女は、一足飛びに自分を変える劇的な遭遇に望みを託した。近い将来必ずやそれが実現されるという確信の下に、彼女はここまで仕事を続けてきた。なろうことならその相手は、単に社会的地位が高いというにとどまらず、自分を外国へ導いてくれる者であることに期待を寄せた。そこで何をしたいという具体的目標がある訳ではなく、異国の地での生活に憧れがあるからである。海外へ飛立つ旅行者が一様に晴がましい表情を見せることから推して、そこには人を満足させる何かが潜んでいる、という思い込みが彼女を突き上げる。外国暮らしへの憧れは長年順子の夢を育んできた。それを可能とする結婚こそが、彼女の緊急の課題なのだ。

「いらっしゃいませ。お探しものがあれば何なりとおっしゃって下さい、お手伝い致しますわ」

午前の便で出発すると思われる男性客に近付き、順子は言葉を掛けた。店内はまだ比較的透いており、客が店員を必要としている様子に彼女は素早く対応した。相手はひと目で、物見遊山の旅行者ではないことが見て取れる。ビジネス向きの黒いケースを引くスーツ姿が端的にそれを示す。搭乗客は、手にするメモ書きを言われるままに順子に差し出して言った。

「頼まれ物でしてね、これを見てもらえますか」

「はい、かしこまりました。奥様からのですね」

「いや、職場の女性たちからなんです。こちらが出張と分かると、この種の注文が毎回舞い込んでくるんです。多少荷物にはなりますが、その分相手に貸しが出来るので、仕事の無理も言い易いという利点はありますがね。どうでしょう、全部揃うと好いんですが」

メモ用紙には、メーカー名と化粧品等の製品名が一覧の形で記されてある。順子はざっとそれに目を通した。

「お任せ下さい。では、ご一緒に見てまいりましょうか。間違いのないよう、その都度確認して頂きたいと思いますので」

客を横に置いて順子は、メモと照合しながら棚や引出しから手際よく品物を取り出した。相手にそれを示す順子のひと言の後に、男は生真面目な風体に反してそれに倍する言葉を投げる。さして広くはない店内で、二人はあたかもボール投げをするように終始言葉のやり取りをした。客と必要以上に話をすることは幾らもあるが、この男とは何故かそれの跡切れることがない。纏まった品物を揃えるまでの間、順子は客との間の仕切りが取り払われた気がして窮屈さから解放された。相手によっては気を遣いすぎて疲れを感ずることもあるが、この男には旧知の間柄かと錯覚するものがある。それでいて妙な馴れ馴れしさがある訳ではなく、これが彼女に好感を与えた。

いつものことながら言葉を交わす際に、順子はそれとなく相手の風体に注意を払う。或いは、盗み見ると言った方が当っている。そこで彼女は、無論若い男の場合に限るが、相手が自分の理想とする要件を備えているか否かを判別する。この日の客はようやく三十に達するか否かの年齢で、長身とは言えぬまでもそこそこの見映えはする。見れば識別出来る容姿とは異なり、肝心要の職業・地位まで覗くのは容易でない。それを、何気ない会話の中から引出すのは腕次第ということになる。

「お客様の職場には大勢女性がいらっしゃるんですのね。私共には、嬉しい注文で大歓迎ですわ。何か事業でも経営なさってらっしゃるんですの」

「なーに、単なる役所務めですよ、霞ヶ関の。出張は僕に限ったことじゃないんですが、若い独身者ということで、彼女らにすると頼み易いんでしょう。ですからこんな風に纏まったリストを持ってやって来るんです」

「女性たちには、貴重な上司さんということですのね。出張の多い官庁というと、どこになるんでしょう」

「外務省です。尤も、出張はどこにもありますがね。今回僕は、極く短期間の出張でデンバーの総領事館へ行く所です。帰りはこうした品揃えのないポートランドからなので、ここで買っておかないことには義理が立たなくなってしまうんですよ」

「それではお客様は、外交官をなさってらっしゃるんですの」

「まあいずれは、そういう道筋を辿ることになると思います。それが僕の希望でもあるので」

「羨ましいわ、外交官ってすてきなお仕事だこと。そうなった時には、アメリカへ行くことになるんですのね」

「さあ、国はどこになるか分かりませんね、上司の決めることだから。ただ、大学での僕の専門はアメリカ史なので、自分を活かすのはやはりアメリカでしょう。目指すは首都の大使館勤務です。途中経過として、ニューヨークやシカゴも好いと思っています。どちらも街に魅力がありますからね。同じ大都市でもあちらには、どこか雑然とした東京とは違う息遣いを感ずるんです。整然とした中にも刺激が溢れ、訪れる者を厭きさせない所にひかれるんですよ。ははははは……こんな所で自分の志望を口にするとは僕も馬鹿だな。それもこれも、あなたとは今日初めてお会いする者同士には思えなかったもんで」

「アメリカにお詳しいんですのね。それに、とってもお好きなことがよく分かりますわ。声が弾んでらっしゃるんですもの、アメリカに話が移った途端に」

「他の国より幾らかね。大学の卒業間近に、友人とふた月程掛けてあちこち回った経験があるんです。僕の知識はその程度ですが、授業で学んだアメリカを実地に訪れたことは無駄じゃなかった。そのお陰で、僕のアメリカ贔屓は一層深まったという訳です」

「ああ、聞けば聞く程私も行ってみたくなりました、お客様のお好きなアメリカへ」

ちょっとした誘い水から、搭乗客は順子の望む通りの身分と経歴を口にした。外国への憧れを強くするだけに、この外交官候補生は彼女の心を間違いなくとらえた。それまで不自然さが目立たぬよう客を盗み見ていた彼女の目は、或る時点から意識的にそちらに向けられるようになった。それにより二人が視線を合わせる時間は長くなり、男の方でも順子を店員とは別ものとして眺めやった。やがてこれが、以心伝心となって互いの気持ちを高揚させた。

在留邦人の安否に関わる事柄を除き、実の所順子は大使館業務にはとんと疎い。それとは別に、時にテレビからの知識として、そこでの華やいだパーティーの方が思い浮かぶ。館内では、常時専任の調理士が料理を担当する。従って、日々レストラン同様の食事が用意されるという趣向だ。もとより家事全般に携わる従事者もいる訳だから、毎日が高級ホテルでの生活に近いものとなる。大使館は他国に設けた一国の城に相当し、大使夫人には、日常事から解放された宮廷生活が約束される。買物は自分の身を飾る必要品に限られる。ブランド志向の順子には、退屈という文字がこの世から消え去ることだろう。パーティー用の衣装や装飾品をあちこちの店で探す楽しさは、想像するだけでも心浮き立つ。女が日常の雑事から解放され、金銭に不自由のない生活を送ることに彼女の究極の夢がある。結婚は、それを叶える女に与えられた手段である。その結果幸せは、この特権を如何に有効に行使するかで左右される。当面、参事官や書記官級の夫人にとどまろうと、その先が見えさえすれば我慢も出来る。これこそは順子の求める理想の海外生活であり、これ以上のものは他に見出し得ないと言っても過言ではない。

搭乗客から預かった注文リストに、一点のみ見出せぬ品があった。順子はそれを申し訳ないこととして表情に示したが、むしろこれを相手との繋がりを保つ恰好の材料と考えた。このまま会計を済ませて客をゲート口へ送りやるのは忍び難く、ここまでの間に彼女はその手立てを思案していた。あからさまな表現を避けながらも、これを機に男との交際の糸口を探っていたのだ。

「次にこうした依頼をお受けなさることがありましたら、予めご連絡頂くとご用意出来ると思います。こちらで取扱う商品であれば、今日のように時間を掛けて取り出すこともなくて済みますしね。窓口にお越し頂くだけで、直ぐにお手渡し出来るんですのよ。それじゃあ念のため、私の名刺をお渡ししておきましょう。いつでもご連絡をお待ちしておりますわ」

「そりゃあ好都合だ。戸叶順子さんですか、何か夢や希望が叶えられるお名ですてきですね。なーに、今回の一点位は仕方ないでしょう。ともあれ僕は、頼まれ物ながら楽しい買物が出来ましたよ。このまま機内に入れば、帰るまでしばらく日本女性と今のようなやり取りは出来ませんので、しかもこんな綺麗な人とね」

「あら、そんな……」
「この名刺は、化粧品の注文以外にご連絡してはいけませんか」
「ふふふ……そんなこと」
「そうですか。じゃあ、僕の名刺もお渡ししておきましょう。受け取って頂けますか、名前を覚えて頂くために」
「ええ、勿論」
男の差し出す名刺には、
外務省北米局第一北米課
課長補佐　二宮具広
と記されてある。
これにより、先程までの話に偽りのないことが証明された。ただ、この役職名を見た瞬間順子は、男が未だ独身でいることに微かな疑念を抱いた。中央官庁の、それも本省の課長級職にある者が、ここまで未婚でいる不自然さを禁じ得なかったからだ。如何に企業や官公庁人事に縁遠い彼女も、この名刺から相手が只者でないこと位察知出来る。どこを見回しても彼女の近辺から、それに準ずる者を探し出すのは難しい。三十前後の男がこの地位を手にするからは、余程選び抜かれた者であることが分かる。当然、末は局長級以上に昇進すると共に、いずこかの大使に赴任する可能性も十分有する。千載一遇とは正にこのことを指す。手にする名刺が余りに自分の夢と合致するため、順子の心は揺れ動いた。彼女は確かについ先程、客自身の口から独身であることを聞いた。なろうことならもう一度、それを確認して空夢とならぬことを願いたい。だが、もとよりそんなことを尋ねようのないのは分かっている。

会計を終えて包みを受け取った二宮は、物言わぬ熱い視線を順子に送った。彼は店を出る際にも、手を掛けた店員と再度短い言葉を交わしてゲートに向かった。そこには遠くない日に、何らかの連絡をする旨の意志表示が隠されていた。アイコンタクトによる効果を意識してか、搭乗客は多くを語る代わりに強い眼差しで女の心に食い入った。もはやそれは順子に、彼が独身であるか否かの疑念を払いのけた。

若い能吏の後姿を見送る間、順子は自分を大使夫人に見立てた未来像に想いを馳せた。折々に身に着ける服や靴、更には指輪やネックレス等の装飾品など、夜会で果たす夫人の役割やその場面ばかりが脳裡を駆け巡ってゆく。恐らくそうした席では、ダンスが欠かせぬ社交術になると思われる。香水の出番はここにある。日々馨しいそれらの香りに取り巻かれてはいても、これまで自身それを身に着ける金銭的余裕はなかった。しかし、大使夫人にその気遣いは無用となる。時々に好みの香水を振り掛け、ダンスで身を寄せ合う訪問者を酔わせる。一七〇センチ近い彼女の背丈は、ハイヒールを履くことで一層見映えを引立てる。それは和服姿にも言えることである。成人式で着た振袖姿を思い起こすまでもなく、すらりと伸びた容姿は少なからず人目を惹く。これに、気の利いた会話が大使夫人には求められる。訪れる各国要人を厭きさせず、料理にとどまらぬ持て成しで人々を満足させる。今は如何程の知識も持ち合わせぬが、時が来ればどうにでもなる、という楽観的見方が順子を支配する。こんなことを考える彼女の耳に、どこからともなく次の歌が聞こえてくる。

ダイヤモンドが微笑むときは
我が口元もほころぶわ
夢を誘いし煌めきは
女心をときめかす
如何なる男の囁きや
甘い口づけなどよりも
この世が闇に包まれようと
ダイヤモンドが私を照らす
他にはなんにもいらないの

目映い光を辺りに放つ
ダイヤモンドよ永遠《とこしえ》に

退屈を知らぬそんな日々への想像は果てしなく広がり、職場同様の甘い香りがどこまでも彼女に付いて回った。

この日一日順子は、二宮具広の名刺に釘付けとなった。それは魔法の紙切れにも似て彼女を縛る。あたかもそれ一枚で、あらゆる願いが叶えられると錯角させるものがある。様々な旅行者と接してきた中で、言葉を掛けられ、交際に至ることは幾度かあった。そのいずれもが帯に短しの喩えの如く、彼女の望みを託すには至らなかった。待つこと久しいこの間、順子は初めて目の前が大きく開ける思いで胸をときめかせた。二宮が中央官庁のエリート職員であるばかりか、外務省という絶好の環境にあることが笑みをもたらす。外国人旅行者をも迎える職場柄、彼女もこれまでに簡単な英会話は修得していた。しかしもはやこれからは、その域にとどまってはいられぬ状況が迫ってきたのだ。外交官夫人の必須要件として、日常英会話は不可欠のものとなる。二宮からの求愛を想定するにつけ、順子は一日をぼんやり過ごしてはいられぬという切迫感に駆り立てられた。想像を逞しくする程に、あれもこれもと為すべきことが浮かんでくる。男の心をとらえて離さぬ会話力から立ち居振る舞いまで、彼女は二宮を脇に置いて今の自分を振り返った。いつもは、買物を終えて店を出る客の姿に見慣れていながら、この日ばかりは、いつまでもその後姿が目に焼き付いて離れなかった。

場面五

洪水の如く旅行者が押し寄せた大型連休の賑わいは、五月の第一週を過ぎる頃にはほぼ一段落した。この間の到着便はいずれも満席状態で、多くがひと時の休みを海外で過ごす行楽客で占められた。このため個人旅行者の中には、止むなく帰国を先延ばしする者も見られた。多忙を極めた各部門の空港業務は落ち着きを取り戻し、連続勤務の代休を取って疲れを癒す者もあった。

手頃なアパートを見付けて入籍を済ませた梨花と西原は、この間を利用して新居作りに時間を割いた。数年後にローンで家を建てる予定の二人にとって、そこは当座の仮住まいということになる。このため、新しく購入する家具は最小限にとどめ、これまで互いに使用していた調度類が新居に運ばれた。荷造りから配送、更には設置に至るまで、二人は二トントラックを借りて悉く自身の手で引越し作業を為し終えた。当初、西原は業者に一切を任すつもりでいたが、梨花の方からその提案は覆された。

「どんなものかな、他人の手伝いも含めて僕は何度か経験してるけど、引越しは存外疲れるものだよ。後で、仕事に差し障りが出るといけないないんじゃないのかい」

「大丈夫、こんな細い体はしても、中学・高校共運動部に入ってたんだから、基礎体力は出来てるのよ。それに、この後私たちはマイホームを建てる夢があるでしょう。こんな所にも倹約は心掛けなくちゃ。ふふふ……もう私、主婦感覚になっているのね。細かいようでも、全てはそこに照準を合わせて進まなくちゃ、そうでしょう。所で、新しいお部屋には絵が欲しいわ、お部屋に絵が飾ってあるとないとでは随分印象が違うもの。と言って複製は駄目ね、あれは艶消しよ。どんなものでも肉筆の、それも出来れば、自分たちで描いたものに勝るものはないと思うの。元々絵の購入費まで手が回らない私たちだもの、それは当然よね」

「じゃあ、引越しが一段落したら、県内のどこかに出掛けて写生といこうか」

「それは好いわ、ピクニックを兼ねて。ハネムーンは秋までお預けだから、あなたの提案には大賛成」

「問題なのは、こんな風に二人が共通する休みを取れるかどうかだね。変則勤務が義務付けられる空港従事者の辛い所だよ」

「それはあるわね。でも、物は考えようというじゃない。健三さんも私も決して転勤を命じられることはないんだから、その点恵まれていると思えば好い訳よ。私たちの職場は成田に限られている。夫婦が引き裂かれる心配がないばかりか、色々な計画も立て易いわ」

「うん、そうだね。給料の安い僕が、梨花ちゃんに申し開きが出来るのはそんなこと位だな」

「そんなことないって。私たちは互いに、無理のない範囲で幸せを紡いでゆこうとしているのよ。収入の多い少ないなんて問題じゃないわ。さっきの絵にしたって、余裕のある人は画廊で高価な買物をするでしょうけど、私たちは自ら描いて部屋を飾る。だから結果は同じことよ。むしろ、こちらに写生という楽しみが付いて回ることを考えれば、どっちが幸せか分からないじゃありませんか」

「そう言ってもらうと気が楽になるな。よし、それじゃあ、次の休みに備えて、二人分のイーゼル作りでも始めようか」

「そりゃあ好いわ、健三さんは器用だから助かっちゃう。絵が仕上がったら、序に額縁もお願い」

「勿論、たやすいことさ。他の教科はともかく、図画工作だけは中学生の頃から得意科目だった。僕がいつも最高点を取るのは、これだけだったよ」

「趣味と実益ってゆうのはこのことね。絵は何枚あっても好いわ。そんなに広い家を作れる訳じゃないけど、どの部屋にも飾ってみたいんだもん、余れば廊下にまでもね」

「その内には君の肖像画も描いてみたいな、僕の腕が上がればの話だけど」

「それは早くして欲しいわ。年を取ってからのじゃ私嫌よ、少しでも若い内に」

「大丈夫、まだ当分梨花ちゃんは綺麗でいるさ」

そんなやり取りをしている内に西原は、急に新妻の輝きを絵筆にとどめておきたい心境に駆り立てられた。今の職について以来彼は、美術の才能を忘れてクラリネット演奏に関心を振り向けてきた。そのきっかけはジャズである。高音域の美しいフルートとは違い、幾分憂いを含んだこちらの音色に魅了され、バンド活動にその楽しみを求めた。一人画板に向かう絵に対し、音楽は複数の者たちとの演奏を可能とする。仲間と語らうことの少ない日々の慰めとして、バンド活動は彼の心のよりどころとなった。それは今後も続ける傍ら、けたたましい発着音に包まれる日常から離れる手立てとして、音楽と共に絵画が加わる歓びは大きい。ましてそこに新妻がいるとなれば尚更である。

コーラスグループとの活動で知り合った梨花に、西原は文字通りひと目で心奪われた。容貌の美しさから言えば、美佐子や順子や雪乃など、他にも彼女を上回る者がいることを彼は認める。あえてその中から梨花を選んだ理由は、背伸びをしない彼女の堅実さに惹かれたことにある。地味な化粧の中にもそれが表われ、他の女たちとは異なる美しさを彼は感じた。それは実際に交際を始めて、一層誤りのないことが実証された。将来に向けて大きな展望のない自身の職に、西原は常々引け目を負ってきた。空港業務の地味な下積み職にある気後れは、若い女を前にする時に頭をもたげる。普段は仕事に紛れて忘れている事柄も、結婚を意識する度に負い目となって伸し掛かる。直ぐに人目を惹く順子らへの関心が薄かった理由もここにある。彼女らが凡庸な男を求めていないことは自明の理であり、自身それに似つかわぬことは当初から承知していた。

バンドグループの仲間たちは、事ある毎に順子らを話題に取上げて興味を示す。それと同様女たちも、男を吟味していることは容易に想像される。自分がその対象外であることを弁えつつ、西原は可能な限り梨花の近くに席を取ってその息遣いを楽しんだ。好きな相手を間近に感ずるだけで心ときめき、不思議な程それ以上の望みは湧き起こらなかった。三村が積極的に順子の気を惹こうと努めるのに比べ、彼は恋を知り始めたばかりの少年の心で梨花に接した。何気なく交わす視線が繰り返される内に、やがて梨花の方も西原への関心を強めてきた。彼女はこの男の誠実な人柄に着目し、自ら誘い水を掛けて相手のプロポーズを引き出した。婚約によって互いの距離は急接近し、理解の深まりと共に共通の夢と目標が確認された。自分たちの収入と能力を見極めた上、相応の家庭生活を営むことで合意したのだ。

それ故彼らの行く末には、大きな家も高級車もゴルフ生活も除外される。物質上の豊かさを離れた所に彼らは幸せを求めた。数年後を目標とする家造りも、子供二人を想定したこじんまりしたものに収める。その際梨花は、小さいながらも工夫を凝らした外観にしようと提案する。それをどんなものとするか、図書館で住まい造りの本を調べるなど、若い二人はそうした所に楽しみを求めた。一事が万事この調子で、こと家造りだけからも二人の話は展開する。玄関周りや庭を飾る置物に話が及べば、ゆくゆく陶芸教室に通って自らそれを作り出そう、といった具合にである。

次に共通の休みを得た或る日、夫婦は写生用具一式を車に積んで潮来に出掛けた。千葉・茨城両県に跨がる利根川下流のこの辺りは、国内有数の水郷地帯として名高い。別けても、花菖蒲が水辺を彩る初夏ともなると、各地からの観光客で賑わいを見せる。赤紫や濃淡に色分けした紫の花を水辺一帯に染める様は、初夏を代表するもう一方の紫陽花とは別の趣を醸し出す。そちらがぼってりした大輪に似合わず控え目であるのに対し、こちらは花の形が織り成す嬌羞《きょうしゅう》にも似た情感を感じさせる。また、真っ直ぐに伸びた茎の先で、四方に花弁を垂れ下げて開く様が、悩ましげにポーズを取る若い女をも連想させる。同じあやめ科の燕子花が、「匂う」に掛かる枕詞となっていることもそれを示す。時折雲が日差しを遮る空の下で、一足早く咲いた一部の花は、微妙に色彩を変えて水辺にその影を落としてみせる。

二人が全く同じ構図を選ぶのは芸がないとして、梨花と西原は互いに少し離れた位置で写生を始めた。イーゼルを立てて目の前の風景に視線を投げると、小・中学校時分の野外授業が夫婦のどちらにも思い出される。それぞれ十年、或いは十数年前に時間が後戻りする。過ぎし日を顧みて懐かしむ年ではないが、久しく忘れていた写生の歓びが二人に甦る。当時はイーゼルはもとより、デッキチェアに座して絵を描くなどということはない。草叢に腰を下ろして足を伸ばし、広げた画板に風景を写し取るのが野外写生の常である。子供の頃にはそれが楽しく、同級生との語らいの中でピクニック気分も同時に味わう。

この日の昼食に梨花はランチボックスを用意してきた。出掛けに作ったサンドイッチに、前日に買った鳥のから揚げと果物が入っている。小学校の頃の遠足では、のり巻き、いなり寿司、ゆで玉子が母親の作る定番であった。自分がその作り手となった今彼女は、手間を惜しまず早起きして作る母親の愛情が心に染みた。頃合いを見て若い妻は、用意の昼食を車から取り出して夫に近付いた。ランチボックスを両手に抱えながらも、その足取りはダンスステップを踏むように弾んでいた。

「ねえ、健三さん、ひと息入れてお昼にしましょうよ」

その声を受けて西原は腰を上げ、妻の差し出すランチボックスを受け取った。よく晴れた五月の日差しは強く、イーゼルから目を離した彼は眩しげに目を瞬いた。

「やあ、すっかり好い天気になって。もうそんな時間になっていたんだね」

「脇目も振らずに絵に集中していたのね。どれどれ、見せて」

梨花は夫の背後に回り、イーゼルに置かれたカンヴァスを覗き込んだ。自身はようやく鉛筆でのスケッチを終えたのに対し、こちらは既に油絵具を使った下塗りに入っていた。本格的な仕上げはこれからとはいえ、それが自分とは格段に違う作であることが梨花にも分かる。彼女は驚きを示すように、大きく目を見開いて夫を見詰めた。

「うーん、すてき、健三さんがこれ程上手だったとは知らなかった。もうこれ、このままお部屋に飾っても好いいんじゃない」

妻の称賛にたちまち西原の口元はほころんだ。何であれ、妻から一定の評価を得ることは悦ばしい。まじまじと見詰める梨花の視線に、彼は得も言えぬ心地良さを感じた。長い期間絵筆を持たなかったことから、彼は自分でもどの程度の技巧が残っているのか不確かだった。図画工作は得意科目だったと言った手前、それに見合う絵を物にせねばならぬ重圧が掛かる。少なくも、妻を落胆させぬことが至上命題となる。しかしそれは極く初めの内で、目の前の風景を見ている内に彼は解放的な気分に包まれた。久しく忘れていた絵を描く歓びは、今も何ら変わらぬことに気付かされた。静物を対象とする教室での授業以上に、やはり当時も野外写生を好んだことが思い出される。広々とした風景の中の一部を切り取り、それを自身の筆に収める快感は量り知れぬものがあるのだ。

これを機に西原は、もう一度絵に取り組んでみようと真剣に思い始めた。それは妻の言うように趣味と実益を兼ね、今日のように夫婦がピクニックを楽しむ機会ともなる。ともあれそのためには、一層の技法を磨く必要がある。各地の、それも外国の著名な美術館巡りをする訳にはゆかぬが、図書館の画集を通じて学び取ること位は出来る。江戸期の絵師では曽我蕭白、洋画ではクールベが彼の好みと合致する。前者は装飾性を離れた大胆な筆捌き、後者は太い筆致の写実画に特長がある。どんな画風を目指すかは別として、美術の世界に踏み込む誘惑が先行する。そんなことを考えるにつけ目標が生まれ、明日という日が風船のように西原の胸を脹らませる。

式もハネムーンも先延ばししたとはいえ、新婚の妻を傍にしてのピクニックランチに西原は目を細めた。機内食の搬出入業務に明け暮れる彼は、海外へ飛立つ搭乗客のみがこの世の恵みを得るのだと考えてきた。到底立場の逆転する見込みのない彼は、大空に夢を託す人々とは無縁の人間であると自認していた。もはや時代が海外渡航を大衆化しても、彼の先入観はそのまま続いた。彼にとって巨大な機体は、どれ程時代が進もうとも富を表わす象徴なのだ。だが、梨花と心通わせ合ってからは、富のみが幸せをもたらすものでないことに気付かされた。今日この潮来に来るに当っても、彼は短いドライブにどれ程心浮き立たせたことであろう。その歓びは、ファーストクラスでゆったり空の旅を楽しむ者にも比肩する。愛し合う者に歓びはどこにでもあり、手軽に作り出すことすら可能である。シャンパンやワイン付きのファーストクラスの食事はそれとして、妻と並んで食べるピクニックランチに彼は無上の幸せを感じた。

日暮れまでに絵を仕上げる予定の夫婦は一旦車に戻り、夫の作ったミニチュアハウスを取り出した。数年後に自身の家造りを見据える二人は、互いに持ち寄る構想を纏めて一つのデザインを作り出した。これをミニチュアの形にしようと、暇を見て西原はその組立てに取り掛かった。彼は妻の目の届かぬ所で作業を進め、この日に梨花を驚かせようと目論んでいた。こっそりホームセンターで材料を購入し、写生当日の完成に合わせてノコギリを引いてきた。最後の着色に至るまで、彼はそれを見る妻の顔を想像しては密かな快感に浸っていた。

「わあ、すてき、何てかわいいお家だこと。もう直き私たち、こんな家に住めるのね。何だか夢が脹らむわ。健三さんが私に内緒でミニチュアハウスを作っていたなんて、嬉しい驚き。夢と期待が私の目の前を駆けてゆく気がするわ。勿論これを部屋のどこかに置くんでしょう、そうして私たち、数年後の着工を待つのね。毎日がどんなに楽しい日になることか。健三さんと一緒になって、今私とっても幸せよ」

既に平面図から我が家の外観を知る梨花も、夫の掲げるミニチュアハウスには感嘆の声が洩れた。常日頃口数が少なく、女を歓ばせる気の利いた物言いを苦手とする夫だけに、ちょっとしたこの配慮に彼女の心は和んだ。妻をはっと思わせようと企む健三の熱意がそのまま彼女に伝わった。

「どうかな梨花ちゃん、これを向こうの草地に置いてみては。きっと僕たちの未来の家が、もっと間近に浮かび上がってくると思うんだ」

「そりゃあ好いわ、賛成。ミニチュアハウスを入れて二人の写真を撮りましょうよ」

水辺を背に置かれた未来の家に西原は、同時に作った白い小さな柵を四辺にめぐらせた。それにより、一層そこが区切られた一軒の住居を示し、特定の住宅であることを二人に感じさせた。柵の中に入り、或いは出てはポーズを取り、夫婦は無邪気な子供心に返って写真撮影を楽しんだ。この間、二人のどちらからも笑顔が零れ通しで、ひと時絵筆を取ることを忘れてしまったかとさえ思われる。

「ねえ、健三さん、私提案があるんだけど」

程の良い所でカメラを収めた梨花が言った。

「ん、何だい、どんなこと」

「二人の絵を飾ったら、出来るだけ早くに、今月の内にね、お友達を呼んでささやかなパーティーを開かない」

「そりゃあ好いね、賛成だよ。もう直き君の誕生日でもあるし、タイミングとしてもちょうど好い」

「これには或る考えがあるの、単に新居と誕生日のお祝いをしてもらうという以上に」

「へーえ、それはどんなこと、聞いてみたいな」

「今月はひづるちゃんの誕生日でもあるの。だから彼女は勿論、中原さんもお呼びしたいと思っているのよ。ひづるちゃんはまだ気持ちが傾いているようには見えないけど、中原さんは彼女との結婚を望んでいる。端の者が押付けるべきことじゃないのは分かっているわ。分かった上で、二人が結ばれればどんなに好いかしれないでしょう。ただ、ひづるちゃんは結婚に大きな夢を持っているの。それを一気に実現してくれる人を求めてきた。それはそれで好いのかもしれない。でも私たちのように、無理のない身近な所に幸せを感じて生きる者もいるわね。どちらを是とするかはそれぞれの選択による訳だけど、彼女はまだ平凡な結婚の中にも希望があることに気付いていない。私はそれを知って欲しいと思うのよ。その上でなお夢を広げたいのであれば、それを追い求めるのも好いでしょう。私たちの新居がどの程度あの人の心を打つかはともかく、こちらにも目を向けてくれると、彼女の明日が開けるんじゃないかしら。だって私はとっても幸せだし、平凡な日常生活の中にも、夢を育むことは出来ると信じてるんですもの。信頼で結ばれた夫婦が肩を寄せ、支え合って暮らす生活には本当の歓びがあるものよ。その受け留め方は人によって違うでしょう、何を尊しとするかが人それぞれであるように。私は彼女の友達として、健三さんと二人で築いてゆこうとする家庭をあの人に見て欲しいの。これで私たちに子供が出来たら、ささやかな暮らしの中にも更に、光り輝くものがあることを彼女は気付いてくれると思うんだけどな」

梨花の提案に西原は大きく頷いた。妻の細やかな心遣いに彼はいたく感じ入った。彼女が自分を夫に選んだことは、決して同情や気紛れでないことがこんな言葉からも確認出来る。それと共に、地に足を着けて生きようとする妻へのいとおしさが弥増しに増す。ひづると中原への配慮でありながら、西原は思いっきり梨花を抱き締めたい衝動に駆られた。雨上がりの後の虹を見るように、この妻と将来を伴にする限り、自分の行く末に案ずるものは何もないと思えた。

すっかり室内整理を終えた時点で、西原夫婦は新生活の舞台に予定の招待客を迎え入れた。それぞれ仕事を済ませて駆けつけたのは、ひづると中原の他に順子と雪乃と鞠子である。五人は互いに時間を示し合わせ、夜の帳《とばり》の下りた時刻に揃って新婚宅に姿を見せた。彼らはこの日の訪問に当たり、引越しと梨花の誕生祝いを兼ねた共通の贈り物を携えていされた。出迎える夫婦に導かれて五人は、フローリングの明かるい八畳大の居間を兼ねた食堂に案内された。中央に置かれたテーブルに五人が一度に入ることで、たちまち空間が埋め尽くされた。

「やっぱり狭いわね、二人きりの時と違って。出来れば大勢来て欲しかったんだけど、座る所がないんだもん。でも嬉しいわ、みんなに集まってもらえて」

梨花は一人ひとりに座を勧めながら弁解がましく言った。だが、その顔に少しも恥じる所はなく、親しい友の訪問に歓びを隠しきれぬ様子が窺える。

「そんなことないわよ、これだけあれば十分じゃない。それに、カーテンのせいかしら、お部屋に暖かみがあって、私とても居心地の良さを感ずるわ」

と、直ぐに鞠子が応じた。

「私もそこを考えて、オレンジ系のカーテンに決めたの。この部屋は、一日の中で一番多く時間を過ごすだろうと思ってね。白熱球にしたのもそのためよ」

椅子に腰を下ろした来客たちは、それぞれに室内を見回した。部屋の片隅には二人掛けのソファーが置かれ、入口近くのコーナーテーブルにはフラワーアレンジメントが配されている。一早く壁に掲げられた絵に気付いたのは中原である。

「うーん、僕の部屋とは大違いだ、だいぶ差がつけられるな、絵まで飾ってあるなんて。

これも西原さん、引越しに合わせて購入したんですか。それとも親類に絵描きさんでも」

「まさか、中原さん、僕らに絵を購入する余裕なんてある訳ないじゃありませんか。これは先日、梨花と二人で潮来に行って描いたもんです。入口近くのが梨花、こちらの部屋の中央のが僕の手によるものです」

「そりゃあ驚きだ、西原さんにこんな芸があるなんて。額も立派じゃないですか、よく絵に合ってるし」

「それも手作りですよ。どういうもんか、こうゆうことに限って、僕には幾らか才能が備わっているらしくて」

これには一同感心した。広いとは言えず、しかも、豪華さとはおよそ縁遠いこの室内が一定の体裁を保っていることを、彼らの誰もが認めたからだ。この水準に達していれば、友人・知人を招くことにためらいはない。誰もが類似の収入であることを知る彼らには、現状の自分たちが実現し得る望ましい住居を見る思いであった。

「もしかして、このテーブルクロスは梨花ちゃんが編んだもの」

「ふふふふ……」

順子の問いに新妻は押し殺すような含み笑いを浮かべた。

「当ったわ。以前、おばあちゃんからレース編みを教わったことを思い出してね。健三さんとの新家庭では、何事も手作りということを基本方針にしてるの。そうでしょう、私たち二人が共働きしても、しょせん収入は知れてるもの。だから多くを望むのはとても無理、分相応で収めないとね。でもそれを良しとさえすれば、無理に背伸びをすることもなくて気が楽だわ。私たちは、歓びも幸せも手作りで叶えようとしているのよ。身近な所で手を掛け、ひと工夫することに楽しみを見出し、生き甲斐とする。これだと不満は起こらないし、日々に歓びを感じて生きてゆける。人生の終わる段階でその結果は出るでしょう。それを採点するのは自分たち自身。多分私は、高い点を付けられるんじゃないかと信じてるの」

「そうゆう生き方ってあるのね。私も考えてみなくちゃ。雪ちゃんはどう」

鞠子が感心した顔付きで雪乃に返事を求めた。

「そうね、好いと思うわ。でも、その前に私の場合、まずは彼氏を見付ける方が先。何の当てもなくて、どうゆう幸せを求めようかなんて考えたって始まらないもん。好い人現われないかな」

雪乃の真に迫った言い方に一同笑った。

「その内現われるわよ。男なんかは五万といるわって、誰かが歌ってたじゃない」

「掃いて捨てても惜しくはないわ、でしょう。私も言ってみたいわ。ひづるちゃんのように」

「何言ってるの、それは、あの場の行き掛かりで出た言葉よ。橘さんが無理に決意表明なんかさせるもんだから、苦し紛れに強がりを言っただけ」

「でも、あれは良かったわ。そのせいかひづるちゃん、すっかり失恋の痛手から立ち直ったようじゃない。以前のように目が輝いて、むしろ女っぽい魅力を増したようにさえ見えるもん。中原さんもそう思うでしょう」

順子も話に加わったことで、女たちのやり取りは高まりを見せた。男二人はこれを遠巻きにした形で見守り、互いに顔を見交わしながら聞き役に回った。それでも西原は気を利かせ、素早く立上がって台所に向かった。既にテーブルにはワイングラスが置かれ、中原も手伝ってそこに用意の品々が並べられた。

「お待たせしちゃって。話が弾んだお陰で、肝心の食事が後回しになってしまう所だった。今日は我が家の引越しに加えて、私と三日後のひづるちゃんの誕生日を祝って頂くために来て頂きました。嬉しいわ、本当に、どうぞこれからも末長くお付合い下さいますように。ささやかですけど、一層の誼《よしみ》を深めるためにひと時を楽しみましょう」

ひと通りの品がテーブルに揃ったのを見定め、梨花は少し改まった顔で挨拶を述べた。ケーキに立てられた二十三本のローソクが梨花とひづるによって吹き消され、二人に向かって「おめでとう」の言葉と共に拍手が起きた。続いて中原の合図で「ハッピーバースデイトゥーユー」の合唱となった。室内の雰囲気はこれにより一気に盛上り、他家に入り込んだ堅苦しさが訪問者たちの表情から薄れていった。梨花とひづるは皆の祝福に応え、順を追って一人ひとりに目で挨拶を送った。この後、皆は思い思いにテーブルの品に箸をつけ、ワインを口にし始めた。

「二十三歳って、女が最も美しく見える年だとは思わない」

と、順子が誰にともなく語り掛けた。

「梨花ちゃんもひづるちゃんも今、その頂点にいるのよね。確固たる自信に支えられ、余裕を持って先を見通す。朝、目を覚まして鏡と向き合う自分に、優しく微笑み返すことが出来る。自分のその笑顔に励まされ、その日一日、充実した時を刻んで夜を迎える。何の陰りもなく明日を見詰め、希望に胸脹らませて生きる。好いなあ、二十三って。いつまでもそこにとどまっていられないものかしら、私たち女だけは」

「何言ってるのよ、順子さんだってつい少し前、二十三を迎えたばかりじゃない。変ねぇ、まるで、三十・四十にでもなった人みたいなこと言って」

と、すかさず雪乃が返した。

「そう思うでしょう、それがそうじゃないのよ。雪ちゃんや鞠子ちゃんは先のことだけど、この二十三年という一線を越えてしまうと、時は駆け足で過ぎて行くものよ。まるで何かに追い立てられるように、明日は二十六、あさっては二十七になってしまうといったようにね。年を加えて魅力を増す男性と違って女は、真冬にコートを剥ぎ取られるような心細さを感じてしまうの。それは年々強くなっていくと思う、今の私はまだそれ程じゃないけれど。不思議よ、いずれこの気持ち、あなたたちにも分かるでしょうけど」

「じゃあ、どうすれば好いの、それを避けるためには」

「仕事、と応える人もいるでしょうね。それは幸せなことだと思うし、羨ましくもあるわ。家庭を持つ、持たないは別として、生涯続けられて充実感を伴なう仕事をする才女は世の中に何人もいるわね。それは女の、一つの理想の姿かもしれない。現代女性は、そこを目指して生きるべきだとも言えるでしょう。でもそれは悲しいことに、才能に恵まれた限りある人にのみ言えることとよ。或いは、私たちはその努力をしていないのかもしれない。けれど私に言わせれば、才能がないから努力をしないとも言えるわ。で、結論は、やはり結婚なのかなぁ、と私は思っているの。夢を叶えてくれる相手を選び、早い話が玉の輿に乗るってゆうあれね。安易で短絡的という誹《そし》りを受けるこの考えが、女には一番手っ取り早く有効な手段なんじゃないのかしら」

「どんな玉の輿に乗っても、年を取ることだけは回避出来ないじゃない。それとも、そうした地位を得ると、年を取る憂いから解放されるとゆう訳」

「多分ね。それは、生活のゆとりが為せる業だからじゃないのかなぁ。確かに誰でも年を取るわ、それはあらがい難い事実よね。ただ、日常の煩いから解放されることで、いつまでも若い時の心を維持出来るような気がするの。大事なのは、それに押し流されるか否かということなんだけど、私は経済的余裕こそがその救世主だと信じている」

「女の夢はそこにあるという訳ね」

「まあ、そう」

「それも一理あるとは思うけど、じゃあ、愛はどこへ行ってしまったの。私が一番大事にしたいのは愛だわ。鞠子ちゃんは」

「そうねぇ……両方かな」

これには期せずして全員が爆笑した。鞠子だけが一人きまりの悪い顔をした後、少し威儀を正して言い直した。

「でも、それはちょっと欲張りね。全て叶えられるに越したことはないけど、誰にもそんな幸運が訪れるものではないでしょうから。となると、強いて選べば私も雪ちゃんと同じかな。何不自由のない恵まれた生活には憧れるわ。それを求めない女なんていないでしょう。ただ、長い結婚生活の中で、希薄な愛情で結ばれた夫婦がどんな日常を過ごすのか、私にはちょっと想像出来ないな。夫は妻を軽んじて外に楽しみを求め、妻は自由に使えるお金を生き甲斐として日々を送る。名ばかりの夫婦として形だけの共同生活を続け、心は互いによそを向いている。こんな状態にある時、ダイヤの指輪や金のネックレスが、果たしてどこまで自分を支えてくれるか疑わしいもの。そりゃあお金持ちでも心優しく、生涯愛情を注いでくれる人はいるでしょう。ここではそれが叶わないという前提で話をすると、最後に頼るべきは変わらぬ愛ということになりそうだわ」

「拍手、拍手、好い所に落としてくれたわね、鞠子ちゃん」

雪乃は少しはしゃいで同調する鞠子に手を叩いてみせた。彼女はゆっくりと一同を見回し、如何にも改まった口調で先を続けた。

「そこで重要なのが、梨花ちゃんと西原さんの今後なのよ。二人の結婚生活がどんな風に進展するのか、見守りたいわ」

「あら、どうして私たちの今後が、今話題に上がったテーマと結び付くの」

「だってそうじゃない、多少の差はあれ、私たちはみんな似たり寄ったりのお給料よ。高額所得者なんて一人もいない。共働きをしたって、大手企業のエリートには遠く及ばないわ。その梨花ちゃんたちが美しい愛の花を咲かせ、散ることもなく末長い幸せな家庭を築き上げるとしたら、愛は富に勝るものだと立証することが出来るじゃない。それは同時に、老いてゆくことにだって耐えてゆけることを意味するわ」

「うん、そうね、やっぱり両方を望む必要はないんだわ」

「そうよ、どんなに背伸びをしたって、私たちは平凡な生き方しか出来ないのよ。だからといって、何も惨めな気持ちになんかなる必要はないわ。富める人だけを幸せにするなんて許せない。私たちの味方は愛よ、愛こそは私たちの救世主なのよ、これを手許に引き寄せることが大事なんだわ」

幾分ワインの力も手伝って雪乃は弁舌を奮った。殊の外、愛を力説する彼女を横目に、順子は余裕のある笑みを浮かべて聞き入っていた。自分より若い雪乃や鞠子の純粋さが、彼女にはかわいらしく思える。愛を讃美する彼女らの意見に異論はないが、それの不変であるとする考えに順子は疑念を抱く。不幸にして愛は時の流れの中で劣化し、変形し、また消滅すると考えるからである。それ程に脆く、不確かなものであると認識する彼女には、愛を全面的な信頼者と位置付ける訳にはゆかないのだ。それに引き替え富こそは、如何なる風雪にも摩滅することがない。たとえ男が背を向けようとも、ダイヤモンドや金は光り輝いて女に微笑みを投げる。老いの三要素たるシミ、皺、白髪が目立つ老後においても。

この強力な富を味方としない手はないとする順子は今、二宮具広からの呼掛けを待っている。実業家ではない彼を富と結び付けることには無理がある。それを弁えた上で彼女は、この男への期待を強める。能吏が自分の希望通りの道を歩んだ場合、一定水準以上の高みが見えてくる。外国暮らし、華やかな夜の社交、家事からの解放等の日々が自分を待ち受けるからだ。スーパーの特売日を気遣うことなく、髪形や衣装や靴や装飾品に関心を払う生活へと移行する。富を有さぬ一般人がこの境遇を手にし得るのは、大使夫人を置いて他にあろうか。

一来店者と名刺交換する仲となったことを、順子は仕事上のひと齣として片付けたくはないと願った。これを天から降った幸運と考え、この機を逃さぬ方策はないかと思案した。デンバーに向かった二宮がどんな仕事をしているかを想像しながら、自ずとまだ見ぬアメリカへの空想が巡ってくる。摩天楼や自由の女神に代表されるニューヨーク、映画の都ハリウッドやビバリーヒルズが即座に頭に浮かぶ。更には、ミュージカルやグランドキャニオンなどがまばらな形で表われはするが、それ以上アメリカを描き出すには巨大すぎる。その中で、唯一彼女が明確な映像をもってとらえ得るのは、この国が人々の夢を可能とすることである。それこそは彼女の願望と一致する。夢のない環境の下で暮らすこと程惨めなものはない。女の結婚はそれを左右する契機となる。その切り札を如何に有効使用するかが、自身の命運を決するのだ。

女たちを中心に取り留めのないおしゃべりが進行するのを、中原はこの家の主と共に聞き入った。それは彼にも極めて関心の高い話題だが、こんな場合男は中に割って入ることが難しい。それぞれの女たちが、愛と富とをどう天秤に掛けるかを注視するしかなかった。ダイヤモンドや金に代表される富が勝つか、それとも、自分にも持ち得る愛に勝利が傾くかを、彼は幾分気を揉みながら見守った。女たちの望みが悉く富となれば、彼は挫折感に打ちのめされることになる。もはや公然とひづるへの想いを表明する彼に、明日という日が閉ざされるであろう。彼女もかつてはその富を重視してきた。それだけに中原はひづるが既にそこを抜け出し、変わりなき愛に方向転換することに期待を寄せた。彼はひづるの隣に席を取ったことで、その顔を覗き見るのは常に横からに限られる。それ故正面からとは違い、表情をもって彼女の胸の内を探るのは難しい。その限りで知り得るのは、いとしい人が終始穏やかな笑顔で双方のやり取りを眺め、この場の雰囲気を楽しんでいるということである。

話の進行を妨げぬ範囲で妻が皆に料理を勧めるのに合わせ、時折西原はよく冷えたワインを注いで回った。この日は女性客中心ということもあり、飲み易く口当たりの好いロゼを夫婦は選んだ。そのせいか、会話は大きく跡切れることなく続き、ほんのり頬を染めた客たちの賑わいは外にも声が洩れる程であった。更にこの日の祝宴を盛大なものにしようと、西原は友人から借りたカラオケセットを用意していた。それを伝えられた一同は、程の好い所でカラオケでの歌に興味を示した。即座に立上がってマイクを握ったのは中原である。一番手を担う彼の高音域の甘い声は、ワインに劣らず女たちをたちまちにして酔わせた。トランペットを吹くだけに声量が豊かで、かつ暖かみのある柔らかさが聞き手を惹き付ける。普段の会話の声もよく通るが、歌声がひと際印象的であることを皆に再認識させた。誰よりも多いひづるの拍手を心地良く受け止めて彼は席に戻った。手を伸ばしてマイクを受け取った次の雪乃は、小刻みにリズムを刻む「恋の衝撃」を動きのある表現を交えて歌った。

昨日までの私はまだまだ子供
青春の何かも知らぬまま
そよ風と戯れていただけね
背伸びばかりしていて
お化粧の仕方も知らなかった
制服なんか脱ぎ捨て休みの日には
友だち誘って原宿辺り
大人びた振りをして歩いてた
お金なんかないくせに
すてきな服を肩に掛けて気取ってみるの
あの湖であなたを知り初め

燃える夏の出逢いが季節の中で
恋という名の熱いときめきを誘う
乙女心を揺する眩しい衝撃

明日《あした》からの私は子供じゃないわ
おてんば盛りにさよならして
腕を組んで好きな人と歩くのよ
ヒールの高い靴を履いて
口紅やマニキュアもつけたいわ
あなたからの電話はデイトの誘い
ブランド志向じゃないけれど
これまでよりしとやかに見せたいの
ダンスはジルバが終わったら
スローなワルツで酔わせてね
あの湖であなたと交わした
とける甘い口づけしびれる囁き

夢じゃないのよこれは大人の恋でしょう
乙女心を変えるうれしい衝撃

少ない部屋の空間を巧みに使い、左右自在に動いては、身振りや踊りをも入れた雪乃の歌は皆の喝采を浴びた。派手な表現の中にも、十代の少女の胸の内をそれらしく匂わせる仕草と表情が大いにうけた。ホテルのレセプションデスクで、威儀を正して接客する日頃の畏まった様との対比が見事に光る。愛らしさと茶目っ気を織り交ぜ、彼女は中々の役者であることを皆に知らしめた。

「招待客中の露払い二人が歌ったから、今度は主賓のひづるちゃんの番かな。今日は梨花ちゃんと共に、ひづるちゃんの誕生祝いでもあるのよ。もう曲は決まった」

「うーん、さあ、何にしようかな」

思案顔のひづるを見て、雪乃はその背中を押すように自分で曲を指定した。

「まだなら私が決めてあげる、その方が早いわ。ひづるちゃんはやっぱり決意表明の歌が合っていそうね、こないだのとっても良かったもん」

「そんな歌ある訳ないでしょ。第一、流行歌に決意表明なんて似合わないわよ」

「あるあるって。知ってるでしょ、これ、掛けるわよ」

「雪ちゃんたら、何を歌わせようっていうの、私に」
雪乃は「幼なすぎたのかしら」を選んだ。

Too young　幼なすぎたのかしら
Too young　あなたにとって
胸を焦がし続けた　ただ一人のひとなの
いつもいつも密かに
優しいその面影　慕い続けていたの
燃える太陽　青い海原
カモメたちが群れ翔ぶ
幸せは束の間　すぐに手元離れる
夢に似てはかない
愛は遠く過ぎゆき　私一人残して
急ぎ足で駆け去る
やるせない悲しみ　泣いてなんかいないわ

Too young　懐かしいひと時が
Too young　瞼に浮かぶ
還らぬことだけれど　未練が顔覗かす
今も今もあなたを
愛し続けているの　心許した人よ
夢見る頃が　幸せなのね
清き心そのまま
幻は束の間　シャボン玉に似ている
空の果て消えゆく
愛はそ知らぬ素振りで　嘆きばかり残して
風のように去りゆく
思い出よ帰って　抱いて抱いてもう一度

Too young　枯葉踏みしめ歩く
Too young　コートの襟立て
今は月日もめぐり　許し合って好いのね

恨みなんか消し去り
希望に燃え生きましょ　もはや子供じゃないの
うつむかないで　空を見上げて
明日を信じていくわ
悲しみは束の間　熱い吐息聞こえる
そっと耳をすまして
早く早く歩いて　先へ先へ急いで
ふくらむ胸弾ませ
愛の詩うたえば　涙なんかいらない

決意表明の歌と雪乃がこじつける「幼なすぎたのかしら」は、自ら即興で歌った「明日を見詰めて」に比べ、今のひづるの心境には近かった。こちらは無理な強がりがなく、別れた相手への想いを素直な気持ちで吐露している所が受け入れ易い。実際歌の中で彼女は、漠然とした形ながらも若大路の姿を描き出していた。ひと時体を許した相手に対し、その裏切りを百パーセント責められぬ弱味が女には付いて回る。ひづるもその一人で、憎い男の面影を完全には心の中から消し去ることが出来ずにいる。典仁への未練は日々薄らいではいても、どこかに惜別の情が燻っているのを彼女は認める。これを断ち切ることが明日を開くことだと、彼女は繰り返し自身に言い聞かせてきた。それに合わせるかのように、中原が僅かずつではあるが彼女の中に入り込んでくる。だが、まだこれを愛として受け止め、梨花のように平凡な日常に幸せを求めようとするには距離がある。

目の前の友は、疑う余地なく幸福を享受しているかに見える。それを祝福する一方でひづるは、彼女らの結婚生活がほんの入口にすぎないことにも着目する。両者の将来を見据える時、余裕のない暮らしの煩いを愛がどこまで補えるものかと訝しく思う。この現実に対処出来るものはダイヤモンドや金だ、とする順子の意見も無視し難い。そのいずれに軍配を上げるかは棚上げにして、ひづるは無理なく中原への想いが熟成するか否かを待つことにした。

マイクを持つ手が次々と代わり、転居と二人の誕生祝いを兼ねたパーティーは夜更けと共に盛り上がりを高めた。いずれも歌や楽器を手掛ける者たちだけに、カラオケに身を引く者がいないのは当然とも言える。興が乗る程に力がこもり、誰もが何周目かの順番が回るのを楽しんで歌った。十分ひと時を満喫した末に一同は、去り難い思いを内に秘めて別れを告げた。夫妻は玄関先のアパート前でしばらく手を振り、星空の下を皆が去り行くのを見守った。部屋に戻った二人は、誰もが満足気にこの夜を過ごしたことを確認し合って笑みを交わした。

「お友達を持つって好いことね。二人きりで過ごす時間も貴重だけれど、大勢で賑やかに語り合うのもまた楽しいわ」

「僕もそう思うよ。こんなに盛り上がって時間が流れてゆくなんて、想像していなかった。もっと大勢であれば、夜明けまで行ってしまいそうな雰囲気だったじゃないか」

「家を建てる時には、リビングキッチンをもっと広く取りたいわね。今回、五人しかお招き出来なかったのが残念だわ」

「部屋の間取りや広さを考える時間は十分あるさ。生まれてくる子供たちのためにも、そうした広さの部屋が必要だということが分かった訳だ」

「限られた予算で私たちがどこまでそれを可能ならしめるか、簡単でない所に却って面白さが湧いてくる。私やるわよ」

「僕だってやるさ、ダイヤモンドや金に代わる歓びを引き寄せるためにね。それは同時に、雪乃ちゃんが僕たちに寄せる期待に応えることにもなるんだ」

五人を招いたこの日のパーティーで、歓びも幸せも自らの手で紡ぎ、織り上げるとする梨花の願いは確証を得た。自ら進んで作り出す意欲こそが重要で、それらが降って湧いてくるのを待つ必要などないのだ。これを理解する良き伴侶を得、共に手を携えて歩くに相応しい相手を選ぶか否かに掛かる。彼女が選んだ西原はそれに応える男であった。二人が心合わせることにより、様々な歓びや楽しみが目の前に広がる。当面は子供を設け、人並みの家庭を築くことを目標とする。その過程で、次の目標を見出すことが夫婦の結び付きを深める。それは二人の会話を一段と弾ませ、仕事への意欲をも掻き立てることになるであろう。

場面六

橋が主導する施設訪問は、予定通り五月も下旬に行なわれた。概ねそれは月に一度を目安とし、老人並びに児童らの施設を巡回する。それらは日頃練習する歌の発表場所であり、施設利用者たちとの交流を深める場ともなる。橋の頭の中にはボランティア活動という意識は薄く、相互の触れ合いを重視する。このため、歌いっぱなしで帰ることを良しとせず、終了後は短時間であれ、施設内の清掃その他の作業に当る。時間によって食事提供の手助けをしたり、進んで団欒の話し相手ともなる。

その際コーラスグループの若い女性たちは、老・幼いずれの施設にあっても年齢故の強みを発揮する。老人施設では、日頃無縁の若年者との触れ合いが人々に予想外の刺激をもたらす。老年男子はもとより、同性間であっても類似の効果を上げることを橋は認める。年寄り同士の語らいとは異なり、訪問時の老人たちはいつも以上に心浮かせ、言葉数が多くなると共に流暢になる。こうした時の彼らは、ひと時自身の年齢を忘れるかとさえ思われる。既に失った若さへの郷愁と憧れを、多くの者たちが一様に想起するのだ。短時間とはいえ、日々老いに向かう彼らに、コーラスグループのメンバーはそれを押しとどめる効果を果たす。当面の話し相手が立ち去らぬよう、様々話題を見付けては引き止めに掛かるのはそのためであろう。

何より、甘く薫る化粧の匂いが彼らの気持ちを和らげる。白い歯を覗かせる若い女たちの笑顔も、映画の一場面を眺める時の楽しさを彼らに与える。これらの効果の延長線上として、中には老・幼の施設を併設する所もある。孫や曽孫同様の園児を間近に置き、歓びと生き甲斐を老人たちに感じさせようという計らいである。裏を返せばこのことは、施設を他から隔離することが望ましくないことを意味する。なろうことなら利用者自らの側が、積極的に地域に出ることが理想であろう。グループの訪問は、家庭の温もりの中で暮らす園児らの目をも輝かせる。彼らは両親の目の届く中で暮らし、自由に甘え、必要な要求も意のままの環境下にある。それにも関わらず園児は、華やいだ訪問者に慕い、集う。時としてその行動から、これら子供たちの家庭状況が訝しくさえ思われる。両親の愛情が十分に注がれていれば、たとえ珍しい来訪者としても、さほどに密着してはこないと考えられるからだ。

この日グループは、児童養護施設「かずら学園」を訪問した。コーラス側からは、ひづる、ひろみ、珠代、妙子、美帆子に美佐子母娘という顔触れ、バンドからは牧田を始め、中原、三村、岸和田、名立がそれぞれの楽器を携えて加わった。この種の施設は昭和二十二年制定の児童福祉法に基づき、幾多の事情により親元を離れた子供たちの保護と教育を目的として設立された。その対象となる十八歳以下の子供たちの家庭環境は複雑で、罹災により孤児となった者から、育児放棄により孤児となった者まで様々ある。それ故彼らは、幼児期に最も必要な親の愛情を享受出来ぬ境遇にある。施設では極力里親探しに努めるが、どこでも園を離れる者の割合は極めて低い。こうした子供たちと互いに手を取り合って歌い、ひと時を楽しく過ごしてもらおうというのが橘の狙いである。稀な訪問による効果に限界はあっても、子供たちの心に優しさと希望が芽生えることを彼は願う。将来それが入園者を支え、不遇な幼少期を撥ね返すバネとなることを併せて期待する。幸い若いコーラスメンバーは、こうした施設ではどこでも歓待される。彼女らは子供たちの母親として、時に姉として慕われる。

メンバーを集めるにも指導するにも女性のみの方が手軽と考え、橘は成田スカイコーラスグループを結成した。専門の音楽知識に乏しく、中学生の頃からピアノを弾いてきただけの彼には、複雑さを増す混声合唱には臆するものがある。同じ女性の声を高・低で歌う程度のものであれば、楽しみを目的とする同好組織を率いることは可能とみていた。それだけに発足時は、合唱コンクールへの出場などは視野になかった。空港を舞台とする各職種の者たちが集い、そこでひと時を和やかに歌って過ごすことに目的の全てを置いた。それを続けて一年二年と経過する内に彼は、メンバーのためにも技能の向上を図る必要を感じ始めた。同好の集いであることはそのままに、向上心をないがしろには出来ぬという観点から、まず彼は自身の音楽知識を深めることに努めた。合唱関係の書物を読み、また聴くことからそれは始まる。和声法や体位法の基本にも手を染める。更にその一環として或る時期から、グループを県の合唱コンクールに出場させるようになった。水準の異なる他のグループの中で歌うことは、自らの位置の把握に役立つ。優秀なグループの歌唱を間近に聴き、指揮者のバトンテクニックを我が物とすることもその念頭にあった。

施設長への挨拶を済ませた橘は早速、用意の遊具をバンドのメンバーと共に中へ運び入れた。ここ「かずら学園」は未就学の幼児が多く、そこに何人かの小学児童が含まれる。そのために橘は、低年齢の子供たちが歓びそうな歌と遊びを考慮した末、施設の一角に小さな森を設置することを思い付いた。そこに滑り台やブランコを置き、木登りをしながら子供たちが伸びやかに走り回って遊ぶという趣向である。これを、バンドグループの軽快な音楽で誘導する。その際子供たちは、美佐子らの手による好みの縫い包みを頭に着ける。熊、リス、兎、もぐら、猿の五種類の中から選び、形の上からも森の雰囲気を作り出す。美佐子は子供たちの好みが一点に集中することを想定し、どれも少し多めに作っておいた。多目的に作られた一階ホールに子供たちが集い、互いに顔合わせをして準備が整えられた。ここで子供たちは訪問者の中に、一人美佐子の娘が加わっていることに不可解な表情を見せた。この見知らぬ幼児を自分たちとどう区別するか、子供たちは珍しいものでも眺めるようにさと子に対した。しかし彼らの戸惑いは、美佐子のひと言で消滅した。

「おばさんちのさと子ちゃんよ。今日は、みんなと楽しくお遊びするためにやって来たの。仲良くお仲間に入れてね」

これに続いてさと子も教えられた通りの挨拶をした。

「こんにちは、さと子でーす」

元気の好いさと子の挨拶を受け、子供たちはたちまちこの新しい顔を仲間として受け容れた。

ホールに仮想の森が出来上がるのに併せ、子供たちはコーラスメンバーが箱から取り出す縫い包みに群がった。

「さあ、みんな、好きな動物を見付けたかな。もうここは、みんなが頭に被った動物たちの住む森の中だよ。動物たちはみんな仲良しなんだ。体の大きな熊も小さなリスたちも、みんなここで一緒に住んでいるんだからね。動物たちは森の中で、遊んだりおしゃべりして過ごすんだよ。そうしておなかがすくと、草や木の実を見付けて食べる。おやおや、小鳥の声が聞こえてきたかな。小鳥が歌うと、動物たちも歌ったり踊ったりするんだろうなぁ」

橘の言葉を受けたバンドメンバーたちは、この日のために用意した「動物と遊ぼう」のメロディーを奏で始めた。まずはフルートの岸和田が、小鳥の高音域の鳴き声に似せて主旋律を出した。これで子供たちの注目を集めた後、牧田の奏するチェロの上に中原のトランペット、三村のサックス、更には名立のファゴットがそれに続いた。彼らは時に独奏、時に合奏を繰り返し、森の中で動物たちが躍動する情景を作り出した。初めの内子供たちは、遊び方が分からずに鈍い動きを見せる。直ぐにそれを察した橘は、傍の女児の手を取ってブランコに誘導し、男児を肩車にして森の中を歩き出す。コーラスメンバーは即座にそれに呼応し、間近にいる子供らの手を取って同様に動き始める。これが誘い水となり、子供たちは程無く橘が期待する通りにはしゃぎ出した。すっかり動物になりきった幼子たちは、軽快な音楽に乗って森の住人らしい振舞いを見せた。この日は複数の若い女性たちと一緒とあって、彼らの瞳は輝いてみえる。どの子供たちの口からも、楽しさを滲ませる声が絶えず飛び交う。互いに声を掛けて呼び合ったり、その内には縫い包みの交換をする者まで出る。施設長以下の職員たちは、これを優しい眼差しで見守った。

娘と共にここへ来た美佐子は、我が娘が見知らぬ子供たちとどのように遊ぶのかに注目していた。事前にその目的を話はしても、どこまでその中に入ってゆけるものか気遣っていた。概してさと子には人見知りがなく、強く我を張ることもないので親としては育て易い。保育園にも安心して預けることが出来る。母親の手を離れて同世代の中に入るさと子は、時折手を振りながらここでの一員になりきっていた。何の屈託もなく振舞う彼女に、一つ年上の健太が終始離れずに追い掛けていた。さと子が滑り台で遊べば健太もそれに続く。二人用のブランコに向かへば共に肩を寄せ合う。特段言葉を交わす訳でもないのに、二人は木陰に隠れて鬼ごっこの真似をする。コーラス仲間と共に子供たちの相手をする美佐子は、母娘二人の家庭で育つ我が娘に、いじけた所が見られぬことを心強く感じた。

この場を支える「動物と遊ぼう」は何度か繰り返された。通して奏される時間は三分程と短いため、バンドメンバーは多彩な変奏を繰り広げて長丁場を持たせた。これにコーラスグループの目配りが利き、ただの一人も疲れた様子を見せずにこの間を過ごした。楽器の全奏が大きな盛り上がりを作って終了すると、どの子供たちも充ち足りた表情で間近の者と笑みを交わした。それから子供たちは、コーラスメンバーに体を摩り寄せて甘えたり、バンドメンバーに近付いて興味深げに楽器を覗き込むなどした。音楽の時間は学園内で幾らもあるが、複数の、それも本格的な楽器を園児が直接目にすることは珍しい。ましてその生演奏となると、音を奏でるそれらへの関心は増してくる。恐々手を伸ばしてそれに触れ、大人たちの反応を窺う者もある。年のいかぬ者程、それらの器具から音の出ることに不思議を覚える。

音楽が子供たちを楽しませることは承知しても、彼らの抱く楽器への関心が少なくないことを橋は感じた。こうした子供たちを眺める内に、年嵩の園児には楽器演奏を伴にすることも悪くないと考えた。牧田が園児の一人を自分の手元に招き、弓を持たせてボーイングをさせる姿を見てその感を強めた。バンドとの合同訪問は、こうした場合強味となる。後は、子供にも演奏可能な楽器を如何に揃えるかにある。そんなことの想像から彼は、ヴィヴァルディがヴェネチアの養育院でその指導に当った話を思い起こした。後にして思えばそこでの子供たちは、その不幸な境遇とは裏腹に、これ以上はない贅沢な時を過ごしたことになる。バロック期の大家が作る曲を、他の誰にもさきがけ、その指導の下で演奏する歓びは如何許りであったろうと思われる。

全体をひと渡り見回して橋は、次に用意する遊戯を子供たちに提案した。

「みんな疲れちゃったかな。どうする、ひと休みしようか。それとも今度は、お遊戯歌を歌って遊ぼうかな」

子供たちの反応は早く、皆口々に次の遊びを求めてはしゃぎ回った。橋はにこやかに頷き、大人たちで森の遊具を後方に下げると、そこに全員が手を繋いで動ける空間を作り出した。四季を歌う「元気だよ」の遊戯歌には一定の広さが必要となる。そこでは、まず全員が手を取って横一列に並び、導入部を歌ってから円を描き、次いでふた手に分かれて歌の掛け合いをする。仲間の女性たちを適宜子供たちの間に配してから、橘は牧田に演奏の合図を送った。

元気だよ　僕も私も元気だよ
みんな仲良く手を繋ぎ
お遊戯・縄跳び・隠れんぼ
僕らは仲良しお友だち
喧嘩なんかはしないのさ
春は遠足バスに乗り
桜の下でお弁当
いろはにほへと　いろはに金米糖
ＡＢＣＤＥＦＧ　ＡＢＣのビスケット
三時のおやつに食べたいな

お昼寝済んだら手を洗い
みんなでおやつを食べましょう
ハイハイハイ

元気だよ　僕も私も元気だよ
みんな仲良く輪になって
石蹴り・毬つき・じゃんけんぽん
僕らは仲良しお友だち
泣いてる子なんていないのさ
夏はプールで水遊び
夜には花火を上げましょう
いろはにほへと　いろはに金米糖
ＡＢＣＤＥＦＧ　ＡＢＣのビスケット
三時のおやつに食べたいな
みんなお昼寝夢の中
お菓子のお城へ出掛けましょう

ハイハイハイ

元気だよ　僕も私も元気だよ
みんな仲良く腕を組み
その場で足踏み 一二三
僕らは仲良しお友だち
意地悪なんかはしないのさ
秋はすすきの穂が揺れて
お月見兎もはね回る
いろはにほへと　いろはに金米糖
ＡＢＣＤＥＦＧ　ＡＢＣのビスケット
三時のおやつに食べたいな
お菓子で出来たお城には
ケーキやキャラメル・ビスケット
ハイハイハイ

元気だよ　僕も私も元気だよ
みんな仲良く集まって
お歌を歌って遊びましょう
僕らは仲良しお友だち
仲良しこよしのお友だち
寒い冬にも負けないで
お外でかけっこ雪合戦
いろはにほへと　いろはに金米糖
ＡＢＣＤＥＦＧ　ＡＢＣのビスケット
三時のおやつに食べたいな
そろそろ起きましょ目を覚まし
楽しいおやつの時間です
ハイハイハイ

元気だよ　僕も私も元気だよ
今日はこれでさようなら

あしたも楽しく遊びましょう

園児が歌っている間、橘と園長の袴田美代子は、それを互いに横目で見ながら立ち話をした。家庭の温もりを知らぬ子供たちに、こうした訪問者は歓迎すべきものであること。自分たちが、外部から隔てられた人間ではないことを各自に知らせる機会となること。更には他者との交流により、成長後の対人関係を円滑なものとするに役立つこと、等々に話が及んだ。袴田は特殊教育の経験が長く、これら児童・生徒の教育にこれまで情熱を注いできた。年齢は橘より上で、常に弱者と共に歩む女性らしい優しさが言葉の端々に表われ出ている。

「子供たちの笑顔を見ていると、こちらの気持ちまで和んできます。笑顔は子供たちに必要ですね。それだけに、笑顔なしで育つ子供たちの行く末は案じられますよ」

「ええ、それにもう一つ必要なものがあるんですよ、とりわけ幼少期には」

「ほう、それは」

「甘え、です。親への甘えは、将来の情操教育に欠かせぬものだと考えています。そこを通過することによって子供たちは、人間に必要な様々な感性を身に着けるんだと思うんです。他者への優しさや思い遣りも、そこから生まれてくるんではないでしょうか。勿論、知性の発達のためにも重要な要素となります。子供が親に甘え、それを受け容れてもらうことから愛情も芽生えてきます。私たちは務めてその代わりとなるべく努力はしますが、家庭の中の真の親子関係には遠く及ばぬ悲しさがあります。だからと言って子供たちが、皆望まぬ方向へ進む訳ではありませんけれどね」

「どうしても限界があるんですね、超え難い一線といったものが」

「それを補うものとして、芸術やスポーツを日常活動の中に取り入れることを重要視しています。当然それは、年齢に合わせてのことになりますわね」

「なる程、芸術やスポーツはそういう所にも寄与するという訳ですね。私共は自身の楽しみと発表を兼ねて施設回りをしていますが、今のお言葉は励みになります。音楽の重要性を擁護して頂いたようで」

「私共こそ感謝しておりますよ。それがどれ程大きなものかは、ああした子供たちの表情がよく示している通りですもの」

先程の「動物と遊ぼう」に劣らず、園児たちは目を輝かせて遊戯歌に遊び興じた。ここでもさと子と健太は、旧知の間柄のように終始手を取り合っていた。一つ年下のさと子に対し、健太は次第に兄の如き気持ちで接するようになっていた。来園者は決まって大人であるだけに、この小さな乙女が、彼には殊の外珍しく思われたようである。

遊戯の終わった所で食事時間が迫ってきた。橘は昼食の仕度とその他の雑事を園長に申し出た。主に女たちが厨房の手伝いをし、男たちは清掃作業に当った。バンドグループが訪問活動に加わったことにより、以前に比べて作業はいずこでも短時間で終わるようになった。手を洗うなどして食事を待つばかりの子供たちは、作業の終わった来園者を職員らと共に玄関口に出て見送った。稀に訪れる部外者と過ごすひと時は、何物にも代え難い胸のときめきを彼らに与える。それは一時的にもせよ子供たちに、世界を広げる効果をもたらす。限られた日常が続く学園生活において、自分たちの知らない人々の活動があることを彼らに教える。しかも双方を隔てる仕切りは何もなく、互いに歩み寄ることで、いともたやすく交流が図られることを彼らは知る。それぞれの車に乗り込むグループの者たちに、園児らは皆手を振って別れを惜しんだ。元気で手を振る一方で、車が遠ざかるにつれその笑顔が沈んでゆく様子が見られた。

車影が前方から消えるのに合わせ、子供たちは言葉もなく職員らに促されて中に入った。その瞬間、彼らの心の中には寂寂たる思いが忍び寄った。後髪を引かれる思いで皆が食堂に向かう中でも、一人健太は離れ難い情感をもってその場に佇んだ。彼は車が消えていった方角を見詰め、両目にうっすらと涙を浮かべていた。いつ訪れるか知れぬ者への惜別の念が、彼の小さな心を揺するのである。健太の姿が見えぬことは直ぐに知れ、袴田が急いで玄関先に戻ってきた。もしや、幼子が立ち去った者の後を追い掛けはせぬかと案ずる彼女は、ひとまずその後姿を見て安堵した。姿勢を崩さずに前方を見詰める健太の胸の内を推し量るにつけ、園長は声を掛けるのに言葉が詰まった。

「健太君」

その声が届かなかったかの如く、健太は同じ姿勢でじっとしていた。袴田は前に回って腰を落とし、幼子の両手を取って笑顔を見せた。

「もうみんな行ってしまったね。いろんな遊びをして楽しかったけど、帰ってしまうと寂しいわねぇ。でもきっと、お願いすればまた来てくれるでしょう。だから、それを楽しみに待ちましょうよ、ね。食堂ではみんなが健太君を待っているのよ。姿が見えないからどうしちゃったかって、みんなが心配してるから早く行こう」

健太はようやく小さく頷き、園長に手を取られて中に入った。彼の胸の内には、夢のように過ぎ去って行った楽しい時間が幾重にも折り重なって沈殿してゆく。いつまたそれを呼び起こすことが出来るものか、それの判然としない所が幼子に寂しさをもたらす。僅かに園長の握る手の温もりのみが、当てもなく落ち込む彼の心を支えていた。

「かずら学園」を後にしたグループ一行は、途中昼食を済ませてから予定の老人施設に向かった。そこでは主に、日頃練習してきた歌の発表という形を採り、施設利用者と和やかに歌うなどのこともした。そうする中でも橘はみんなの歌の好みを探ったり、次はどんな工夫を凝らすべきかに意を払った。利用者の中にはコンクール向きの合唱曲を敬遠し、演歌や和風歌謡を求める声がある。それを折込んで今回彼は、熱海のご当地ソング「熱海・湯の街・恋の街」を最後に用意した。これを五番まである歌詞に合わせ、午後の仕事を持つ美佐子を除くコーラスメンバーが順送りで歌い継いだ。

恋の痛手を癒す為
他人目憚《はばか》る一人旅
網代湯煙り目にしみる
涙溢れてひと雫
熱海・湯の街・恋の街

今も昔も変わりゃせぬ
願い託せしおみくじに
政子・頼朝しのび逢う
伊豆のお社縁結び
熱海・湯の街・恋の街

お宮・貫一金ゆえに
別れ哀しい身のさだめ
なぜに貫一夜叉になる
月は怨みじゃ曇りゃせぬ
熱海・湯の街・恋の街

慕る想いが身を焦がす
いとしい面影胸に秘め
夢待ち峠に今日も来て
見返り橋で見る月よ
熱海・湯の街・恋の街

好いちゃいけない人だとは
知らぬ訳ではないけれど
逢わにゃいられぬこの想い

糸川沿いの紅桜
熱海・湯の街・恋の街

ひづるから始まり、ひろみ、珠代、美帆子、妙子がそれぞれの持ち味を活かして歌ったことが利用者たちの心をとらえた。歌の前半ではせつない女心を熱唱し、結びはほんのり色香を交えた所が大いに受けた。中でも、珠代が歌った三番にくると、誰もが知る物語とあってひと際高い拍手が起こった。演歌は珠代の得意とする所だけに、その歌は汀優《みぎわまさ》りのものがある。歌い終わると共に、今度は着物姿で歌って欲しいという注文まで出る。これにはたちまち他の者たちも同調した。歌の雰囲気からして、それは尤もなことだと橘は頷いた。しかしながら、それには当然貸衣装が必要となる。コーラスメンバーの着物姿は悪くないと思う反面、彼には即座に費用の工面に考えが及ぶ。かつての整備士から現職に代わり、給与面では余裕のない生活が強いられる。自身の病気治療中は妻が家計を支え、看護にも当った。復職後は薄給とはいえ、一定期間共働きによる安定収入がもたらされた。これが続いていれば、子供のない彼ら夫婦にもささやかな幸せを感ずることが出来た。

四年前、妻のかおるに乳癌が発見されたのを機に、再度橘家に暗雲が垂れこめた。片方の乳房を切除したかおるの健康を気遣い、橘はその希望に反して妻の復職を思いとどまらせた。彼には自身の闘病期間に、妻の負担が大きかったことへの気遅れがあった。その彼が、病が癒えて復職するには一年九ヶ月を要した。それを可能としたのも、かおるの献身的な支えが背景にある。元の健康体を取戻すには至らぬ夫に、現在の職を得させる手立てを尽くしたのが彼女なのだ。事故による後遺症の残る橘には、集中力をもって精密作業を続ける能力が失なわれている。外見は何変わらぬように回復しても、体力の減退は如何ともし難い。別けても右眼の失明と、残る左眼の視力低下が整備士への復帰を困難にした。航空機への強い愛着心から整備職を選んだだけに、この残酷な現実は彼を打ちのめした。一命を取り留めて明日への希望を繋いだのも束の間、リハビリに励む間中彼は苦悶を続けた。

　不本意な新業務に着いた夫の心情は、間近に暮らすかおるに痛い程伝わった。新しい職に夫が特段の不平を口にせずとも、前職を離れたことへの悩みが深いことは明らかである。単純業務に馴染まず、常に蟠《わだかま》りを内に抱えていることがその表情に現われ出ている。かつての橘はどれ程業務多忙で疲れていても、好きな仕事に没頭する歓びに溢れていた。機体の中に入り、あらゆる部位に触れることに生き甲斐を感じてきた。整備を終えた機体を滑走路へ送り出す醍醐味が彼を支える。もはやその希望を断たれたこの時期の彼は、帰宅後の表情にも生気が失なわれていた。単に生計のために業務に着き、時間を待って帰るだけの夫にかおるは哀れを覚えた。どれ程言葉をもって励まそうと、それは彼の前に虚しい響きとなって通り過ぎてゆく。時に、それが却って逆効果となることもある。そうした間にも彼女は、夫に命の輝きを取り戻させる手立てを様々考え抜いた。

夕食を終えて夜の床に着くまでのひと時、妻が何気なく口ずさむ歌が居間で寛ぐ橘の心にとまった。時期は、梅雨が明けて盛夏を迎える頃に当る。何をするでもなくソファーに身を持たせ掛ける橘の耳に入った歌は、聞き覚えのある「真夜中のバラード」である。歌はこんな風に綴られる。

月明かりに誘われ
真夜中の渚を
一人歩けば足下に
波が打ち寄せ戯れる
君は今頃眠りの中
閉じた瞳のその奥で
誰の姿描いて
甘い夢をみるのか
届けよ今すぐ

変わらぬこの愛よ
銀のペガサスに乗って
夜空の星を引連れて
あの人の枕辺で
囁き告げておくれ

これは紛れもない恋愛歌である。四十を過ぎ、結婚生活も十数年を経た橋をもってして、どこに惹かれる理由があるのか見出し難い。にも関わらず何故か彼は、この曲が奏でる穏やかでゆったりした時間の流れに引込まれた。恋しい想いを内に秘めながら、騒がしくも逸《はや》る心を抑え、その心境をさらりと言ってのける辺りが今の彼の心情に合致した。ここで、橋が恋しく想う相手は他ならぬ前職にある。丸味を帯びた長い巨体と左右に広がる大きな翼への憧れは、歌の主人公が寄せる恋愛感情にも類似する。どちらも想う相手は遠い彼方にある。こちらはせつないまでに胸を焦がし、その気持ちを相手に伝えることを切望する。仮にそれが叶えられても、想いまでもが成就されるという保証はない。それ故一方的であることに変わりはなく、恋しさに身を焦がす日々を余儀なくされる。立場は違え、彼は今の自分を歌の文面に重ね合わせた。

かおるは一番を歌った所で止めてしまった。歌うともなく口ずさんだものだけに、よもや夫がそれに聞き入っていることには気付かなかった。それだけに彼女は、続けて二番を歌うことを求められて意外を感じた。

「二番を、ですか」

かおるはそれを確認するように聞き直した。

「うん、もう少し聴いてみたいと思ってね、よかったら先を続けてくれないかな」

病気回復以後の夫が、物事に執着を見せぬことを気遣っていたかおるは瞳を輝かせた。この時彼女は、夫・行憲が自分の歌声に聴き惚れたのではなく、その心に或る作用が起きたことを感知した。彼が物事に興味を抱き、それをしっかり見据える日の来ることを彼女は願っていた。たとえそれが歌という些細なことでも、彼女には夫のひと言が貴重に思えた。こんなことが切っ掛けとなり、夫が生きる張りを見出す手掛かりを得るかもしれぬ、という直感が働いたのだ。

「ええ、よくってよ、私この歌とても好きなの。あなたがピアノ伴奏を付けてくれたら、もっと気持ちを乗せられるかもしれないんだけれど」

「ピアノか……」

橘は呟くようにぽつりと言った。彼は退院してからここまで、殆ど自宅にピアノがあることを忘れていた。しかも、折々自分がそれを弾いていたことなどは全く記憶外にあった。ピアノはしばらく弾き手を離れ、気兼ねをするかのように居間の片隅に置かれている。購入から既に三十年が経ち、十分使い古されてはいるが、彼が事故に遭うまではしっかりした音色を響かせていた。中学生になった記念に両親から贈られたそのピアノは、橘が航空機に次いで愛着を寄せるものと言っても好い。彼は言われるままにそこに向かい、ゆっくりと、それも大事なものにさわる如く蓋を開けた。白と黒とが並ぶ八十八の鍵盤を目にした途端、橘は得も言えぬ懐かしさに打たれた。それと共に寸断された頭脳の回路が、この瞬間元の流れを取り戻したかに思われた。手始めに彼は音階を弾いてみた。さすがにその響きには、二年近い空白を感じさせる狂いがある。それはそれとして、当初の想像を超える程のものではない。彼は妻の方を振り返った。かおるは夫の表情に生気が甦ったのを認めて微笑んだ。次いで彼女は夫の傍に歩み寄り、両手を優しくその肩に置いた。

「あなたを迎えて、心成しかピアノが嬉しそうに音を奏でたよう。きっとピアノは、あなたが弾いてくれるのを待ってたんでしょうね。一時的にもせよ放置されて、胸を痛めていたのかもしれないわ。ピアノと行憲さんは切り離せぬものだったし、そこに寄せるあなたの想いは強いものがあったからよ。それじゃあ、歌の伴奏を弾いてみて。愛する人のピアノに乗って真夜中のバラードを歌うなんて、何かとってもロマンチックな気分になってしまうな。結婚当時の、私が二十歳であなたが二十五の頃を思い出してしまうんだもん。あの時も、歌のコンサートに出掛けたのが切っ掛けで知り合ったのよ。ちょっとしたことから言葉を交わしてみると、どちらも互いに成田空港勤務ということが分かって、急速に親しみを覚えるようになったんじゃない」

「そうだったね。言われてみると、つい昨日のことのように浮かんでくるよ」

「あなたと私を結んでくれたのは音楽だったのよね。だから今、私があなたの伴奏で歌うのは自然な流れなんだわ。さあ弾いて」

橘は言われるままに伴奏を奏でた。曲は、題名に相応しく語り掛けるように進行する。殊更感情を高揚させる響きがないにも関わらず、恋人への想いは先へ進む程に深まりゆく。妻は結婚当時を思い起こし、夫はピアノへの愛着を込めて、それぞれ歌い、弾いた。歌い終わった夫婦は晴れやかな笑顔で見詰め合った。あたかもそれは、リサイタルを締め括った直後の共演者が、互いを誉め称える時のそれに近かった。

「やっぱり伴奏があると歌い易いわ。アカペラで歌う合唱曲の魅力もあるけれど」

「僕は君の伴奏を弾いてる内に、自分にはピアノがあるということを思い出したよ。以前の仕事に戻れずに気落ちしている自分にも、まだこんな楽しみが残っているんだということに気付いたんだ」

「良かったわ、あなたがそんな気持ちになってくれて。私ね、今歌い終わって、こんなことが咄嗟に頭をよぎったんだけど、聞いて下さる」

「ああ、勿論、何なりと」

「空港には、男性たちによるバンドグループがあるでしょう。でもまだ、コーラスグループがあるというのは聞いてないわ。そこでどうかしら、どこにでもある合唱部を、この際私たちの提案で作ってみるというのは。日本には小学生から社会人まで、相当数のコーラスグループがあるんだから、成田空港にもそれがあって好いとは思わない」

「そりゃあ悪くはないけど、しかるべき指導者を探すのは大変だと思うよ、どこにでもいる訳じゃないだろうから」

「そんな難しいこと考える必要はないのよ。私が提唱するのは単なる歌の愛好会であって、コンクールで歌を競うことを目指そうなんていうんじゃないんだから」

「それにしてもリーダーはいるだろう、誰かがタクトを振らなければ纏まりはつかないんだから」

「それをあなたがするのよ」

「まさか、たとえ小・中学生が相手であれ、合唱指導に当るのはみんな音大出の教師なんだよ。彼らは音楽の基礎知識をひと通り身に付けている。僕は習い始めを除けば、殆ど独自にピアノに親しんでいるに過ぎない人間じゃないか。とても彼らと同列には扱えないよ」

「ううん、違う、違う。私が考えるコーラスグループは、今あなたの伴奏で歌ったものを、単に大勢で楽しく歌おうというだけのことよ。大袈裟に考える必要なんて何もないの。想像してみて、仲間と集まって歌いたいという人はどこにもいるものよ。問題はそのグループがあるかないかだけ。もし私たちがその旗振りをすれば、大勢が働く空港ですもの、十人や二十人必ず集まって来るでしょう。無論そのために、私自身先に立って声掛けをしますけど」

「うん、人は集まるかもしれないね。その際僕が案ずるのは、ソプラノからバスまでの多声部を纏める訳にはいかないと思うんだ。経験のない僕としては、当面女性だけのグループで出発した方が無難だと思うな」

「それでいきましょう。話が纏まれば、まずは合唱曲の譜面集めということになるわね。その間私は並行して、あちこちの職場に声を掛けるわ。若い女性の多い職場ですもの、きっと待ち兼ねていたという人たちが出てくるはずよ。そうそう序にここで、グループの名称も決めちゃいましょうか」

「何か好い名前でもあるかい」

「ええ、あなたも気に入ってくれると好いんだけれど、成田スカイコーラスグループというのはどう」

「好いじゃないか、空港に勤める者たちのグループらしくて。それにしよう。ただ、そんな名称まで決まってしまうと、僕は少なからず責任と緊張を感じてしまうな。コーラスリーダーなんて考えたこともないし」

「新しいことをするって、刺激になって好いんじゃない。不安を恐れては、誰しも未知のものに取組むことは出来ないでしょう。今行憲さんに求められるのは、ピアノ演奏を、少しでも以前の状態に近付けることね。二年も遠ざかっていたんですから、急に回復するという訳にはいかないでしょう」

妻の誘導で立上げたコーラス活動は、その後の橋の生き方に影響を与えた。そこでの活動を通して彼は、日々に呼吸をする当り前の歓びを取戻すことが出来た。音楽は彼に生きる張りをもたらし、今日という日を明日に繋げる橋渡しとなった。それはやがて彼に、現在の職務への引け目を解消させることともなる。この世のあらゆる仕事は必要で、必要な仕事はみな重要だ、という心境に到達したからである。後に彼はそんな自分を振り返り、生きる張りを取り戻させた妻の配慮に感謝した。言うまでもなく空港業務は、どんな部署に携わろうとも地味な脇役であることが求められる。あくまでも主役は乗客なのである。それ故ここでの業務は、利用者の安全と快適な空の旅を保証することに尽きる。この基本認識に立つに至って、橘の表情には自信が甦った。

夫婦が呼び掛けた合唱団員募集には、そこここの職場から三々五々女性たちが集まった。案の定その多くは、こうしたグループ誕生を待ち望んでいた者たちである。歌は誰もが、いつどこでなりと歌うことが出来る。それでも人々がそこに集うのは、共に声を揃えて歌う合唱の持つ魅力に惹かれるからなのであろう。幾つもの声の重なりは、それによる響きの脹らみや厚みや力強さを加えて聴く者の心に訴え掛ける。半ば手探り状態から始めた橘の棒振りも、彼自身の学習に合わせて順調な滑り出しを見せた。幸いにも空港会社側の理解を得て、練習場所の確保ばかりかピアノまでが用意された。団員たちを指導するからには、橘自身曲への理解を深める必要に迫られる。長年取り組んできたピアノ曲とは異なるだけに、彼の頭脳は自ずと活性化された。

こうした音楽への取り組みは精神面から彼を支え、夫婦の結び付きを事故以前の状態にまで呼び戻した。発案者のかおるがその一員となっていることが彼を勇気付ける。歌好きが集まって共に楽しむ水準から、やがて夫婦は、無理ない形でその引上げを図ることにも工夫を凝らす。合唱コンクールの県大会出場は、その一環として行なわれた。優勝はおろか毎回入選にも至らぬものの、得るものはあった。内外の合唱作品は数知れず、それらを手軽に聴くことの出来る時代となっている。しかし、たとえアマチュアの歌声とはいえ、会場でこれを間近に聴く有為性は無視出来ぬものがある。夫婦は互いにそれを認めた。選曲から始まり、団員への指導などについて、音楽を仲立ちとする二人の会話は果てしなく続く。楽しく歌うことを第一とするだけに、団員の志向に合わせた選曲は重要となる。新曲を取り上げる際など、実際に夫の伴奏でかおるが歌い、入念な検討のなされるのが常であった。

グループ活動が順調に進む一方、当初のメンバーには入れ替わりが見られた。退職等によって辞めてゆく者があっても、メンバーの人数自体は維持された。その都度多少の増減をする中で、スカイコーラスグループは常時二十五人程度の団員を擁した。中年を迎えたリーダー夫妻の暖かみのある指導は、若い女性たちに居心地の良さを与えたと思われる。早朝練習こそ少しきついが、そこに集うことで彼女らは家庭的雰囲気を味わうことが出来るのだ。表向き橘が全員を引っ張り、かおるが後方でこれを支える。指導に関する両者の意見対立はなく、団員たちの中には二人を両親の如く慕う者がある。いつしか橘夫妻は女性たちの精神的支柱となり、練習場は彼女らが憩うオアシスともなった。

二人の生き方に共鳴し、その影響を強く受けた一人に藤川梨花がいる。彼女は、かおるの乳癌発症前にひづると共に入団した。短期間とはいえ彼女は、誠実で仲睦まじく生きる夫婦の姿をその目に焼き付けていた。夫婦が共通の目的と話題を持ち、それを共に楽しみ、歓びとする素晴らしさに彼女は惹かれた。どんな仕事にも誇りを捨てず、気高い気持ちで生きる姿勢に心打たれた。常々ひづるらとの語らいを通し、人生を一変させる相手とのめぐり逢いを夢見てきた彼女は、橘夫妻を知ると共にその考えを修正させた。以来、彼女は将来の幸せを、自らの手で紡ぎ、織り上げる所に意義があるとの考えに方向転換した。極く当り前に生きる日常生活にも、橘夫婦には光り輝やくものがあることを彼女は認める。目の前の時間を無駄にせず、今ある命を大切に生きる夫妻に憧れすら抱く。人が他の生物に優って美しく見えるのはそこにある。そうした自覚に立ってからというもの、梨花はそれまでの浮いた気持ちを捨て去った。

場面七

コーラスグループへの復帰と梨花の励ましを得て、失恋後のひづるは元の日常生活を取り戻した。インフォメーションデスクに着く彼女の表情には、以前に変わらぬ晴れやかさが表われ出ている。友に先を越された結婚についても、一つの事実として穏やかに受け止めることが出来た。友人夫婦がこれから築く家庭に、彼女は期待を込めて声援を送った。平凡でありきたりな結婚生活の中に、どんな歓びを見出せるのかにも興味がある。結婚は今もひづるの人生を決定付けるものではあるが、かつてのように背伸びをしてまでそれを手繰り寄せようという気は遠のいた。一度ここで足を止め、自分の進むべき方向を見詰め直す必要を感ずるのだ。このため彼女は、折々中原が誘う呼び掛けには気軽に応じた。朝の合同練習においても彼女は、この相手をしっかり視野に入れるようになった。

中原がトランペットを吹くこともあり、二人の会話は音楽を仲立ちとして進むことが多い。コーラスグループの中には雪乃がヴァイオリンを奏したり、鞠子がギターを得意とする等がいる。歌はこれからも続けるとして、ひづるは自分も楽器を手掛けてみたいという気になった。そんな心境を彼女は、昼食時に入った彩花でぽつりと美佐子に伝えた。年上のコーラス仲間のレストランへは、カツ丼で元気を得て以来ひづるは時々に立寄る。グループへの参加はひづるの方が先だが、程良く年の離れた美佐子を彼女は自分の姉という位置に置いていた。思うことを明け透けに話せる梨花とは別の親しみがこの相手にはある。

「好いじゃない」

美佐子はひづるの言葉に即座に応じた。

「思い立ったが吉日よ。歌と同様、何であれ楽器も自分で演奏するって楽しいものよ」

「私もそう思うんだけど、今からでも間に合うかしら、私の年で。それに、何を手掛けたものかも分からないぼんくらの私に」

「何言ってるのよ、ひづるちゃん。まさか、これからプロを目指そうなんて考えてるんじゃないんでしょう」

「からかわないで、美佐子さん、笑っちゃうわ。私はただ音楽を楽しみたいだけよ、楽器を通して」

「特に決めてないんだったらピアノはどう。これなら、早朝練習の時に私が見てあげられるもの」

「嬉しい、ほんとに」

「うん、お易いご用よ。時間に余裕さえあれば、練習後に弾くことが出来るでしょう。まだひづるちゃんの年なら、そんなに掛からずにバイエルを終了出来るわよ。そろそろ、うちのさと子にも教えたいと思っているの。と言って、ピアノを買う余裕はないので当面、場所を取らない電子ピアノで間に合わせようかともね。そうなると、さと子がひづるちゃんのライバルになるわよ」

「さあ、それは困った。小さい子は覚えが早いんだもん」

「ピアノの好い所は、それ自体楽しめるというだけでなく、あらゆる楽器との組合わせが出来るということよ。一定水準に上達すれば、音楽仲間が集う合奏も可能になるわ。自分一人で弾くのも好いでしょうけど、そこまでいくと、音楽の究極の歓びが待っているのよ。私にはその余裕はないけど、バンドグループの中に入って弾いたらどんなに楽しいかと思うもの」

「実は、私もそれを頭の片隅に置いてるの。まだ全くの白紙ではあるんだけれど、もし中原さんと結婚するようになったとして、これはほんとに仮の話よ、私自身も何か楽器を奏でられると、二人に共通の場が増えて、結婚生活が豊かになるような気がしたの。梨花ちゃんたちがそうなのよ。あの人たちは、手の届かない遥か彼方のものを追い掛けるのではなく、手近に出来ることを二人で見付けては歓びとする。これまで私は、そんな生き方を考えてはこなかった。或いは、むしろ蔑《さげす》んでいたのかもしれない。でも、この所のあの人たちを見るにつけ、そこにも量り知れない幸せが待っているんじゃないかって」

「うーん、いよいよそんな心境になってきたのね。私も若い頃にそんなことを考えていたら、結婚に失敗しなくて済んだかもしれないな。ふふふ……今更そんなことを悔いても仕方ないわね、今日を生きることが精一杯の私なんだもん。それでも日々の歓びは、自分の気持ち次第で見付けることが出来るわ。子共の成長を見守ることもそうだし、コーラス活動に参加するのもその一つ。殊に、この前の児童施設訪問のように、楽しそうにはしゃぐ子共たちの笑顔に触れる時は尚更だわ」

「美佐子さんの縫い包みが良かったのよ。頭に被って、どの子もご機嫌だったじゃない」

「あれもこれも、みんな橘さんの演出よ。さと子ったら、もうすっかりあの人になついてしまっているの。あのおじさんと一緒にいると、何か楽しいことが始まるなんて考えているみたい。でも翻って考えると、それは私たち自身にも当て嵌るんじゃない。コーラスも施設訪問も特別のことじゃないのに、私はそこに身を置くことで、不思議な程充実感を覚えるんだもん。ただ子育てに明け暮れる日々であったら私、余裕のない生活に負けていたかもしれない。あの人の声掛けでグループに入ってからというもの、私の日常はそれまでとは変わってしまった、気持ちの面でね。ここでお客様に注文の品を運ぶそれだけのことにも、私は自然に笑顔が零れるようになった。その人たちの利用があってこそ、自分の生活が支えられている、という自覚が生まれてきたから。何ということはない当り前のことよ、その当り前のことの中に重要さがある。それを、橘さんは身を持って示してくれている。多分梨花ちゃんたちは、その何でもない当り前の中から、歓びや幸せを作り出そうとしているんじゃないのかしら」

食事の間中ひづるは、しなやかな指で鍵盤を打つ自身の姿を思い描いた。美佐子がピアノに向かう時の優雅な姿と自分とを重ね合わせ、意のままに曲を奏でる心地良さに身を委ねた。歓びも楽しみも自身の手で作り出すに当って、まずピアノはその手始めとなり得る。弾いてみたい曲は幾らもあるし、バンドグループとの活動も視野に入る。やがてそれを彼女は、中原の吹くトランペットとの共演にまで発展させた。どうやらそんな所からも、生きる歓びや充実した結婚生活は作り出せそうな気がする。あとはそれが、ダイヤの指輪や金のネックレスに代わり得るものとなるか否かである。それらが象徴する富への憧れを打ち消すには、まだひづるの心に一定のためらいが残る。しかし、それとは別の方向にも、幸せや生き甲斐のあることを認める域に達してきた。そのいずれを求めて生きるべきか、彼女の心は両者を別け隔つ位置で揺れ動く。

食事を終えて持ち場に着く前に、この所のひづるは習慣のように展望デッキに出るのを常としていた。彼女はそこで、ゲートに横付けされた機体に視線を送り、しばらくしてから踵を返す。ここでは多くの見物者たちが、爆音と共に離着陸する航空機や、間近に停止する機体の大きさに関心を示す。航空会社を識別する翼や胴体部の塗装も、航空ファンの心を惹き付ける。そんな観覧者をよそにひづるは、そこに働く男たちの動きを目で追うのだ。かつては何ら気にも留めなかったこれら男たちの仕事振りが、今は彼女の心の多くの部分を占めるようになっていた。

インフォメーションデスクでは、ひろみがひづるとの交代を待っていた。予定を五分程遅れて戻った相手に、ひろみはいつに変わらぬ笑顔で迎えた。

「ご免、ご免、遅れてしまって」

「好いのよ、そんなこと。今日はカツ丼のお代わりでもしていたんでしょう。ひづるちゃんのカツ丼はすっかり有名になってしまったからね」

「ううん、カツ丼はここという時のエース料理よ、気持ちに力を入れようという時のね。ただ、つい美佐子さんと長話をしてしまって、こないだの施設訪問のことなんかを」

「あれは私たちにも楽しかったわね。バンドの人たちと一緒になってからというもの、私たちを迎えてくれる側の受け止め方が違ってきたように思わない。単に歌を聴いているというだけでなくて、みんなが音楽の中にはいり込んでいるような気がするの」

「きっと、楽器の持つ力なのよね。そこで私、美佐子さんにピアノを教わることになったの、朝練の後の時間を利用して」

「あら、それって好いわね、だったら私もおそわりたいな。ピアノには以前から関心はあったけど、お金にも時間にも余裕がなくて。美佐子さんが承知して、ひづるちゃんの邪魔にもならなければ、私も弾けるようになりたい」

「大丈夫よ。じゃあ、一緒におそわろう、ライバルが増えて少し緊張はするけど」

「すると、他にも習う人がいて」

「うん、あそこのさと子ちゃんよ。美佐子さんは、そろそろあの子にも教えようと考えているんだって、本人もその気でいるらしいし」

「好いなぁ、親に教えてもらえる子は。それで、あの子が私たちのライバルになるって訳」

「そう。多分私の想像だと、本気で取組む私たちの様子を見れば、美佐子さんだけでなしに橘さんも教えてくれると思うわ。あの人は、何事も前向きに取組むことを良しとする人だから、美佐子さんがいない時はきっと見てくれるわよ」

「私たちのリーダーはそうゆう人だもんね、心強いわ」

二人のやり取りはそこで終わった。ピアノ練習の機会を得たことで、ひろみは上機嫌で自身の持ち場に向かった。その後姿を見送った後、ひづるは訪れる旅行者の案内係に立ち返った。

季節は六月に入っていた。そろそろ梅雨を迎える頃となる。季節と旅行者数とは無縁ではないので、空港利用者の増減には一定の関わりを持つ。施設内を見渡す形のインフォメーションデスクでは、行き交う人の流れが敏感に季節を感じさせる。今の時季は、潮来の花菖蒲が見頃になっている頃だろうとひづるは想像した。梨花と西原が、そこに出向いて描いた二枚の絵が思い浮かぶ。水辺を前に腰を下ろす彼らの会話は知る由もないが、それ自体が一幅の絵に思われる。彼らの写生も語らいも、楽しいひと時を作り出していただろうことは容易に推察される。楽しみや幸せさえも手作りで叶えるという梨花の言葉が、今のひづるには自然な響きとして聞こえる。いつか自分もそんな領域に立ち入ることが出来るだろうかと、彼女は自分自身の胸に問うた。

昼食を終えて気分までもがゆったりする午後の持ち場で、ひづるは斜め方向から自分に向けられている視線に気付いた。元々人の目に付くインフォメーションデスクだけに、行き交う者の目に触れることには慣れている。そんな彼女の感覚をもってしても、つい少し前から受ける視線はどこか不自然に思われた。誰が自分を見詰めているのか訝りながら、彼女はさり気なくそちらの方向に首を回した。と、その途端、見てはならないものを目にしたように息を呑み、ひづるは反射的に逆方向に首を回した。正面を見据えるべき自身の職務を忘れ、彼女は思い詰めた表情でしばらくの間その姿勢を維持した。その瞬間から呼吸が乱れ、手首に指を充てがわなくても脈の早まるのが分かる。落ち着かぬ気持ちが収まることはなく、自ずと視線は下に落ちる。首を横に向けたことで、相手の映像は彼女の視界の外にある。もはやその目に当事者の姿は映らぬはずだが、彼女にはなおも相手がその場に佇み、自分を注視していることを感じ取った。同じ姿勢を崩さぬまま、ひづるは相手がこのまま黙って立ち去ることをひたすら願った。そうする内にも、別の旅行者が立ち寄ってくれることに期待を寄せた。所が生憎、通りすがる者があっても声を掛ける者はない。時間の経過と共に、彼女の受ける威圧は胸苦しさへと変わってゆく。闇の中から受けるそれとは別の恐れが彼女の心を不安定にする。この間、相手はそんなひづるをじっくり観察していた。これ以上は耐え難い所に来て、ようやく男は大股の足取りで近付いた。

「ひづるちゃん、久し振りだね」

ひづるの耳に聞き覚えのある若大路の声が響いた。別れて二ヶ月が経っているが、まだ相手の声を鮮明に覚えていることにひづるは愕然とした。忘れることに努め、この男との過去を遠いものにしたいと願う彼女には意外であった。それでも彼女は、頑なに視線を外すことを守り通した。正面に立つ相手に対し、彼女の首は不自然な程曲げられている。何としても視線を合わせまいとする意志が滲み出ている。それは裏を返せば、弱気になる心を必死に抑えている姿でもある。目を見交わすことにより、自分が相手の思いのままになることを彼女は恐れた。

「まだ怒っているのかい。そんな風に横を向いて、僕を恨んでいるんだね」

ひづるが自分に顔を向けぬことを意に介さず、若大路は余裕のある笑みを浮かべて言った。紺のスーツにネクタイ姿の彼は、如何にもこれから出張に出掛けることが端目にも分かる。伏し目がちに横を向いても、彼が以前と少しも変わらぬことをひづるは感じた。女を惹き付ける隙のない装いと、優しく穏やかな口調を彼女は今持って覚えている。

「今は仕事中です。プライベートなお話でしたらご遠慮下さい」

「そりゃあそうだろうけど、ひづるちゃんと僕との間で、そんな杓子定規な物言いはつれないじゃないか」

「つれない仕打ちをしたのはあなたの方です」

「だから僕は、ひづるちゃんと寄りを戻したいと思っているんだ。前にも言ったのを覚えているかい、僕は君とあんな形で別れることを望んでいなかった。君を嫌いになった訳じゃ決してないんだ。心ならずも、人の勧めで望まぬ相手と結婚する羽目にはなってしまったけれどね。僕は後悔しているよ、自分の浅はかさについて」

「止めて下さい、もうその話は終わっているはずです。あの時点で、あなたと私は他人になっているんです」

「そうではあっても、もう一度仲直りすること位好いじゃないか。僕は君と、こんな風にいがみ合った形で二人の愛を終結させることには悲しみを覚える。ひづるちゃんは、僕が心底愛してやまぬ人だった。僕がどれ程君に打ち込んでいたかは、君が一番よく知ってるはずだよ。二人がどんな気持ちで熱い想いを伝え合ったか、もう一度思い出して欲しいんだ。僕は幸せだった、ひづるちゃんを間近に感じて愛を伝えていたあの時分はね」

若大路は何としても、ひづるの心を再び自分に向けさせようと努めた。その最善の方策として彼は、ひづるが自分の抱擁に身悶えした日の場面を思い起こさせることを選んだ。彼女がまだ新しい男とのそれに馴染んでいないのであれば、頑なひづるの心を解きほぐせるものと信じていた。それは彼にとってのゲームに近い。捨てた女をもう一度自分の手元に手繰り寄せ、思いのままに弄ぶ快感を求めたのだ。結婚生活を特段不満とはしないものの、妻との関係は殆ど同等の位置にある。あらゆる面で誰に見劣りせぬ彼の妻は、殊更夫を気遣い、持ち上げるようなことがない。意見の食い違いがあっても引き下がらず、却ってそれを押し通そうとさえする。新婚生活の甘さの中で妻の優位を容認はしても、先々にまでそれの続くことを若大路は嫌った。どこかに窮屈さを感ずる彼は、そこからの逃げ場を作っておきたい気持ちになっていた。

二人の女を改めて並べ比べるまでもなく、若大路が居心地の良さを感ずるのはひづるにある。男が求める女の要件を彼女は余す所なく有する。別れてみて彼はそれを一層強く知った。単に二人の女の優劣をつけても、それがそのまま妻とするに相応しいとは限らぬということである。ひづるは愛する男に尽くすことを歓びとし、惜しまずその努力と工夫をする。どこまでも男を先に立て、自身控え目である所がかわいらしい。彼女と共にいる時の心の寛ぎは、妻とのそれでは得られぬものがある。上司から今の妻を紹介された時に彼は、誰にでもある抜け目のない打算を働かせた。同様のことは彼の妻にも言え、見映えのする容姿と、世間体を憚らぬ点を評価して結婚した。この種の男女に共通することとして彼らは、それ以外の事柄には無頓着のまま相手を受け入れた。互いに何に興味を持ち、どんな生き方を目指すかは問題外であった。

結婚後ひと月が過ぎ、夜の床への関心が幾分薄らいでゆくにつれ、夫婦は次第に冷めた目で互いを見るようになった。夫に関心がないと見れば、妻は独身時代の友人を誘って気軽に外出する。食事位は疲れた時でも応じはしても、コンサートや街歩きなどとなると、若大路は妻の誘いに二の足を踏む。だからと言って妻は、無理に媚びて家の中に閉じ籠もることはなく、自在に自分の行動を守り通す。不平を言わぬ代わりに、妻はそのことをもって家庭内を丸く収める。これはこれで良しとしながら、若大路にはどこかしっくりいかぬものが付いて回る。

この先もひづるを恋人として引留めれば、将来自分と妻との軋みを解消する緩衝地帯になり得ると若大路は考えた。そこでのひづるは自分にとってのオアシスであり、妻からは得られぬ安らぎを与えてくれるとの計算が働く。この女の前にすっかり体を投出す時、彼はそれまで抱える様々な重荷を解き放せることを知っているのだ。妻との対等の関係を強いられることにより、彼は如何に捨てた恋人が貴重な女であったかに気付かされた。彼女が自分に必要な相手であることを知るに及び、あのように正直な形で別れたことを後悔した。元はと言えばそれは後日、妻との間に無用な問題を起こすまいとする配慮からである。一旦けじめをつけた上で、なおひづるが求めれば、条件付きで関係の先延ばしを視野に入れていた。所が彼の思惑は外れ、別れ話は思いの外ひづるの心を頑なに塞いでしまった。

「こんな風に、君に横を向かれて僕はとても寂しいよ。無論、自分の至らなさから出たことだから仕方ないけど。でもまあ、ちょっとだけでも聞いてくれないかな」

「仕事中です、他のお客様の迷惑になることは差し控えて下さい」

「じゃあ、一度仕事を離れて会ってくれるかい」

「いいえ、遠慮します」

「どうして」

「そんな暇はないんです。それにもう、あなたは私とは関係のない人ですから」

「僕は君を忘れていないよ。目を閉じていても、ふと君の面影が浮かんでくることはよくあるんだ、優しい響きのその声と共に。今頃君はどうしているか、と考えない日はない位にね。それもこれも最近になって、結婚は失敗だったと気付いたからなんだ。上司の勧めで同意したものの、愛情希薄な結婚生活程味気ないものはない。僕同様に妻の方も、僕を知らないまま結婚してしまった。多分彼女も、親同士の義理立てから承知したんだろうと思われる。今時はやらないことだよね。そんな僕たちには、まだ新婚中だというのに甘い語らいなんてものがない、ひづるちゃんと交わしたあの時のような。馬鹿な話だけれど、僕はそれを今更のように懐かしく思い返しては自分の愚かさを嘲笑っている。自分の意志に反し、愛する人を裏切った報いなんだと。今もしこんな僕に君の優しい視線が戻ってくれたら、どんなに救われるかしれないだろう」

「もう好い加減にしたらどうなんです、そんなことを私に話して何になるんですか。夫婦の問題は、自分たちで解決したら好いじゃありませんか。ここは悩み事の相談所じゃありませんよ」

「手厳しいんだね、中々」

簡単には落ちる気配を見せぬ相手に、若大路は少しばかり手を焼いた。だが、ここで引き下がってはゲームに敗北したことになる。彼は思い付くままを口にする間も、抜かりなくひづるの心中を窺っていた。彼女は依然として、横を向いたまま正面への視線を逸し続ける。それは一見、かつての恋人への拒絶反応の表われであるかに見える。その意志がどこまでも堅く、もはや未練がましい気持ちは捨て去ってしまったことを示す。なる程そうした姿勢は取っていても、若大路は相当程度ひづるが無理をしているものと理解した。彼女が自分に視線を向けないのは、そのことから、なし崩し的に恋慕の情が込み上げるのを抑えているのだと読んだ。そのため視線を合わせさえすれば、表向き強気を装う彼女の心は崩れ去る。もうそれは僅かな所にきている。ひづるが声を上げて泣き縋らずにいるのは、生憎ここが彼女にとっての職場であるためだからだ。そのことがかろうじて、感情の揺れ動きを制御しているに過ぎない。生としか言いようのないその振舞いからして、彼女がまだ新しい男に抱かれていないことは目に見えている。さすれば、彼女は間違いなくまだ別れた恋人の体を覚えている。この間の空白は、心ばかりかその肉体までもが空しさで苛まれていることであろう。自分の腕の中で燃え上がる彼女の姿態を思い起こすにつけ、若大路は激しい葛藤を繰り返すひづるの心模様を想像した。ここはどちらにとっても踏ん張り所である。押す方も守る方も、その粘り方次第で決着が左右される。若大路はひるむことなく、誰もインフォメーションデスクに近付く者のないのを見定めて言葉を続けた。

「今日はこれからパリに出掛ける所なんだよ。これまでの東南アジア中心の部署から、僕は欧州方面の担当に決まってね。もしかすると近い将来、当分の間向こうに駐在することになるかもしれない。と言うのも、パリ勤務の担当者が、定年を間近にして帰国予定になっているんだ。これは確定ではないけれど、そうなると、こんな風にひづるちゃんと話をすることが出来なくなる。いや、話位は出来るにせよ、顔を合わせるという訳にはいかない。それは僕を、永遠に君から遠ざけることを意味する。今僕が心のよりどころとするのは、懐かしくも楽しかった君との日々を思い返すことなんだ。たとえ君が忘れていても、僕の中では今もって君が息づいている。仕事でこの空港に来ることの多い僕に、成田はそのまま君と過ごした幸せな日々と重なり合う。あのあと初めてまたここに来るに当って、僕は不思議な程胸のときめきを抑えることが出来なかった。自分の身勝手が許されるとは思わないけれど、もう一度君の顔を見る歓びで胸が震えた。多くを望むことは出来ないにせよ、せめてひづるちゃんとは、ひと時心通わせた友達として仲直りしたいんだ」

「もうそれだけでしょうか、お話したいのは。そろそろゲートに向かった方が宜しいんじゃありませんか」

「冷たいんだね、どうしても僕を突き放すつもりかい。君さえその気になってくれたら、僕は離婚も辞さないつもりなんだよ」

「他人様の私生活には何の興味もありません」

「何故。僕が一人になっても、元の鞘に納まるつもりはないというのかい、あれ程愛し合った仲だというのに」

「ええ、もうそれは過去のことですから」

「聞かせて欲しいな、その理由を」

「私にはもう好きな人がいるんです」

「まさか、それは嘘だ。はははは……ひづるちゃん、君は強がりを言ってるだけだよ、僕にはちゃんと分かってる。君にそんな男はまだいないはずだよ。男を手軽に代える女は、もっと人の扱いがうまいはずだからね」

「お生憎様、私はその人との結婚を真剣に考えています。しかも相手の方は、私の過去を承知で熱心に求愛してくれているんです。ですからあなたが何を言おうと、私の心は既にその人のものになっています」

若大路はあっけにとられ、覗き込むようにしてひづるの顔を見詰めた。どうやら雲行きが怪しくなり、形勢が自分に不利になりかけていることが分かる。彼は眉間に皺を寄せ、明らかに苦々しい表情を示す。別れてからこの間、彼はひづるが、悶々たる思いで自分と過ごした日々を懐かしんでいるものと信じていた。止み方きその愛惜の念をくすぐりさえすれば、たやすく相手が屈する計算の下にここへ立寄ったのだ。彼女にも幾ばくかの誇りはあり、当初一定の体裁を取り繕うことは想定済みである。いずれそれは時間の問題で、程無く折れるものと高を括った。それだけに彼は、捨てた女に掛ける言葉など用意もしてこなかった。ひづるが自分に靡かぬばかりか、好きな男がいるとまで言わせたことは誤算である。それが事実か否か、咄嗟には彼にも判断しかねる。彼にはただ、そんなことは有り得ぬはずだと思うだけである。次の責め手を考える間、彼は自分の口にした言葉の適・不適を反芻した。こんな場合、冷えた女心を溶かす決定的な言葉が必要なのだ。

このままでは、若大路はひづるとのゲームに敗北する。それは何とも忌々しい。ここが仮に二人きりの場所であれば、彼は有無を言わせずひづるを組み伏せてしまう所である。さすれば言葉など必要はなく、体を通して相手に自分を思い起こさせることが出来る。それの叶わぬことが彼にはもどかしい。ひづるが当り前に顔を向けさえすれば可能性は開ける。だが、時に下を向くことはあっても、その視線は依然としてあらぬ方に向けられている。それは彼女にとっての防衛線なのである。無理にもこれをこじ開けようとするその時、若大路は人がこちらに近付いて来るのに気付いた。男は、急ぐでもない様子で彼の傍に立った。如何にも、インフォメーションデスクにものを尋ねようとする素振りである。これを見てひづるは顔を上げ、俄かに晴れやかな表情に立返った。

「ああ、たちば……」

小さな、しかし感嘆に近い声がひづるの口から零れた。若大路が不機嫌な顔を男に向けるのをよそに、こちらはいともにこやかにそれを受け止めて言った。

「どうぞどうぞ、お話下さい。私は特段急ぎませんので、このままお話が終わるのを待ちましょう」

男が一歩離れはしても、ひづるとの会話を監視しているようで若大路には気に入らなかった。もはやこれ以上個人的事柄に触れる訳にはゆかず、彼は蟠りを残したまま仕方なく退散した。長身で見映えのするその後姿が、この時ばかりはどことなくみすぼらしく映った。

「よかった、橘さんが来て下さって。私、実は困っていた所なんです」

少しの間、共に若大路が遠ざかるのを見送ってからひづるが言った。

「もしかして、あれが例の男なんじゃないかと思って邪魔をしたんだけれど」

してやったりと言わんばかりの顔で橘が応えた。彼はつい今しがた車椅子に乗せた客を機内に送り届け、その足で戻って来る途中であった。

「ええ、そうなんです。でもよくお分かりになりましたね、彼だと」

「通常ならこのまま通り過ぎる所だけれど、どうもひづるちゃんの受け方が不自然に思えてね。真っ直ぐに相手を見て応対する人の姿勢じゃない。むしろ逆に、相手を避けるように顔を背けているじゃないか。これはおかしいと咄嗟に思ったよ。そこで改めて男の方を見ると、これが中々の好男子だ。同性の僕から見ても、羨ましいと思える程全てが整っている。言葉を掛けられた若い女性が不快に思う理由はどこにもない。となればもうそれは、ひづるちゃんを泣かせた男以外には有り得ないと直感したんだ。いやー、それにしても、あの顔でじっと見詰められたら、大抵の女性はまいってしまうだろう。ひづるちゃんが視線を合わせなかった理由も分かる気がするよ」

「いやだー、橘さんまでがそんなこと言って」

「ご免ご免。で、やはり彼は仕事で」

「そうらしいです、出張だと言ってましたから。いつもあんな風に、ぴしっとスーツを決めて出掛けるんです」

「確かに決まってるね。ファッションに疎い僕でも、洗練されていることがよく分かる。まるで彼の動きは、映画の中の一場面を見る思いさえする。事に依ると、俳優でもあれ程の人はそういないかもしれないな」

「それが彼の武器なんでしょう、女を口説く時の」

「それにしてもよく踏みとどまったね、かなり相手は執拗に食い下がっていたようだったけど」

「多分、私を手玉に取ること位、たやすいと考えてたんじゃないかしら。甘い言葉を幾つか並べて過ぎ去った日を思い起こさせれば、女は誰でも自分に従うものだと気取ってるんです。それがありあり分かりました。あれだけの容姿と、大手商社のエリート社員という肩書がありますから」

「ゆくゆくは、相当の地位まで登り詰める男なんだね」

「私が惑わされたのもそこなんです。つまらない夢を見てのぼせてしまって」

「それは誰でもそう思うよ、夢を追うのは悪いことではないんだし」

「でもそれが、真の幸せに繫がるとは限らないことが少しずつ分かってきたんです。今の彼の行動を見ても、あの人が誠実で、尊敬に価する人間でないことは明らかですもの。それがはっきり確認出来たので私、彼に言ってやりました」

「何て」

「私にはもう好きな人が出来ましたって。これを口にして、自分でも少し驚きましたけど」

「そりゃあ素晴らしい。となると梨花ちゃんに続いて、近々ひづるちゃんの花嫁姿も見られるって訳だ」

「ううん、まだ何も決まってる訳じゃないんですよ。もう少し自分の気持ちを固めてからにしたいと思ってるんです。これまで私、分不相応に高望みをしていたので、結婚の本当の意味を知らずにきてしまったようなの。経済力があって、世間体を憚らずにすむ相手を選ぶことが、自分にも生まれてくる子供にも望ましいなんて考えてましたから。それは一面で当っているかもしれないけれど、それが全てではないし、それ以上に大切なことがあるようにも思えてきたんです。何もかも相手に頼るのではなく、自分も生活を支える一翼を担う必要を感じてきました。そうであれば、何も収入の多い人に執着することはなく、その人の持つ本質こそを重要視すべきだ、なんてね。少なくも、長い年月を伴にするわけですから、上辺ばかりにとらわれず、その人の人間性も軽視出来ないことなんじゃないか、と」

明確な口調で最近の心境を述べたものの、ひづるはそんな自分にてれくささを感じて頬を染めた。だが、親しい友人ばかりか年の隔たる橘に対しても、胸の内を明かしてみせたことに自信を深めた。もはや自分が彼方の夢を追う少女から、現実を見据える女に成長したという自覚さえ生まれた。予告なしに若大路を前にした時は動揺したが、つまらぬ誘惑に屈しなかったことが証となる。このことにより彼女は、自分の進むべき方向が定まったという感を強くした。

「ひづるちゃんがコーラスグループに戻って決意表明の歌を披露したことが、その後の歩みを確かなものにしたのかもしれないね。結婚というのは入口こそ花園であっても、それがどこまでも続くとは限らない。所がどうしても人は、花園の部分しか想定しないものだから、その奥に待つ茨の道に困惑する。それをどう切り開いてゆくかは、相手次第ということになる。だから結婚前には、相手の適格性を見極めることが重要なんだと思うよ」

「もう私、雪乃ちゃんからは、決意表明の女なんていうレッテルを貼られてしまってるんです。でも、もうこうなったらそれを受け入れて、どこまでもその道を突き進んで行こうという気にもなってるんです。梨花ちゃんは勿論、美佐子さんも私を応援してくれるんですもん」

「グループ活動の歓びが、そんな所にも寄与しているのは嬉しいことだね。美佐子さんは単に歌の伴奏だけでなく、グループ全体を下支えしてくれている所がある」

「かつてはそれが、橘さんの奥さんだったんですよね。今また病気が再発したとかで」

「うん、余り思わしくないんだ。僕には無くてはならない人なんで、何とか日常生活が取り戻せる所まで回復して欲しいと願ってるんだが」

「ご心配でしょうね」

「楽観出来ないだけにね。気持ちの落ち込むそんな毎日を支えてくれるのが、グループ活動なんだよ。みんなと楽しく音楽に興じていることで、僕は慰められている。年齢を問わず、日々の歓びを持つということは大切だね」

「そのことで言えば私、今度から美佐子さんにピアノを教わることになったんです」

「ほうー、そりゃあ好い。いつの間にそんな取り決めをしたんだい」

「時々あの人のレストランに行くんですけど、そこで、何か楽器を習いたいって言ったのが切っ掛けで」

「ふーん、彼女の方から教えてやるって」

「そうなの、朝練習の後の時間にね」

「じゃあ、彼女のいない時は僕が見てあげられるな」

「嬉しい。で、そのことをひろみちゃんに話したら、彼女も一緒に習いたいなんて言い出して」

「いよいよ本物になってきたね、音楽へのみんなの力の入れようが。こうなると、秋のコンクールが楽しみだな」

「さあ、そこまでの期待は大きすぎるんじゃないかしら」

橘が去って行った後のインフォメーションデスクに若大路は現われなかった。かつて女に背を向けられたことのない彼は、初めて負け犬の苦渋を味わされた。手続きを済ませてゲートに向かう間も、彼は誇りを傷つけられたことへの苛立ちが募った。邪魔が入りさえしなければ、事が成就したはずだと彼は信ずる。この勝負を自分の敗北と認めるのは承服し難く、再挑戦の機会はないものかと頭を捻った。都会の女ばかりを相手にしてきた彼に、世間ずれしないひづるは捨て難いものがある。ただでさえこのまま引下がることを良しとせぬ所に、新たな男が出来たと聞けば熱は煽られる。仮にそれが事実であればあったで、纏まり掛けた話をぶち毀す衝動にも駆られる。もう一度彼女を自分に平伏《ひれふ》せさせ、その心を金縛りにすることに若大路の企みは巡らされた。

場面八

仕事の都合のつく限り橘は、妻の入院する市内の病院に立寄った。癌の転移によって再入院を強いられた妻を見舞うことは、この所の彼の日課となっていた。彼はそこでかおるの容態を観察しては、快方への兆しは認められないものかと密かに願う。表向き当り障りのない話の中に、彼は妻の表情からそれを窺う。元来、かおるの面立ちは丸形でふっくらしている。その脹よかさと大きな瞳に惹かれて彼は結婚した。四年前に乳癌を発症し、更に今年に入って転移が認められてからというもの、その輪郭が目に見えて細るのが分かる。まだ四十五という年齢が癌の進行を助長させる。再発後の治療が楽観出来ない状況にあることは、既に医師から聞かされていた。妻と同じような年齢でこの種の病気を発症した者の死を、彼は間近に承知する。多くの場合それは悪性の進行癌で、転移を重ねてゆくことが原因する。一つの治療が終わらぬ内に次へ腫瘍が飛び火する。手術であれ放射線治療であれ、この場合患者は大きな負担を強いられる。そんな最悪の事態を想定するにつけ、橘の胸は締め付けられる。

我が家へ帰ると同じ感覚で病院へ立寄る途中、橘はどんな顔を妻に向けるべきかと考えあぐねた。心配顔を見せまいとする余り、心にもない作り笑顔も却ってこちらの胸の内を悟られる。無理な元気付けもかおるには苦痛であろうし、自然体を繕うことに彼は苦慮する。時々ナースステーションに呼ばれて治療経過の報告を受けるが、必ずしも医師からの説明は思わしくない。僅かな望みを繋いではいても、橘の心の中に不幸な結果が忍び寄るようにもなった。仮に、それが明確な形で表われるようになったとして、彼は妻に何をすべきかと自身に問うた。希望と絶望という二つの間で、何ら為す術もなく悩みばかりが増大する。かつて自分が交通事故にあった際には、妻が同様の立場に置かれていたことが思い返される。かおるは後日、ひと言も夫にそれを口にすることはなかった。恐らく、そこでは悲しみの他に不安や重圧が、彼女の両肩に伸し掛っていたであろうと想像される。立場が逆転した今彼は、弱音を吐いてはいられぬという気にもなっていた。

一般に、夜の営みを伴って初めて夫婦は互いの関係を確認する。健康な両者にそれが疎遠となることは破綻を意味する。また、その破綻を望む者は、意図的にそこから遠ざかることで、他方に自身の意志を伝達する。それ故、双方或いは一方が一定の高年齢に到達しない限り、それは夫婦に欠く可からざる行為となる。両者を結び付けるものはそこに尽きる。だが、夫婦を支えるそうした根源的要素が絶たれた今も、かおるは橘の妻としてとどまる理由を有していた。この時点でもはや夫婦の愛は、肉体を離れた精神世界に昇華されていたのである。

久しく夜の営みが失われてしまっても、橘はかおるに寄り添うことに歓びを感ずる。それは、遠く過ぎ去った少年期の心情に近いものがある。恋知り初めた中学生の頃がそれに当る。同級生の少女に心惹かれ、相手の姿を視界に入れるだけで胸のときめきを覚えた。そこには、少女への肉体的欲望など少しもなく、相手を目に留めることだけで歓びが湧く。授業中も度々そちらを振り返り、慕る恋しさに胸踊らせたものである。十五世紀末に生まれたイタリア画家の作品に、女性の姿を通して表現した「聖愛と俗愛」と表する絵がある。それがキリスト教社会の絵であることから、「神と地上」の愛ととらえることも出来れば、「精神と肉体」の愛ととらえることも出来よう。どうやら人間世界には、聖と俗との愛が混在すると考えられてきたようだ。それに照らすと、橘夫婦に俗なる愛は消滅し、深く沈殿した聖愛のみが両者の心に浸透していたと思われる。

日々心を悩ませる夫の心配をよそに、体力が劣えながらもかおるは思いの外しっかりしていた。まだ七月の時点では、顔の張りや脹らみが失われこそすれ、夫を見詰めるその目には輝きが見られた。自身の病名を既に知る彼女は、却ってそのことで病魔と闘う気構えが出来ていた。それが伏せられたまま疑心暗鬼で過ごす状態とは違い、精神の安定を保つ上では役に立つ。見舞いに訪れる夫との会話で、彼女は日常の様々な事柄に興味を示した。家事全般はもとより、昨今の時事問題からコーラスグループの近況にまで話が及ぶ。夫の話に耳傾けるばかりか、かおるの側から話題を持ち出すこともある。その顔から笑みが洩れる時など、妻の体に回復の余地が残されていることを感じて橘の心は和む。

入院患者は時々により、その表面上の容態に変化を表わすことがまま見られる。気分によっては、症状が快方に向かったかと思われる時もある。小さな変化ではあるが、かおるもその例に洩れぬ一人であった。或る日彼女は、夫にこんな相談を持ち掛けた。

「私、このまま自宅療養が出来ないものかと思ってるんですけど、あなたに大きな負担を掛けずに済むのであれば。今日のように体調の好い時には、少しは家事も出来るでしょうし、気持ちの張りを取戻すことにも役立つんじゃないかと思っているの」

これを聞かされた橋は即座の返事に窮した。まず何よりも彼は、それをどう解釈すべきかに迷った。かおるの本心がどこにあるのか、その表情を窺うだけでは読み取ることが難しい。もはや回復を断念し、諦念の心情から出たとすれば悲しみが走る。また、文字通り夫への気遣いであれば、彼は病院での治療の専念を願う。残された僅かな可能性に望みを託し、治癒した状態の妻を我が家に迎えたいと切望するからである。

「こんな我が儘を言える身ではないけれど、病室の白い壁に囲まれた毎日に苦痛を覚えるようになってしまったんです。私が目に出来るのは、窓から望む向こうの小さな風景だけなんですもの。季節の移り変わりで多少の変化はあっても、殆どそれは額に収められた同じ絵を見ているに過ぎないわ。だからこうしてあなたが来て下さる時は、私にとっての無上の歓びになるんです。この先治るにせよ治らないにせよ、ここよりはもう少し広い世界で呼吸したいと思っているの。そうすれば、仮にこの命が終わったとしても、それを選択したことに満足して旅立つことが出来るでしょう。あなたにも長い入院経験があるから分かるでしょうね、こうした所に身を置く者は、それも重症の患者であれば尚更、もう一度日常生活を取り戻したいという気になるものよ。それまで当り前に過ごしてきた生活が、今の私には何にも勝る憧れなんです。自分の家で目を覚まし、寝巻きを着替えて洗面を済ませ、家事全般に携わる歓びに浸りたいんです。今の体でどこまでそれを全う出来るかはともかく、我が家への郷愁が、ここに来てたまらなく私の胸を締め付けるの。それはもうせつない程にね。家に帰れば、今日はあなたが来てくれるだろうかなどと気遣うこともありませんし、静かな環境で音楽に耳傾けることだって出来るでしょう。こんなことを言ったからって、私がもう病気と闘う意欲を捨て去ってしまったなんて思わないで。私は負けてはいません。苦しい日々ではあるけれど、気持ちだけはしっかり明日という日を見詰めているわ。私にはまだ、夢や希望に願いを託す意欲が残っています。それをこの先も継続し、更に力強いものにするためにも、病院ではなく家での暮らしが望ましいと思えるの。贅沢なことを言うようでも、ここは長引けば長引く程、そんな意欲を減退させてしまうように思えるんですの」

哀願とも言える妻の求めに橘は胸を突かれた。もとより、自分の一存だけでは決めかねることだけに、否定と肯定との間で立ち往生した。妻の希望を叶えたいと思う反面、それによる反作用も彼は恐れる。全ては医師の判断に委ねられるが、妻の意に反して最悪の場面を院内で迎える罪悪感も忍び寄る。これまでの医師の説明を受ける限り、かおるの回復の可能性は高いとは言い難い。その立場上医師は、判断出来る或る時点までは治療の効果を力説する。何割かの回復が望めるということは、残る何割かは逆の結果となることを意味する。この種の病気が常に死と隣り合わせであることを思うと、それを想定した選択肢を考える必要がある。となると、すべからくそれは、何にも勝って患者の尊厳を優先すべきこととなる。現にかおるの口から出るように、我が家に戻って呼吸をする歓びは、治療薬とは別の効果をもたらすことが期待される。十分とは言えぬ日常生活の中に、彼女が入院中に封鎖されてしまった人間性を取戻すことが出来るかもしれぬ。検査と薬と院内生活では得られない空気が彼女を包み込む。失われた体力はしばしば彼女にもどかしさを感じさせようが、同時にそれは生への執着を創り出す。

妻の要望に橋は心動かされた。今の季節に背を向けるように、この所の我が家は暗く、温もりのないものと化している。こうして病院に足を向ける日はともかく、真っ直ぐ家に帰る生活には潤いが乏しい。そんな日は仕事を終えて一段落しても、就寝までの時間がこれまでになく長く感じられる。語り掛ける相手の居ない家には、部屋の明かりすらが沈んで見える。それはちょうど、先の見えないトンネルをいつまでも走行する時の気分と類似する。時にそこから逃れるために、彼は仕事帰りにスターライトに立寄ることがある。そこでグラスを傾けては、遠くに見える離陸便の夜間灯を眺めやる。ライトを点滅させる機影が窓枠から消えるまで、彼は無垢な子供のように暗い前方に視線を投ずる。闇の中に浮かぶ小さな明かりは、見ようによっては希望の灯であるかのようにも映る。そんなぼんやりと過ごすひと時が、妻の病状を心配せずに済む慰めとなる。

バンドグループの三村慎二がバーテンダーを務めることも、橘がそこに足を向ける理由となっている。今では互いに気のおけない相手の店とあって、ここで過ごす時間は少なからず彼を支えた。加えてここは或る時期から、コーラスグループのメンバーが立寄るちょっとした溜まり場ともなっていた。空港から至近距離という便利さと、カウンター越しに見える夜景が彼女らの話しの場として好まれた。昼間は空港内の施設で事足りるが、静かな雰囲気で話をしたいという者には打って付けのものがある。入口を入って前方に延びる通路の左側にカウンターがあり、その背後の広いガラス窓がスクリーン仕立てになっているのだ。通常、カウンター内は三村が一人で切盛りする。忙しげに振舞うその動きを横目に橘は、今ある我が身の状況を酒の助けを借りて逃避する。

妻の願いに同意した橘は帰り掛けにナースステーションに立ち寄り、担当の看護師にそのことを告げた。若い看護師の天羽翔子は、それを受けて担当医に伝える旨の約束をした。

「近々最新の検査結果が出る予定ですから、どうすべきかはそこで先生とご相談なさると良いでしょう。私からはともかく、橘さんから今のご要望のあったことをお伝えします。どういうご返事になるかは分かりませんが、患者さんにとって一番望ましい結論が出されると好いですね。ご自宅に帰りたいと願う奥様のお気持ち、よく分かりますわ。とりわけ主婦の方は、あれこれと家のことが気に掛かるようです。早く帰ってあれもしたい、これもしなければと、もどかしい思いに駆られる方が多いんです。勿論、健康を取り戻したその上でのことですけど。私たちは、少しでもその後押しをしたいと願っています」

病院を後にした橘は道々、【患者にとっての一番望ましい結論】が何であるかを思い巡らした。平癒が約束される患者は何も退院を急ぐ必要はない。入院中にしっかり手当を施すことが望ましい。しかしかおるの場合、それの約束されぬ所にこの問い掛けの難しさが潜む。治療が不調に終われば死期が迫る。ここまで彼は、極力そうした場面を想像しないように努めてきた。かおる亡き後の人生は、彼に地獄落ちを迫るに等しい。入院中の妻にこれという役割を果たせぬ状態にあっても、彼の心は愛する者と共にある。かおるがいるということが橘を支え、変わらぬ朝を迎えることが出来るのである。

次に病院へ出向いた際、橘は妻の病棟へ行く途中で天羽翔子に呼び止められた。

「橘さん、これからお見舞いに行く所ですね」

既に聞き覚えのある翔子の高く澄んだ声に足を止めた橘は、好い所で出会ったという表情で彼女に顔を向けた。翔子は微かな笑みを浮かべて見舞い客に近付いた。

「これから先生をお呼びしますので、このままナースステーションでお待ち頂けますか。先日のご要望、先生にはお話してありますので、そこで説明を受けて下さい。検査結果も届いてますのでね。それじゃ私、このまま先生に連絡しますので、奥様の病室へはその後ということに致しましょう」

その言葉を受けて橘は、真っ直ぐ病棟のナースステーションに向かった。医師より先に着いた彼は、これから示される検査結果とその処置に思いを馳せた。先程出会った翔子の表情からは、最良の結果が出たとも言えぬ代わりに、最悪のそれであるとも断定し難い。彼はそれを、自身の都合の好い方に解釈したかった。彼女の口元に覗く微笑みは、単なる患者家族への親しみではなく、結果を知る者が見せる吉報なのだ、と。医師に先んじて結果を知らせる訳にはいかぬ彼女が、暗に微笑みをもって伝達したのだと受け取ることが出来る。それを受けての自宅療養ということになれば、先を見通す展望が大きく開ける。むしろ妻のたっての願いを思いとどまらせ、確実な治癒を待っての帰宅も選択肢に入る。かおるが先のようなことを口にしたのは、ひとえに望み薄い治療効果を悲観してのこととも考えられるからだ。先のない命を見据える結果、最後を我が家で過ごしたいとの願望は多くの患者に共通する。

「やあ、お待たせしたようですね」

やや落ち着かぬ気持ちで待つ橋の背後に、担当医の橋川の声が届いた。医師はそのまま壁を前にした椅子に腰を下ろし、斜め前に向き合う形の橋と目を合わせた。それから一度眼鏡の位置を直し、封筒から取り出したレントゲン写真を前方に広げて見せた。

「こちらをご覧頂けますか」

医師は、薄墨色の大判写真の或る一点を指で示した。言われるままに橋は視線をそちらに移した。この種の写真を目にするのは初めてではないが、医療従事者でない彼にはどれも類似したものに映る。それ故どこに病根があり、また治癒の痕があるかを判別するのは難しい。ただこの時に彼は、訳もなく不吉な予感が胸をよぎった。この先医師が口にしようとすることが、妻と自分の運命を決定付ける深刻な事柄になるように思えて身を固くした。事前にそれを予測しないことではないとはいえ、橋はどことなく胸を圧迫される感を禁じ得なかった。

「様々治療に手を尽くしてはいますが、まだ年齢が若いということもあって、残念ながら病状は思わしくない方向に進んでいます。今お示ししたこちらは肝臓です。腫瘍はこちらにも転移しました。この部分がそれです」

橋川は、予め用意した文脈に沿って説明するかのように言葉を続けた。それは橋の恐れる最悪のものとなった。途中から彼の耳には医師の説明が入らなくなった。事詳らかに患者の病状を伝える相手をよそに、彼は意識を失ったかと思える程それを聞き流した。ひと通りの経過と現状を述べた後に、橋川医師は茫然たる様の橋に視線を向けた。

「これは誠に申し上げにくいことですが」

医師は相手の注意力を喚起するように言った。

「現状では、奥さんの余命はあと三、四ヶ月程度と申し上げなければなりません。ご本人の体力次第という所はあっても、半年先までは無理かと思われます。この先私共の出来ることは、末期患者に起こりがちな痛みを多少とも和らげること位になりそうです。誰もが劇痛に苦しむとは限りませんが、一応予期しておかなければなりませんのでね」

重い鈍器で後頭部を殴打される思いで、橋は医師の言葉を受け止めた。あらゆる望みを絶たれた彼の目はうつろで、平常心を保つことに苦慮した。自らが死の宣告を言い渡された如く肩を落としたまま、しばらくは同じ姿勢で沈黙を続けた。橋川に少し遅れてここに戻った翔子にも、医師の説明は耳に入った。同僚と共に机に向かって作業をしていた彼女は、落胆の色を隠せぬ橋の方に視線を投じた。少し離れたその位置から見ても橋の痛みは伝わる。現在の外科病棟を担当して二年になる翔子は、既にこの種の場面を繰り返し経験してきた。彼女のような医療従事者は、元来医師の補助や看護を主たる業務とするが、このような事例に遭遇する際の役割も念頭にある。当事者と同じ立場に立ってそれを受け止め、通り一遍ではない対応が課題となる。橘かおるの再入院時点で今日の結果は予想し得た。しかしそれが分かっていても、教科書通りに接すれば良いという訳にゆかぬ難しさがここにはある。悲しみは皆一様であっても、彼らの感受性はそれぞれに異なるからだ。

「所で、自宅療養のご希望は天羽の方から伺っています」

医師は話を先へ進めた。その言葉で橘は我に返り、少し前かがみになった姿勢を元に戻した。

「私共は院内での治療をお勧めしたい所ですが、患者さんに残された時間を有効に過ごす希望を、無視することも出来ません。どちらを選択するかはお任せしましょう。その際いずれにしても、定期的な外来検診は必要となります。立場上病院はどのような状況であれ、患者さんを突き放す訳にはいきませんのでね」

ひと通り医師の言葉を受け取ってから橘は廊下に出た。各病室と接する廊下が、彼にはこれまでになく長く見えた。沈痛な面持ちでどれ程か妻の病室へ歩き掛けた時、彼は翔子の呼掛けを受けて足を止めた。彼女は小走りで橘に近寄り、同情を禁じ得ぬという眼差しで彼を見詰めた。

「今のお気持ち、お察し致します。これから奥様の所へ」

「ええ」

「先生からお話のあった経過をお伝えなさるおつもりですか」

「いや、僕にはとても出来そうにありません。或る時点でそれを口にすべきなのかもしれませんが、今は帰宅の許されたことだけを伝えることになるでしょう」

「そうですか。ではどうでしょう、ちょっとだけでも談話室で気持ちを整えてからにしては。今の橘さんのお顔だと、帰宅を許された歓びが、そのまま奥様には伝わらないように思えますけど。せっかく奥様のお待ちになっている事柄をお伝えするんですから、気分を変えてお会いした方が宜しいんじゃないかしら」

「ああ、そうでした。有難う、好い所に気付いて下さいました。正に今僕は、そのことを思って、どうしたものかと考えあぐねていた所です。このまま妻の病室の前に立っても、果たして中に入ることが出来るかどうか分かりません。それじゃあお勧めに従って、談話室をお借りすることにしましょう。少しでも気持ちを休めれば、この硬直した表情が緩むかもしれませんね」

ここでも翔子は、判別するのが難しい程の笑みを含めて橘を見やった。小さく頷く若い看護師の視線を背に、橘は同じ廊下の奥に設けられた談話室に歩き出した。この時間、そこを利用する者は他にいなかった。室内は、数人の者が座れる程度のソファーと、飲物の自動販売機が二台置かれている。嵌《は》め殺しとなったガラスの窓枠は大きく取られ、外を眺めるには都合よく造られてある。これといった装飾は施されていないが、終日ベッドで過ごすだけの患者には多少の息抜きが出来る。簡素なソファーに腰を下ろした橋には、そこに誰もいないことが何より幸いした。彼はそこでしばらく目を閉じ、瞑想するかの如く時間の流れに身を委ねた。

そうこうする内その耳には、先程橋川医師の口にした「余命三、四ヶ月」という言葉が聞こえてきた。医師は更に続けて、「ご本人の体力次第という所はあっても、半年先までは無理かと思われます」とも言う。これは、家族に無用な期待を抱かせぬ言葉とも受け取れる。妻の病状がここまで悪化している現実に、彼は改めて愕然とした。人の命が、かくも短く終わってしまうはかなさに悲しみを覚えた。子供こそ授からぬとはいえ自身の家庭は、まだこんな所で終結すべきものではないと彼は叫びたかった。かおるとの間に結実した愛は、この先更に熟成度を増す余地が残されているのだ。これからの三ヶ月、どのように妻と接し、彼女のために必要かつ有意義な時間を過ごさせるべきか、という問題が迫ってくる。この僅かな期間に彼女が生きた証を残し、満足した形で次の世へ送り届ける使命がある。その際彼には、余命幾許もない事実を秘匿せねばならぬ難しさが伴う。だがこの間、病状悪化と共に生ずる体の衰弱は避けて通れず、かおるが真相を求める場面は十分起こり得る。医師ですら、患者への死の宣告にはためらいがある。それ程に深刻で重要な意味を持つ言葉を、夫たる者がどうして最愛の妻に伝えられようか。せっかく妻の希望する自宅療養の報せを携えながら、困惑ばかりが先に立ってかおるに良かれと思うことは何一つ浮かんではこない。

翔子の勧めでこの談話室に立寄った橘は、気持ちの転換をはかれぬ心の弱さに打ち砕かれた。彼は立上り、そんな弱気を払拭しようと自販機からコーヒーを取り出した。ひと口それを含むと共に、程良い甘みと苦味が瞬時に体の中を駆け巡った。その快い刺激が効を奏したものか、残りを飲み終えた頃には、全てを成行きに任せようという開き直りに気持ちが変わった。何であれ、誠意を尽くして自分の役割を果たせば良いのだ、と我が身に言い聞かせた。出来ぬ相談に心痛めるよりも、可能な限り全力を尽くして夫婦の時間を過ごすことを彼は選んだ。翔子が自分をこの部屋に誘導したのは、そうした結論を導くことを暗に狙ったのかもしれぬと橘には思えた。彼はそこで腰を上げ、先程よりはしっかりした眼差しで妻の病室に向かって歩き始めた。

ハンドルを握る夫の隣に座って病院から我が家へ向かう途上、目の前に飛び込む何気ない風景にかおるは瞳を輝かせた。どこにでもある家並みや時間毎に変わる信号機や、真夏の陽光を浴びる街路樹など、久しく眺める彼女の目にはどれも皆新鮮に映る。為すこともなく病院で日を送るだけの日常から解放され、自分の時間がこの先に待ち受けているという歓びが先々から伝わる。折しも梅雨が明け、盛夏を迎えるこの時季の帰宅を気遣う夫をよそに、彼女は自分の行く手に限りない希望を見出した。あたかもそれは、我が家に戻りさえすれば、病が完治するとでも思っているかの如き節さえある。前方を向いたまま時折妻を眺めやるだけの橘にも、それがありありと感じられた。退院により、医師の目から遠のく不安が残るのは止むなしとして、この選択は彼女のために正しかったと橘は自身に頷いた。ひと時かおるが失った日常を取戻す重要さは、ちらりと眺めるその横顔が証明する。常日頃当り前に思ってやり過ごす日常にこそ、人間生活の基盤がある。彼女は今正に、それを取り戻そうとする位置に立つ。程なく訪れるであろう死も、その延長線上のものと考えれば受け入れ易い。封印された生から死への連結に比べ、そこにはまだしも人間の尊厳に繋がるものがある。残された三ヶ月、可能な限り妻の日常の呼吸を手助けしたいものだと橘は願った。

夫に手を取られて我が家に足を踏み入れるや、かおるは思わず感涙で目頭を熱くした。忘れ掛けていたそこここの調度類を目にする毎、彼女は久しい友との出逢いに遭遇した時にも似た歓びで震えた。それらの一つひとつに手を触れ、旧知の間柄を懐かしむかの如く頬を寄せた。厨房に入って蛇口をひねる水音からも、彼女は如何なる音楽にも勝る感動を覚えた。その舞台空間を存分に使って演ずるバレリーナ宜しく、彼女は部屋から部屋へと歩き回る。その一方、何もかもが自分の記憶と合致する満足感とは別に、隈なく回った後の体が以前のものではない事実に気付かされた。勢いよく二階へ駆け上がろうとする気力とは裏腹に、体は鉛の固まりを背負ったかと思われる程に重い。ひと通り歩き回って階下へ下りた時には、それ以上立つこともままならぬ体でソファーに身を投げ出した。

「大丈夫かい」

これを見た橘は、驚いた様子でかおるの下へ駆け寄った。彼は妻の額にうっすら脂汗が浮かんでいるのを認め、心配気な面持ちで目を凝らした。かおるは明らかに肩で息をしており、相当程度の疲労を感じていることが窺える。妻のはしゃぐ様を止めるのも忍びないと思い、彼はかおるが飛び回るようにして部屋を回るのを見過ごしていた。長期入院後の彼自身同様の気持ちを味わっただけに、それを制することにはためらいがあった。しかし自分の場合と違い、かおるは完治どころか余命幾許もない身である。彼はもう少しそこに配慮すべきであったと自身を責めた。とりあえず彼は可動式のソファーの背を下げ、ゆったりした姿勢で妻が体を支えられる形に造り変えた。その間かおるは天井を見上げたまま、疲労を隠せぬように息を吐いた。横から覗き込む夫の視線を感じはしても、直ぐには口を利く余力が湧かなかった。

「動き回った疲れが一度に出てしまったようだね。もう少しソファーの背もたれを下げた方が好いかな」

「ううん、大丈夫」

小さな声で打ち消した後、かおるは数呼吸置いてから言葉を続けた。

「幾らか良くなったようだわ、気持ちも落ち着いてきたようだし」

「そりゃあ何よりだ。見た所、さっきより息遣いが楽になったようだ」

「ええ、そうなの。さっきは自分でも驚いてしまった位だもの。それよりご免なさい、あなたに心配なんかさせてしまって。家に帰っていきなりこんな状態じゃ、何だか先が思いやられるわ。こんなことで私大丈夫なのかしら、あなたの足手纏いにならなければ好いんだけれど」

「なーに、そんな気遣いには及ばないさ。元気な者でも、一週間も寝込むと筋力が弱ってしまうというじゃないか。長期入院者は尚更だよ」

「今思うと私、それを忘れて少しはしゃぎすぎてしまったみたい」

「気持ちは分かるよ、僕もその経験者だからね。あの時は君が僕を支えてくれた。それがなければ、僕は生き甲斐とする仕事を失って自暴自棄になっていたかもしれない。今に至るまでこうして穏やかな気持ちで日を送れるのは、君の理解と支援があってのことと感謝している。僕には君が必要なんだ、君は僕の掛け替えのない伴侶なんだよ。だから、こうして帰宅が許されたからといって、まだまだ治療中の身であることを忘れてしまってはいけないよ。当分外来診療もあることだし、薬の服用も欠かす訳にはいかないんだから」

「ああ、早くそうしたことから解放されて、何気遣うことのない日常的な主婦の生活に戻りたい。私には大きな望みなんて全くないの。あなたと楽しく過ごすことの出来る健康な体が欲しいだけ。あなたに寄り添い、あなたと共にいることが私の最大の歓びなんですもの。これ程欲のない小さな願いを掛ける私を、運命が見放すなんてことがあって好いものかしら」

頷く代わりに、橘はそっと妻の手を取って握りしめた。かおるの願いは彼自身のそれとも合致する。

整備職への復帰を気持ちの面でも捨て去った橘は、有り触れた日常生活の中に歓びを見出すようになった。従前から仲睦まじかった夫婦は、これにより一層家庭内の時間を重要視した。こうした二人の間には、一つの話題が次の話題へと結び付く。必要最小限の会話で事を済ませる者との違いがここにある。言葉は二人を結ぶ懸け橋となり、そのやり取りが互いの絆を深めさせる。夫婦で始めたコーラス活動も、そうした日常生活の延長線に当る。身の周りで出来る何気ない事柄の中に、彼らは生きる張りを求めた。体力の回復と共に始めたボランティア活動も、この考えから生まれた。そのため、表向きはボランティアと称しても、橘にとっては活動における楽しみの一環にしかすぎない。地域社会との融合は、彼の生活観の根底を流れる。

一日目にして体力の限界を思い知ったかおるは、以後は夫の忠告を守って無理な動きを慎んだ。まずもって彼女は病人としての自覚を持ち、家事への参加は、当初考えていた量を遥かに下回る域に押しとどめた。それは彼女にもどかしさと悲しみをもたらすが、不承不承ながらも今の現実を受け容れた。何であれ、このように自宅での生活を取り戻したことは、病気の進行とは逆に彼女の表情に張りを与えた。同じ読書で過ごす時間も入院中よりは長く、文面に分け入る集中力も優った。夫を職場へ送り出して一人となる家の中では、音楽と共に読書が長い時間を過ごす友となる。家事万端を手掛けたいという衝動を抑え、彼女はその多くの時間を読書に当てる。それはこれ自体が楽しみであることに加え、読み終えた後の夫との話題も提供する。夫から無理を禁じられている手前もあり、元々好きな読書と音楽に彼女は多くの時間を費やした。

そうした合間にもかおるは家の中を目で点検したり、庭に出ては強い日差しで弱った草花の手入れをした。小さな庭ではあっても、戸外の空気に触れる歓びは格別のものがある。季節柄、そこで長く過ごすことを戒めつつも、彼女は木陰を選んで庭での時間を楽しんだ。制約付きという条件下で取り戻した彼女の日常は、ひとまず順調に推移した。仕事が終わり次第夫は直ぐに帰宅し、無理のない範囲で車での買物に彼女を誘う。薬の服用や定期的な病院通いを除くと、かおるはさほど病める体を意識せずに過ごすことが出来る。体力の減退は致し方ないとして、病院暮らしとはおよそ掛け離れた毎日が彼女を迎えた。夫の配慮もあり、彼女は一定程度の台所仕事もこなした。これは、彼女が入院中常々気に掛けていたことである。そこに立つことは、主婦の誇りを取戻すことにも通ずる。尤も彼女にそれを容易にさせたのは、退院に合わせて夫が程良い椅子を用意したことにある。これによって立ち通しの作業が避けられ、かおるは最小限の疲労で済ますことが可能となった。

日一日、残り少ない妻の命が毟《むし》り取られる苦しみを味わいながらも橘は、かおると共に過ごす時間をこの上なく貴重なものとして感謝した。もはやここに至って、彼は為す術のない自分を責めることはせず、少しでも長く彼女と寄り添うことに重きを置いた。退院後の彼女が病気の進行を棚上げにし、専ら日常の事柄に関心を寄せてくれたことが彼の気を楽にした。一時期彼はこのような場合、妻に余命少ないことを告げるべきか否かに思い悩んだ。何も知らされずに死を迎えることの是非を巡り、彼の心は煩悶した。宣告を受ける衝動と知らされずにその時を迎える無念さが、それぞれの立場を主張するのだ。どちらにも相応の言い分があり、いずれを優先すべきかの判別は困難を伴う。最終的に彼が得た結論は、妻がそれを求めた時に事実を打ち明ければ良いという所に落ち着いた。必要のない時に、あえてそれを口にするのは意味をなさない。そう思うと共に、それまで揺れ動いてきた彼の心は固まった。

妻との時間を第一と考える橘も、コーラス活動は従来通りに続けた。こちらは練習時間が早朝に限られるため、夫婦生活を犠牲にするという程のものではない。加えて、妻の退院に伴うこの間の事情が考慮され、彼には会社側から勤務に関する特別の配慮がなされた。変則勤務を旨とする空港業務にあって、彼には当分の間通常勤務が許された。更には、時間外勤務や休日出勤対象者からも外された。コーラスグループを率いる彼にこの配慮は都合が好い。と言うのも例年十月には、全国大会出場に向けての県下の合唱コンクールが控えているからである。ふだんは無理のない練習にとどめるグループ活動も、それの近付く時期だけは活発に動く。これまで何度かコンクールに参加した結果、橘は自分ばかりかメンバーにも一定の収穫のあることを認めていた。年に一度、多くの聴衆を前にして歌う緊張感は、そこでしか味わうことの出来ぬ貴重な経験となる。同時にそこは、日頃の成果を量る恰好の場ともなるのだ。それだけに彼はこの時期が来ると、練習から遠ざかっている者たちにも声掛けをして歩く。

今年のコンクール参加も、かおるには関心事の一つであった。今ではもう顔見知りが少なくなったが、夫と共に立ち上げたコーラスグループへの愛着は深いものがある。開催日までそれ程時間がある訳ではないことから、彼女は時々に最近の練習振りを夫に問うことがあった。単に歌うことだけを目的とするグループがここまで続いてきたことを思うと、彼女にもそれなりの欲が出る。歌うことが決して苦にならぬ範囲で、グループの水準が少しでも向上することを彼女は願う。始めた当初はかおる自身、コンクールに参加することなど考えてもみぬことであった。僅かながらとはいえ、それが年々技巧を加え、美しいハーモニーを奏でられるようになっていった。未だ県大会で三位以内の入賞には達しないが、近い将来その日が到来することを彼女は予測していた。希望的観測を含め、こんなことも夫婦の話題として取り上げられる。

「楽しみだわね、私たちのコーラスグループがここまで成長し、この先もまだ伸びる余地を残しているんですもの」

「多分にそれは、僕自身の成長とも重ね合わせることが出来ると思うよ。手探り状態で始めたリーダー役も、その後の研鑽で多少とも知識を増すことに役立った。録音されたプロの演奏とはまた別のものを、実際の会場では聴くことが出来る。まだ僕の水準では、こちらの方が当面の指導には有益であるように感ずるんだ。特に最初は、専門の勉強をしてきた人たちとの違いを感じて、恥ずかしい思いをしたもんだよ」

「それを知ったことが、その後のスカイコーラスグループの成長に繋がったんじゃなくて。あなたが熱心に合唱指導に取組む姿を見て、いずれ私たちも最終審査に進めるだろうと思っていたわ。ただどうしても私たちの職場は、皆が一堂に会する時間を持ちにくいという壁があるのよね」

「それを承知でこの時期、皆に招集を掛ける心苦しさが僕にはある。中には、無理をして集まってくれる人がいるかもしれない、早朝という難しい時間にね。もしかすると、伴奏を務めてくれる山科美佐子さんもその一人かもしれないなぁ」

「ああ、あの小さいお子さんを抱えているという」

「うん。ふだんの仕事でも保育園の休みの日は、さと子ちゃんを預けに少し離れた県内の親類へ連れて行くそうなんだ」

「だったらそんな時は、うちへお呼びしたらどうかしら。こうして私がいるんだし、先方さえ良ければこちらに困ることなんて何もないわ。四歳位の女の子なら、もう物分かりは好いでしょうし」

「君がそう言ってくれるのは嬉しいな。朝練習を含めて僕もこの子とは顔見知りでね。性質は素直ではきはきしている。人見知りがなくてかわいい顔をしているから、誰にでも好かれる子だよ」

「だったら尚更好いわ。お母さん似なのね、きっと」

「うん。それじゃあ、先方が何て言うか話してみるかな。うちとは歩いてでも行ける距離だから、君がそう言ってくれるならわざわざ遠くへ行くことはないだろう。ただそこで僕が心配するのは、君があの子に合わせて無理な動きをするんじゃないかということだよ」

「大丈夫、文字通りお預かりするという程度にしておきますから。幸い相手は女の子だし、静かに過ごす楽しみ方は幾らもあると思うわ」

夫婦の話は直ぐに纏まり、橘は次の練習日を待たずに美佐子にそれを伝えるつもりであった。コンクールが間近に迫る余り、彼は成行きに任せて話を進めたものの気掛かりは残った。さと子を預かることで、かおるの体に無理な負担が掛かることを何より恐れる。ただでさえ先のない妻の寿命を縮めることは避けたい。反面、自身が帰宅するまでの長い時間、そうすることによる一定の効果があるとも考えられる。さと子を知る彼は、むしろそちらの効用に望みを託した。二人が我が家で過ごす具体的場面こそ浮かばないが、かおるは気を紛らせる以上のものをこの幼子から吸収するであろう。母娘と呼ぶには少し年の隔たりはあれ、かおるはさと子を我が娘として眺め、さと子もまたもう一人の母親として妻に馴染む様が想像される。かおるが元の元気な体であればなおのことである。男女のいずれでも好い、子供を設けることは夫婦の長年の夢であった。願い叶わずそれの弊《つい》えた今、かおるが母親らしい慈しみを傾ける恰好の場ともなる。四歳というさと子の年も妻の相手として相応しい。一、二歳児にはこの時期特有の愛らしさがある代わりに、まだ打っても返らぬ反応の鈍さがある。その点さと子程の年になると、周囲を見る目が広がり、大人たちとの会話のやり取りも可能となる。それでいて、物を知り過ぎた幼児に有り勝ちな擦れた所がなく、まだ十分素直さを残す所が好もしい。

妻の退院を橘は殊更コーラス仲間に広めもしないが、美佐子の口を通して誰もの知る所となった。何であれリーダーの妻が自宅に戻ったことは、彼女らにとっても朗報である。直接かおると練習を共にした者の他にも、これを聞きつけて三々五々橘家を訪問し、久しく周囲の者たちと疎遠になっていた病人を歓ばせた。これは彼女が全く予期せぬことだっただけに、メンバーの訪問は何にも勝る贈り物となった。それが比較的退院間もない頃であったために、かおるは自分が療養中の身であることを忘れ掛けた程である。しばらく他者との会話が跡切れていた彼女は、これら訪問者を手放しで迎えた。皆が帰った後に多少の疲労が押し寄せても、彼女はそれを苦にするどころか楽しみとさえした。ゆったりソファーに身をもたせながら、この女主人はそれらのもたらす爽快感に浸るのである。医療従事者を除くと、入院中に彼女が接することの出来るのは闘病者に限られる。そこでは常時、自分が患者であるという意識が付き纏う。たとえ一時的であれ、それが除去される歓びはひとしおのものがある。

曲がりなりにも日常生活を取り戻したかおるは、明らかに朝の目覚めが入院中とは異なった。為すこともなく時間の経過を待つだけの療養中には、朝を迎える日の光すらもが空に見える。それに引き替え自宅での起床には、どこからともなく命の囁きが聞こえてくる。彼女は目を覚ますことにときめきを覚え、夜の眠りに入る時にはその日一日に感謝する。日の出から落日まで、彼女は目に見えぬ空気の中に様々な色彩を伴う変化を感ずる。何気なく受け止めてきた風や日差しや梢を飛び交う小鳥たちにも、命の躍動を認めて瞳を輝かせる。死の宣告を受けた訳でも自覚もしないこの時点で、かおるは人に与えられた時間の貴重さに気が付いた。

こうしたことによる気持ちの張りは、実際には悪化している病状の表面化を一定程度抑えた。そのため、自宅療養中ということしか知らされぬ訪問者は、このまま女主人が快方に向かうものと信じていた。夫婦二人きりの時も第三者が入る時も、橘家は通常家庭とさしたる変わりのない日々に彩られた。そこでの会話に暗い陰りはなく、やり取りされる言葉は、空気の詰まったボールのようによく弾んだ。一人で過ごす長い時間の多くを読書に充てるかおるも、帰宅する夫や訪問者を迎える時にはたちまち静から動へと姿を変える。病人とは思えぬ彼女の瞳の輝きは、幼子さと子の気に入る所となった。彼女はこの家の人と空気にすっかり馴染み、ややもすると母親を困惑させた。仕事を終えて娘を引き取りに来る折など、ただでさえ恐縮の体でいる母親をよそに、さと子は様々理由を付けて帰りの先延ばしを計る。その一つとして橘家にピアノのあることが、都合良く口実を見付ける幼子の材料であった。母親の奏する様を見てこれに興味を寄せるさと子は、幼児などと侮れぬ程進捗度の速さを周囲に示した。

電子ピアノの購入を待って娘の指導を考えていた母親にさきがけ、さと子は橘家において初歩の課程を習得してしまった。この幼子は長時間ピアノに向かうことを苦とせず、あたかもそれを玩具のように楽し気に扱った。元々楽譜を絵本代わりに眺めていたので、五線紙に付随する音符や記号には馴染みがある。そのせいもあってさと子の呑み込みは極めて早く、教えるかおるの方が拍子抜けする程であった。その理解度に加えてさと子の指はしなやかで、小さな手が風に舞う木の葉の如く鍵盤上で揺れ動く。このことは即座に橘夫婦の話題に上った。さと子の音楽的才能をどう考え、どう活かすべきかについて、二人は我が子のことのように意見を交わした。

「過大な期待は差し控えるとしても、あの子は心底楽しげにピアノに向かっているし、しばらくはそれを私たちが引き伸ばしてやるというのはどうかしら。将来それをどこへ繋げるかは本人が考えることとして、今私たちは、あの子の可能性を広げてやらないという手はないでしょう。その才能を知りながら、みすみすそれを見殺しにするなんて惜しいんですもの」

「素晴らしい発見をしたね、君は。そもそもあの子の母親のために預かった訳だけど、そんな才能がさと子ちゃんに隠されていたなんて。君の提案には大賛成だよ。多分あの子も、今以上に練習することには異存がないと思うな。幸い、この家に来ることを楽しみにしているようだし、僕の睨んだ通り君にも懐いている様子が見て取れる。美佐子さんの休みの日にも預けに来てもらえば、そこでまずあの子の練習時間は確実に増える。それからまた先のことは、追々あの人と相談して決めることにしよう」

橘夫婦の申し出は美佐子に二重の意味で歓迎された。娘を近くの安心出来る家に預け、おまけにピアノの手ほどきまでしてもらえる——これは彼女の願ってもないことである。相手が橘家となれば隣近所に払う程の気兼ねはなく、時には娘のいない時間を伸びやかに過ごすことが可能となる。生活に追われる日々の中で、心にも体にもゆとりを持つ必要性は感じてきた。さと子を育てることを生き甲斐としながらも、たまには手足を伸ばしてゆったりした時間を過ごしたいと思うことは何度かあった。それにはまだ三年程待たねばならぬとしてきた美佐子は、この提案に感謝の念を持って同意した。

練習時間の増加はさと子の上達を促し、当のさと子自身それを自覚し始めた。このことから幼子は自らピアノへの意欲を示し、やがて一日置きに橘家での練習に取り組んだ。これに伴いこの家への美佐子の顔出しも多くなり、週に一、二度、母娘は夕食に誘われる程の持て成しを受けた。美佐子が娘の迎えに来る夕刻は、橘がさと子の相手をし、女二人が台所に入るという構図がまま見られた。日を追って両家の交流は他人の域を超え、幼子を通しての緊密さが深まっていった。

この間にもかおるの通院は続いた。医師からはその都度治療の現状等について説明がなされ、難しい局面であることを聞かされる。夫からもそれに補足する言葉はなく、かおるはそこはかとなく我が身の先細りを意識した。これにより彼女は、自分に為せる在宅中の事柄をひと渡り見回すようになった。予期せぬ緊急入院も有り得ることで、必要な手筈を整えることを迫られたからである。そうしたことを考える途上で、自分亡き後の夫の行く末にも思いが及んだ。妻の死を悲しむその様子は容易に想像される。だが彼女は、夫・行憲がそうした日々に打ちのめされることを望まなかった。それは死した後にも、せつなく、やるせない気持ちを引き摺ることになる。自分の死を悲しむのは一ときにして、むしろ夫が、早期に心の区切りをつけることの方を求める。なろうことなら自分に代わる相手を見付け、新たな女性と愛の完結を果たすことに期待を寄せるのである。

死期を間近に見据えたかおるの心情は、日記とも遺書ともつかぬ手記の形で残された。彼女はそれを、誰もがいない静かな時間を選んで便箋にしたためた。

行憲さんへ　限りない想いを込めて

退院が許され、再びこの家で過ごすことになって以来、私は何と充実した日々を迎えることが出来たでしょうか。それもこれも、あなたが私の気持ちを慮って、自宅療養を受け容れて下さったからです。我が家で過ごす一日は、病院でのそれとはおよそかけ離れた時間となっています。前回の退院時もそれを感じぬではありませんでしたが、今は更に今日の一日が貴重に思えてなりません。残された時間に限りあることを知る者には、この一日が抱き締めたくなる程いとおしく、掛け替えのないものなのです。曲がりなりにも私は自宅で過ごし、主婦の真似事をしながら、愛する人と共に暮らす歓びに浸っています。病は確実に進行しても、私は病人ではなく、通常人の形でこの世を去ることに胸を熱くしています。あなたの居るこの家で呼吸をすることは、世界中の空気を独り占めしているような満足感が湧いてきます。あなたを仕事に送り出して一人になっても、行憲さんの温もりはどの部屋にも残っています。

私が二十歳であなたと結婚した時のことは、行憲さんもよく覚えて下さっていますね。あの時以来、私たちは愛の花を咲かせてきました。あらゆる草花が気候の変化に晒されるように、私たちも苦難を免れることは出来ませんでした。それをしっかり結び留めてくれた夫婦の愛は、程なく旅立つ私を強く支えてくれています。行憲さんが優しく私を見守ってくれていることは、どんな良薬にも勝って私を励まして下さるのです。生への回帰を諦めたことのない私ですが、今は心穏やかに、いつでもその日を迎えることが出来る心境になっています。それは私たちの愛がこの間、決して散ることもなく咲き続けてきたことを確信出来るからです。これこそ私が、誰に対しても誇れる宝物です。あなたと手を取り合って生きたこの間の時間を胸に、私は帰らぬ旅路に向かいます。

それがあなたに深い悲しみをもたらしても、どうぞひと時の涙で収めて下さい。私たちは悔いのない夫婦生活をしてきたのですもの。それより、私はあなたに思い起こして欲しいのです、あの十年前の事故のことを。あれは行憲さんを絶望の淵へ陥れました。もはや何一つ、希望を見出せない状態にまで追い込まれたのでしたよね。人生にあれ以上の苦境があるでしょうか。でも、その時にも私たちは、挫けながらもしっかり明日を見詰めて生きてきました。あなたの地道な努力の甲斐あって、私たちには再び目の前が開けてきたのです。心ならずも私は先に旅立ちますが、あなたにはここで希望を失って欲しくはありません。愛の襷《たすき》を受け留めて下さる人があれば、その人こそ私の生まれ代わりと思って欲しいものです。私は心底それを願っています。悲しみを紛らすために、仮にもあなたが酒に縋る日々を過ごす姿は、私の心を痛めるでしょう。これは、私の本心から出ていることを汲んで下さい。後日、新たな人と織上げるあなたの幸せは、必ずや私の行く手に光を灯して下さることになるはずです。それは私の歓びともなるのですから。

どこに居ても、たとえこの身が灰身《けしん》となっても、私は行憲さんと共に死後の世界を生き続けるのです。すてきな伴侶とめぐり逢った幸運に感謝しつつ、あなたに今生のお別れを言います。

かおる

何枚かに綴った便箋を折り畳み、かおるはそれを封筒に入れて机の引出しに仕舞い込んだ。いつの日か、自分の身の回りを片付ける折に、夫がこれに目を通すことを想定して。

かおるの病状に回復の兆しは見られぬ一方、末期患者特有の痛みに苦しめられることなく日は過ぎていった。既に妻の死を受け容れる橋も、これだけは是が非でも回避したいと願ってきたことである。日一日、かおるに残された命の細るのを感じながらも彼は、自身の心が乱れぬよう平常心を保つことに努めた。少しでも長い妻の生存を願うと共に、それが充実したものでなければ意味を成さぬとも考える。彼女が充ち足りた思いで死を迎えるためには、何としても我が家での当り前の暮らしが必要となる。今かおるは存分にそれを味わっており、やつれた表情に反して、瞳の輝きは病人とは思えぬものがある。通常人が日常感ぜぬ命への歓びが溢れ出ているからであろう。必要最小限の配慮をした上で、橋はそれまで通り妻の外出に意を払った。彼女を車の助手席に乗せて買物に出たり、時には場所を変えての短いドライブにも誘い出した。かおるはこれを殊の外歓び、遠足時における小学生同様の表情を見せた。そこが特別の景勝地でなくても、広い戸外に身を置くことに彼女は伸びやかな気分を味わうのである。その際橘は、妻の疲労の蓄積を避けるために車椅子を用意した。自らの足で存分に歩きたいと望む妻の欲求を抑え、この一線だけは守り通した。

一日置きにピアノ練習に通うさと子にとっても、橘家は我が家の延長線上に置かれる家となった。そこで過ごす時間の多くは、この家の女主人と二人きりとなる。かおるも橘との結婚後にピアノの手ほどきを受け、幼子を教える程度の技巧は修得している。ここには必要な教則本や練習曲が揃い、さと子が足を寄せさえすれば歓迎される上に練習が出来る。元々人見知りのない子供だけに、橘家に向かうさと子は生き生きとしていた。子供心にも我が家より広い橘家には快適さを感じ、その居心地の良さがこの幼子を惹き付ける。彼女はこの家の夫婦を「おじさん・おばさん」と呼び、そこには親類筋のそれに近い親しみが込められていた。

とりわけ「おじさん」と呼ぶ橘の存在は、この少女に橘家への執着を強くする。母親の愛情を一身に受けるさと子が僅かに満たされぬものを感ずるのは、他の者とは異なり我が家に父親が居ないことである。もはやその面影すら消えてしまった男親への思慕は、彼女が何にも増して求めてやまぬものとなっている。たとえ「お父さん」とは呼ばないまでも、彼女はこの家の主人をそれに代わるものと見ていた。実際に彼女は、おじさんから受ける視線に優しさと暖かみを感じ取り、橘を実の父親像と重ね合わせた。それだけに両家が揃って、と言っても双方互いに二人ずつだが、食事を共にする歓びはひとしおのものがある。しかもそんな席でのさと子は常に話の中心に置かれ、いつの場合もその心地良さに酔いしれるのである。和やかに交わされる大人たちの会話を見て、これこそが理想の家庭であることを子供なりに受け止めた。そうした情感が浸透するにつれ、もはや橘家とその人々は、この少女になくてはならぬものとなった。

娘が橘家に親しみを覚え、かおるの病状が表立っては悪化していないこともあり、美佐子は先方の好意を殊更辞す必要性を感じずにきた。予定より早く娘にピアノを練習させることが出来、あらゆる面で彼女にとっても橘家との交流は都合良かった。かおるの病気が完治しないことへの気遣いはあっても、それが深刻な状態にあることまでは気付かなかった。何より当の本人に気弱な所がなく、橘もそれを秘めたままにしていたことが理由としてある。後日、かおるの訃報を知らされた時、美佐子は娘の訪問が負担になったのではないかと心痛めた。ただ、この時点での彼女は、両家の交流に自身心の安らぎを見出していた。娘を迎えに来るここでのひと時は、そのまま帰るにせよ持て成しを受けるにせよ、時間に追われて余裕のない彼女の励ましとなる。近過ぎず、また離れ過ぎもしない夫婦との程良い年の差は、彼女に心地良いクッションの役を果たしていたとも考えられる。それはちょうど、年の離れた兄・姉に身を委ねる気持ちとも相通ずる。

娘のピアノ練習の場となった橘家は、いつか同時に美佐子の料理教室の場ともなった。誘われるままに彼女は女主人と共に厨房に入り、自分の知らぬ様々な料理の指導を受けた。素早く簡単に出来るものから、見た目も体裁の好い洋風料理までを教わった。一児の母とはなっても、こと料理は自分に落第点を付ける美佐子には有益であった。娘と二人きりで、かつ経済的余裕もない彼女は、これまで料理に目を向けることなく過ごしてきた。それだけに、食卓を美しく飾ることには無頓着でさえあった。そこには、応分の費用を掛けねばならぬという諦めもある。とりあえず必要な栄養を摂取することだけに気を配ってきた彼女に、かおるはひと工夫で華やいでも見えれば、美しく飾り立てることも出来る料理の骨《コツ》を伝授した。これは、美佐子に目から鱗の感を与えた。かおるは決して高級食材に頼るのではなく、身近な所で食卓に賑わいを作り出す手本を客に示す。

「どう、同じ食材でも、ちょっとの工夫で食欲をそそるものが出来るとは思わない。料理ってそんなものなのよ。もしかすると、ファッションにも共通することかもしれないわ。豪華な生地をふんだんに使わなければ美しさを表現出来ない、というものではないでしょう。それをアイディアや工夫で補う所に、人の知恵や腕の見せどころがあるという訳ね。私も人に講釈を垂れる程の知識はないんだけれど、料理は食文化にも繋がるだけに、中々奥深くて面白いわよ。殊に、さと子ちゃんのような幼い子には、彩りを武器にするというのが効果的ね。苺やキウイフルーツやパイナップルなどの果物は利用価値大よ。これをちょっと添えてやるだけで好いの。子供の色彩感覚を食欲に結び付けて、脳の刺激を促すということかしら。後は、器と盛り付けということになるんでしょうね」

さと子がピアノに向かうように、美佐子もまた橘家の厨房に入ることが楽しみとなった。明日にも取り入れたいと思う料理法を修得出来るばかりか、料理を挟んだ女同士の語らいにも彼女は寛ぎを感ずる。時には話題が料理から離れ、全く関わりのない方向に逸れることさえある。正面切って顔を突き合わせる時とは違い、却ってそうした場の方が気軽に思うことを口に出来る。互いに打ち解けた気分で四方山の話に興ずるその後に、如何に自分が他人との会話に希薄であったかに美佐子は気付く。手の掛かる年頃の娘を引き取って以来、膝を交えて彼女が身近に語り合える相手は無きに等しい。我が娘への語り掛けや絵本の読み聞かせ程度のことはあっても、大人同士、女同士の語らいとは自ずと異なる。コーラスグループに入ったことで人々との交流が生まれ、多少とも彼女の孤立感は解消された。そこには共通の目標に向けての融和があり、楽しい雰囲気が醸し出される。そこまでは期待通りであったが、子持ちの美佐子には、それを超えての更なる交流には限界がある。そんなことから、母娘の絆を日々の支えとしてきた彼女にも、どこか燃焼しきれぬものが心の片隅に燻ってい た。必ずしも不満に思うという訳ではないその燻りは、何度かの橘家への出入りによって跡形もなく吹き払われた。

場面九

十月の合唱コンクールに向けた練習が佳境に入ると共に、休みがちであったメンバーたちもちらほら顔を見せるようになった。橘が積極的に各職場に出向いた効果の表われと言えよう。今回の発表時に取り上げる「虹の空から降り注ぐ夢」は、高・低の音域が巧みに絡む合唱曲である。これを高らかに、かつ感動的に歌い上げるには、一定数の人員を集める必要がある。日頃集う十人以下の歌声では厚みに乏しく、会場を揺さぶるには不十分であると橘は考える。二、三十人から成る他のグループに見劣りしないためにも、毎回このリーダーには人員集めという課題が付いて回る。同時にこの曲では伴奏部分の比重が大きく、その出来、不出来も軽視出来ない要素となる。美佐子の奏でるピアノパートは、指導者同様歌の高揚を全員から引き出す鍵とも言える。団員たちの感興を余す所なく汲み取り、それを如何に歌に乗せるかの打ち合わせを橘は美佐子と重ねた。

コーラスグループ発足時のメンバーは既になく、僅かに翌年に入団した戸叶順子だけが古手として残る。この七年程、彼女は練習熱心なメンバーという訳ではなかったが、同世代の者たちとの語らいに引き摺られてここまで来た。仲間と歌う歓びもさることながら、彼女にとってそこは、女同士が心置きなく交わる団欒の場所であった。お洒落やファッションに関わることから、時に将来の夢や理想を述べ合う寛ぎのひと時としてきたのだ。そんな仲間たちの多くが先を急ぐかのように結婚するのをよそに、彼女はそれには慎重な姿勢を保ち続けた。長身で人目を惹く容姿の彼女にプロポーズをする男たちは多い。その中の何人かが恋愛関係に入っても、それ以上に発展させて順子の心を掴み取る者はない。ダイヤの指輪や金のネックレスに彩られる日々を夢見る彼女に、いずれの男たちもそこからは遠く距離を隔てていたからである。こうした男たちの中に順子の求めるものはなく、頑なに彼女は安易な妥協を拒絶した。夢を果てしなく広げ、理想を実現させることに彼女の人生はある。

五月にデューティーフリーショップに現われた二宮具広からは、その後数回電話があった。少なからずこの人物に期待を寄せる順子は、彼が渡米した直後に抜かりなく相手の身元を確認していた。彼女程男の求愛に手馴れてくると、名刺の肩書を百パーセント鵜呑みにするということはない。肩書どころか、時には名前や所在すら偽る如何わしい相手さえある。当初から女を誑《たぶら》かす目的で偽りの名刺を利用する者のいることなど、彼女は先刻承知済みなのだ。そうした男たちは、肩書でのぼせ上がる女に付け入る術を心得る。一度それに味をしめると、彼らの厚かましさは際限なく広がる。現にそうした不届者を知る彼女は、どんな場合もまずは冷静に自分を律する。彼らの術中に嵌ることは、女の沽券に係わることでもあるのだ。で、順子は二宮の帰国を待たず、他人手を使って外務省に電話を入れた。その結果、間違いなく二宮が北米局・第一北米課に所属し、現在アメリカに出張中であること、更には課長補佐職にあるという実証を得た。

店内で受けた印象通り、一般に言われる官僚タイプと二宮はおよそ似つかわぬ所がある。そこでのやり取り同様、彼は間を置かずに次々話題を展開させる術を心得る。一つの主題を元に作曲家が、僅か四小節の旋律から幾通りもの変奏を作り出す技倆とも類似する。そのため順子は、この男との電話では殊更気の利いた口を聞く必要はなく、気軽に受け応えするだけで済む気安さがある。ステップを殆ど知らなくても、男の巧みなリードでダンスを楽しむ時のようでもある。彼は言葉をもって自在に女を誘導し、短い会話の中でも相手に忘れ難い何かを残してゆく。度重なる電話によって順子は、二宮が自分に執心である様子は直ぐに知れた。何ら関心のない者が繰り返し連絡を取ることはなく、それ自体は彼女の心を擽《くすぐ》ることである。しかしここで彼女にもどかしいのは、多忙を理由に中々相手がそれ以上に踏み込まぬことである。

降って湧いたように現われた男に照準を合わせる順子の中に、相手を早期に自分の網に囲い込みたいという欲求が募り始めた。ここに至って、度重なる三村慎二の求愛などに構っている暇はなく、順子は彼の純心さを見捨ててしまった。過去にはこの種の相手を適度に受け容れ、都合よく恋のアバンチュールを楽しんだこともある。そこで男が全面的に自分に従属し、愛の懇願を求める様を眺める痛快さに酔いしれた。どんな場合も男は「美」の前に平伏する。彼女はそこで男を操る術を会得し、恋には常に優位な位置に立っていた。その力関係が順子の自信と誇りを培ってきた。そうした男たちに比べ、二宮は幾分か質を異にする。

実の所、順子にはまだこの男を掴みかねる所がある。中央官庁で最も中心的な仕事に従事するのが課長職だ、ということは彼女も耳にする。もとよりその実体は不明ながら、概して多くの仕事はピラミッドの底辺が受け持ち、直接その監理・監督に当る課長職に負担が集中するからなのであろう。現に、メディアで報道される首脳級会談ですら、事前に大筋が官僚間で決定されることからも頷ける。してみれば多忙を理由とする二宮が、電話以上に踏み出そうとしない理由も納得出来る。当初は素直にそう受け止めてきた彼女も、この所は相手の真意を量りかねるようになっていた。踏み込みもしなければ突き放そうともしない相手の姿勢は、女を焦らす彼一流の手管なのかという疑いが湧いてくる。しかし、それにしては時間が長すぎる。少なくも、電話の向こうからの話し掛けに悪意は全く感じられない。逆に、好感の持てるその性格からして二宮は、はにかみ屋なのかと思いたくなる節さえある。

あれこれ思い巡らす順子に、二宮はようやく九月に入ってデートの誘いを持ち掛けてきた。東京まで出て来られれば、どこでも望みの場所の街歩きをした後、食事を伴にしたい旨が伝えられた。当然の如く彼女は承諾の返事をした。

「楽しみだなぁ、順子さんとお会い出来るなんて。洒落たビル街をあなたと並んで歩く姿を想像するだけで、今から胸のときめきを覚えてしまいますよ。久しくお会いしていないのに、それもたった一度の出逢いだというのに、不思議な程あなたが身近にいる人のように思えてならないんです。きっといつも、順子さんのお顔を瞼に思い描いてきたからかもしれませんね。ビルの立ち並ぶ東京にはどこか味気なさを覚えますが、そこにあなたが居るとなると話は別です。緑の少ない街中に、この時期の蒸し暑さを吹き飛ばす涼風が流れ込んでくるようです。それで思い出しましたが、今も髪は長いままなんですよね。いや、たとえ短くしても、あなたを見誤る気遣いはありませんがね」

電話を切る前に、二宮はこんな風に並べて話を括った。それがどの程度気の利いた言葉であるか否かは別にして、女に悪い気を起こさせなければ彼の目的は達せられる。時に、「気が利きすぎて間が抜ける」ことがあっても、言葉数の少ないよりは好いのである。多分にアメリカ社会に傾倒する彼は、無口で従来型の野暮天男とは根本が異なる。職場での会議は勿論女との接触においても、言葉は必要不可欠の武器と考える。そのための訓練を彼は学生時代から培ってきた。様々な場面のスピーチや名言は言うに及ばずシェイクスピア劇まで、アメリカ社会で暮らす上での一般知識を独自に学んだ。それをより洗練されたものとするのに今の職場は是としないが、彼なりの研磨に夢々怠りはない。一つの言葉を受ければ必ず脹らみを持たせて打ち返す。そうすることにより、ネットを挟んで打ち合うピンポン玉のように会話は続く。豊富な話題を有することで初めてそれは可能となる。このため彼は様々な事柄に関心を寄せ、自宅と役所を往復するだけの日常には満足してこなかった。

デートの当日、順子は早起きして周到なまでに身仕度を整えた。髪を梳き、紅を差すそれらの仕草の中に、これから待ち受ける場面を思い描いては口元をほころばせた。角度を変えて映し出される鏡の中の自分を眺める度に、彼女は将来巡ってくるかもしれぬ大使夫人の座を想像した。そこでの彼女はより豪華な衣装を身に纏い、何カラットかのダイヤの指輪や金のネックレスの輝きに包まれる。試供品で間に合わせる寂しい今の状況とは違い、香水もそこでは自在に選べる。煩わしい日常雑事を隔てる別世界がそこにはあるのだ。仮にそれが何十年か先のことでも、夢は確実に彼女に生きる張りをもたらす。当初からそれの閉ざされた人生には幻滅を覚える。自らの手でそれを可能ならしめることが出来ぬとしても、幸い女には夢を男に託すという手がある。

テレビ放映による古い映画の中に、「女は一回勝負する」という題名を順子は記憶する。如何にも人目を惹く題名であると思う一方順子には、女の勝負を一回で終わらせてしまうことには不満が残る。機会があれば、いや積極的に機会を見付けて、女は何度でも夢に向かって勝負に挑むべきだと考える。友人たちが次々平凡な結婚生活に入るのを尻目に、彼女はここまでそれを先延ばしにしてきた。勝負に挑もうとする彼女の人生はゲームでもある。勝者だけが味わう優越感を手元に引き寄せ、その快感に浸ることに彼女はどこまでも執着する。

東京行きの成田エキスプレスに乗車中にも、順子は希望を乗せた未来への旅に出る心持ちになっていた。楽な姿勢で背もたれに身を委ねていると、このまま列車が自分を夢の世界へ導いてくれるのかと錯覚する。二宮と落ち合うこれからの一日が、彼女には自分を変える運命との出逢いであるかのように思われた。そのためか、相手は必ずしも二宮である必要はなく、車窓に目をやるその視界に男の映像は映らなかった。飛び込んでは背後に消えゆく沿線風景に代わって、彼女は今とは異なる将来の自分自身を描き出した。目映いばかりの花園に囲まれた人目を惹く住居での暮らしが、まずもってその目に広がる。日に二度三度と衣装を代え、これ以上はない程彼女はその身を飾り立てる。そこでは、様々身に付けるものを選ぶことから一日が始まる。家事万端は彼女の手から離れ、テーブルに席を取るだけでその都度美食が運ばれる。買物には運転手付きの高級車で出掛け、夜のパーティーでは常に主役として人々に囲まれる。ダイヤモンドが微笑めば彼女の口元にも笑みが零れ、周囲の者はこぞって陶酔の境地に誘われる。そんな彼女の夢は果てしなく続き、目的地の駅にはその最終図を描ききらぬ内に到着してしまった。

ともあれ現実に立返った順子は、待ち合わせ場所とした東京駅のコンコースに入った。その途端彼女は、待つこともなく背後から二宮の呼び掛けを耳にした。

「順子さん」

聞き覚えのある声に順子は直ぐに後を振り返った。

「ああ、やっぱり間違いなかったですね」

相手の反応の速さを受け、二宮は大股に歩幅を取って近付いた。

「この待ち合わせ場所にすてきな女性が現われるのを見て、僕は後姿だけでそれが順子さんであることを感じました。綺麗だ、とっても。いつもあなたのお顔は僕の頭から消えてはいなかったけれど、実際こうして再会してみて、改めてうっとりしてしまいましたよ。出て来て下さって有難う、今日は心弾む一日が過ごせそうです」

「私こそ、お会い出来て幸せです。今日まで二宮さんのお誘いがあるのを、心待ちにしていたんですもの」

「嬉しいですね、そう言って頂くと。それはそうと、僕が勝手に順子さん、と親しくお呼びしているように、あなたも名前で僕を呼んで下さると好いんだけれど。二宮さん、ではどこか距離を感じて、順子さんから少し離れて歩かなければいけないようで、辛いなぁ」

「あら、好いんですか、具広さん、とお呼びしても」

「それでいきましょうよ、これからは。仕事では、いつも他人行儀で畏まっていなければいけない二人ですからね。堅苦しさで疲れてしまうようでは、せっかくのデートが台無しになってしまうでしょう。出来ればこの際、無用な敬語も取り払ってしまいたいもんですね。順子さんに日頃の鬱憤を晴らすのはお門違いでしょうが、役所なんて所は、上下の階級で成り立っているようなもんですよ。僕みたいな性格の者には、その礼儀正しさが窮屈でならないんです。尤も役所内には、打ち解けて心通わせる程の相手もいませんがね。順子さんには、どうぞ気を遣わないで、僕を親しい友人の一人と思って下さると嬉しいなぁ」

最初のやり取りで順子の気持ちはすっかり和み、二宮への距離は瞬時に縮まった。さすがに直ぐに腕を絡ませることはないが、並んで歩く間に肩が触れ合うことはしばしばである。その触れ合いの中で彼女は二宮を感じ、男が如何程自分に執心であるかを推し量った。高めのヒールの靴を履く順子と二宮の背は殆ど変わらず、その釣合いが相手の呼吸を窺うには都合が好い。並んで歩く間も二宮は、絶えず顔を順子に向けて話を交わした。「視線を逸らすことは気のないことを示す」とする欧米の礼儀を知る彼は、女を戸惑わせぬ範囲で目で物言うことを繰り返した。

東京駅から二人は地下鉄丸ノ内線で銀座へ行き、更に日比谷線に乗り換えて六本木に出た。電話での順子の希望に添い、二宮は再開発地区を中心に辺りを案内する予定にしていた。外苑東通りに面する防衛庁跡地は、かつての恵比寿のビール工場やJRの汐留などに続く、大型の都心部再開発地区として注目されてきた。今はここにも高層ビルが立ち並び、人目を惹く洒落たビル街となっている。若い女性の好むファッション関連の店もあることから、ランデブー気分で歩くには打って付けの場所とも言える。加えて、赤坂・六本木から麻布・三田にかけての地域には、二宮の仕事上密接に関わる各国大使館が集中する。限られたこの三キロ四方内に、ざっと数えるだけでも三十余りの大使館が点在する。皇居に向き合う麹町のイギリス大使館を除けば、アメリカなどの主要国はこぞってここに外交拠点を置く。中・露や独・仏など、どこにどの大使館があるかといったことは、地図を見ずともほぼ二宮の頭の中には描かれる。千代田・中央と共に都心の一角を成す港区は、大使館の区と言っても好い一面がある。主要国はいずれもその敷地を広く取り、ビルに囲まれる都心の数少ない緑地帯も形成する。

再開発地区から六本木界隈を回った所で、昼の時間が近付いてきた。順子が空腹を感じてはいないかと、二宮はその表情を窺った。

「だいぶ歩きましたね、疲れませんか。そろそろお腹の空く時間になってきましたよ」

「あら、ほんと。でも私、ちっとも疲れてはいませんわよ。滅多に来ない東京ですから、見る物全てが目新しくて」

「そりゃあ良かった。じゃあ、せっかくここまで来た序ですから、食事前に東京タワーに上ってみましょうか。近頃は、スカイツリーの方にタワーの人気が移ってしまいましたが、僕は周辺環境も含めてこちらの方に愛着が強いんですよ。長年見慣れてるせいなのかなぁ」

「嬉しいわ、私まだ上ったことないんですもの。今日は天気が好いし、素晴らしい眺めが見られるんでしょうね」

「順子さんには好い日に来て頂きましたよ。ちょっと暑いのが難点ですが」

「そんなこと大丈夫。具広さんに案内されて私、暑さなんか忘れてしまってますもの」

「少し歩きましょう、一キロ程ね。この先左手に、外務省の飯倉会館がありましてね、外交資料館も併設されているんです。その先の斜め向かいにロシア大使館があります。そこまで行けばもう直ぐですから。犬も歩けばじゃありませんが、この辺りはちょっと歩けば、どこかの国の大使館に突き当ることになってるんですよ。そのせいかな、港区のイメージが好いのは」

「どこの国も、大使館というのは一等地にあるんですのね。敷地も広くて、建物も立派なんでしょうね」

「主要国はね。この辺りではアメリカ大使館が際立っていますよ、さすがに」

「具広さんもいずれは、大使館勤務のお仕事をなさるんでしょう。好いでしょうね、その国の一等地の立派な大使公邸での生活って」

「ええ、夢は果てしなく広がりますよ、外交官の仕事というのは。僕が外務省勤務を選んだ理由もそこなんです」

ロシア大使館を過ぎた二人は桜田通りの飯倉交差点を越え、目当ての東京タワーに到達した。展望台へはさしたる時間も掛からずに上ることが出来た。快晴とあって眼下に広がる眺望は、地上の暑さを忘れさせるものがある。二宮は四方を指差し、めぼしい所をあれこれ順子に説明した。皇居や新宿御苑、明治神宮といった屈指の緑地帯を持つ地域、或いは東京ドーム、都庁ビル、スカイツリーといった建築物に二人の視線は注がれた。隣接県にまで及ぶ三百六十度の視界の中には、圧倒される程の構造物が大海を形造るかの如く迫ってくる。

「巨大という点ではいずこの都市にも劣りませんが、東京は緑の少ないことが寂しいですね。どうも、雑然とした感を否めないのはそこにあるようです。それに、中心部を流れるシンボリックな川がないのも不満には思いませんか。隅田川がこの辺りを、少し蛇行して流れると好いんですがね。それはそれとして注意深く目を凝らして見ると、ささやかながらも、ほっと出来る場所がなくはないんですよ。僕はそこに僅かな救いを見出しているんです。こ
こ港区だけに絞ってみると、遠く向こうの青山通りに接する赤坂御用地を始め、真下の芝公園や、ドイツ大使館に接する有栖川公園、その他小さいながらも公園はあちこちに点在しています。それに面白いことに、この港区には意外な程寺が多いことですよ。それがこの一等地に、ちょっとした空間を作っているという訳です。増上寺は別格にしても、これら寺院がビルの集中を防ぐひと役を果たしているんでしょう。仕事仲間と飲み歩くのは嫌いじゃありませんが、それより僕は、こうした場所を歩く方が好きなんです。とはいえ、責任の重い仕事を持つ今は、それも難しくなりましたけど」

たっぷり上空からの景観を楽しんだ後に二宮は、芝公園に向き合うホテルでの昼食に順子を誘った。彼は迷わず最上階のレストランに足を進め、如何にも勝手知ったホテルであることを順子に窺わせた。一階ホールは都心のホテルに相応しく、その雰囲気の良さに順子はほんのり甘い気分を味わった。それは同時に自分を誘う男が、これまで付き合ってきた凡庸な男とは異なることを告げている。彼女はここで相手の肩書に頷くと共に、白馬に跨る王子がいよいよ我が目の前に到来したことを実感した。彼が用意するお膳立ては全てが行き届いて

洗練された感がある。先程までの街案内を含め、二宮は女を心地良く誘導する術に長けているのだ。順子は前方に明日が開けてくるのを確信した。この日のために、十分めかしこんできたことに余裕の笑みが零れ出た。

眺めの良い窓側の席での食事の間中、二人は跡切れることのない会話を楽しんだ。先日のデンバーへの出張から始まり、日常の仕事や互いの趣味等々、打ち解けた語らいは二人に時間の過ぎゆくのを忘れさせた。グラスワインの程良い口当りも互いの舌を滑らかにした。ここでは昼ということもあり、二宮は物足りなさはあってもボトルを取ることは控えた。念のため順子にも確認した上で、彼はそれを注文したのだ。その細やかな配慮に、順子は一層この男への好感度を高めた。ややもすると男たちは、女を自由にする下心から酒を勧める。低俗な男に限ってこの見え透いた手を使いたがる。心で女を虜に出来ぬ男の常套手段と言えよう。酒はかなりいける順子だが、ここでは一杯のワインで十分好ましい雰囲気を味わった。

余程長い食事時間を取ったかにみえても、二人がテーブルを立ったのは三時を回った頃である。これから先の行動を決めぬまま二人はレストランを後にした。少し歩き掛けて順子は、思いの外一杯のワインが心地良い酔いをもたらしていることを感じた。これからの街歩きでは、腕を絡めて相手に寄り添っていたい位の気分になった。しばらくして、最上階に上ってきたエレベーターに二人は乗り込んだ。

「食べた後ですから、少し寛いでいきませんか、このホテルで」

さり気なく口にする相手の言葉に順子は応諾した。その表情には満足気な笑みが漂い、二宮も微笑み返した。彼は順子を促して途中の階でエレベーターを降り、長く続く廊下の途中で歩みを止めた。廊下は左右とも一様に客室が連なり、二宮が立止まった位置もその一角に当る。しかし彼は何事もないかの顔で部屋のドアを開け、押しやるようにして順子を中に入れた。導かれるまま廊下伝いを進む途中、順子はティーラウンジにでも行くことを予想していた。それにしては幾分様子が異なるとは思いながら、言われるままに二宮の誘いにつられて足を入れた。まだドアが半開きの間は部屋全体は隠れていたが、二宮に肩を抱かれるまま歩を進めるにつれてその全容が開けてきた。その中央にはダブルベッドが置かれ、誰の目にも紛れもない客室であることを示している。

「そうか、こういう筋書きであったのか」

と順子は心の中で呟くと共に、それまでの仄かな酔いは消し飛んだ。この位のことは彼女とて想定済みである。ただ初めてのデートだけに、その可能性は極めて低いと読んでいた。今に至るまで相手が独身でいることから、存外二宮は女に対する気遅れが勝っているのかもしれぬとも見ていた。通常会話には事欠かなくも、結婚を切り出せずにいる男がいることは彼女も承知する。生涯を決する結婚を重要視する余り、そこに踏み出せずにいることが理由なのだ。しかし、二宮のこの振舞いは完全にそれを覆す。相手は隅に置けない男だと順子は察知した。このまま午後の情事を楽しみ、それを突破口に結婚を迫るという手がある。抱かれることには何の異存もない彼女に、何故かこの場に突然ひづるの顔が浮かび上がった。コーラス仲間は彼女にこれという呼び掛けはしなかったが、何かを語り掛けているようにもみえる。そんな順子の戸惑いには構わず、二宮は正面に立って順子の体に腕を回した。

「順子さん、何て綺麗なんだろう、僕はあなたが好きになってしまった。これからの午後は、二人きりで親しいひと時を過ごしませんか。あなたを見ていると、もう胸を掻き毟られる程狂おしい想いが募ってくるんです」

相手の言葉に順子は瞳を輝かせ、そそるように唇を突き出して男の首に両腕を絡ませた。その瞬間二宮は順子の腰を強く抱き寄せ、激しく唇を重ね合わせた。沈黙の中で長い接吻が続いた後に、一旦順子は、男の腕を振りほどいて部屋の中を歩き回った。

「すてきなお部屋だこと。毎日こんな雰囲気の好い所で過ごせたら、どんなに心浮き立つかしれないわ。具広さんが私を、そんな生活に導いてくれると嬉しいんだけど。ああ、見て、窓からの眺め、タワーがこんな近くにまで迫ってきて。きっと夜は、昼とは別の美しい光景を作り出すんでしょうね。ここからの夜景は、恋人たちを甘いムードに包んでくれること請け合いね」

「今日は僕の都合で、夜景の広がるまでここにいる訳にはいかないけど、しばらく順子さんと楽しいひと時を過ごしたいな。君を知って以来僕は、これまでになく胸のときめきを覚えるんです。仕事に没頭してきた僕には、こんなことはついぞなかったことですよ。それもこれも、順子さんの美しさに魅せられてしまったからなんだろうな。ああ、今日こそ君を思い切り抱き締めてみたい、この気持ちを余す所なく伝える程にね」

相手の言葉を満足気な表情で受け止める順子は、男を焦らすかのように調度品に触れたり、ソファーに腰を下ろすなどして品を作った。一方の二宮も、既に手中に収めた獲物に慌てて飛び付くことはせず、順子に近付きながらもその顔に自信を見せた。二人は再び先程と同じ形で見詰め合い、今度は軽い接吻を交わした。そこで初めて、男の手が順子のワンピースのファスナーに掛かった。もはやこれ以上形を取り繕う必要はないと見た彼は、一気に女の体を目の前に晒け出す手に出た。ここまでの所で二宮は、粗方順子の男遍歴を読み取っていた。彼女がこれまでに複数の男と関わり、進んでそこでの恋を楽しんできたことを察知した。この先は行動に出るに限る、と彼の司令塔は指示を下した。躊躇なくその手がファスナーに掛かった所で順子は踵を返し、後向きの形でしな垂れるように男にもたれた。彼女は二宮の両手を自身の腹部に置いて握り締めた。

「ああ、具広さん、私とっても幸せよ。もっと聞かせて、甘い言葉を。あなたをずっと想っていたんですもの、この日のくるのを今日の今日まで。好きよ、あなたが好き、このまま時間が止まってくれても好い位。もう私、あなたを放したくはないの」

順子の握る手には一層の力が入った。それは二宮が、自由に女の体を愛撫するのを阻む程強かった。このため彼は腹部に手を置いたままで、仄かに香水の薫る首筋に接吻した。その間にも女のうなじは悩まし気に揺れ、軽い吐息も交えて男心を煽り立てた。このことから二宮は、事を始める前に、女が十分に甘いムードを作り出そうとしていることに気付いた。ここまで来ると気持ちが逸り、直ぐにもベッドに倒れ込みたい衝動に駆られる。殊に、初めての女に接する時はいつもそう感ずる。順子程均整が取れ、男好きする相手となると尚更である。しかし翻って考えるまでもなく、彼自身今日まで順子を待たせてきたのだ。その間彼女が、若い女特有の憧れを自分に寄せたとしても不思議はない。女をたっぷり酔わせてから抱くのも、スマートな男の作法かも知れぬと彼は思った。焦《じ》れた揚句に事に入れば、その燃え方も激しくなる。それを心得る順子らしいやり方なのだとも合点した。

しばらく二宮は相手に合わせ、思い付く限りの誉め言葉を並べちぎった。順子はそれを楽しむように、手をほどいて正面を向いてみたり、後に回って絡み付くなどして茶目っ気を覗かせた。それから再び、男の首に腕を回した所で真顔になった。

「ねえ、具広さん、私の言うこと聞いて下さる」

その表情が、これまでとは少し違うことに二宮は困惑した。どう見てもそれは、先程までのようにしな垂れて男をベッドに誘う顔ではない。とらえ方によっては、困った末に借金の申し出をするかの如き表情にも映る。その極端な相違に、高揚した彼の気持ちは冷まされ、下ろし掛けたファスナーを引く手が止まった。この期《ご》に及んで何を聞くことがあるのか、彼も真顔になって順子を見詰めた。

「ああ、私って、何て気の利かない女なのかしら」

順子は突然、顔を顰《しか》めて投遣りな口調で言った。彼女はどうしようもないといった体で首を振り、二、三歩後ずさりしてから二宮に背を向けた。

「どうしたというんだい、急にそんなこと言い出したりして。おかしいじゃないか、君はさっきまでの順子さんとは丸で違うよ。僕には君の考えていることが分からないな。これから僕たちは、互いの愛を深めようというんじゃなかったのかい」

「そうよ、だから私は自分を責めているの」

順子は振り向いて二宮の方に擦り寄った。

「間の抜けた自分が苛立たしく思われてならないの。ああ、こういうことになると知っていたら」

「分からないな、君が自分を責めることなんて何もないじゃないか。これまで何度も言ったように君は綺麗だ。だからこのまま、僕の腕の中で抱かれてくれればそれで好いんだ。互いの想いを伝え合うために、僕たちはこうして会っているんだから」

「そうね、もう少し説明しないといけないかしら。実は私今日、毎月のあれに当っているんですの」

「ええっ」

予想外の言葉に二宮は絶句した。彼は呆然とした顔で順子の口元を見守った。

「これは私たちの初めてのデートでしょう。だから、よもや具広さんがこんなお誘いをして下さるとは思っていなくて、薬を飲まずに来てしまったんです。それにもう少し言えば、具広さんって中々デートの申し込みをして下さらないから、いきなりこんな誘いをして下さる方ではないと思い込んでしまったの。すてきなホテルの、女を酔わせる程の部屋に二人きりになったというのに、自分の迂闊さに私もう腹立たしくてならないんです。あなたにも申し訳ない気持ちで一杯ですし」

「そんな、それはないよ順子さん。僕はもう、燃え上がるこの気持ちをどこに持って行って好いか分からないな。このままではとても我慢出来ない、君を抱かずに終わってしまうなんて」

二宮は強く順子を抱き寄せ、改めてワンピースのファスナーに手をやった。これに気付いた順子は両手を相手の胸に押し当て、思いっきり伸ばして距離を取った。

「抱かれたいのは私も山々。出来ることなら、このまま具広さんと忘れられない時間を過ごしたいわ。もう、あなたは私の大事な人になったんですもの。でも、これぱかりはどうしようもないことなのよね。あなたがもっと早く私を掴まえてくれていたら、こんな醜態なんか見せずに済んだのに。だからといって、どうか私を嫌いになんかならないで。私はもうあなたのものよ。いつだってあなたの腕の中に入って行きます。だから、寝るのはこの次にしましょう。今日はこのまま何もしないで終わっても、次に声を掛けてくれた時は、もうこの体はあなたの思いのまま。どんな風に私を抱き締めてくれても構わないわ。ああ、今日がその日であってくれたらどんなに好いかしれないのに。でも、考えようによっては、楽しみが先に延びたと思えば好いんじゃない。ね、そうしましょう。その時はもう、こんなヘマはしませんから。ふふふふ……私ってもう、×点1が付いてしまったんですものね」

順子の本心がどこにあるのか、二宮はまだ十分には量りかねていた。言葉通り今日の彼女が、その日に当っているものかどうかさえ疑わしい。それを確認する手がない訳ではないが、さすがに彼はそれを控えた。もしそれが事実であった場合、彼の品格は立ち所に落ちる。今後の交際すらが危うくなる。何より順子は、今日一日限りの遊びで終わらせるには美しすぎる。相手の真意はともかく、こうして燃え上がった末にお預けとなるとその感は深い。加えて彼には、こんな状況下で女を抱いた苦い経験があるのだ。まだ高校生に成り立ての頃、同級生の少女を夕暮れの公園に誘った時のことが想起される。少女もちょうど今日の順子と同じ日に当っていた。彼はそれを無視し、突き上げる衝動に任せて行為に及んだ。結果は惨憺たる様となり、少女は白地のスカートを朱に染める羽目となった。忌々しさと共に、この時のことがちらりと彼の脳裡を掠めた。次のお膳立てを考えれば良いとはいえ、今日一日をただのランデブーで終わらせたことが悔やまれる。映画の題名宜しく、昼下がりの情事と洒落込む目論見は弊えた。

二宮は気持ちに区切りをつけようとソファーに身を投げ出し、つくづく順子を眺めやった。こんな場合、男の誘いを避けようとする女はまず入室を拒む。よしんばそこへ足を踏み入れたにせよ、客室であることが分かれば直ちに逃げ出す。それから類推して、順子がおぼこ娘でないばかりか、条件さえ許せばそのまま乗ってくる女であることが証明された。今しがたの振舞いがそれを裏付ける。この種の女を抱く満足感は格別のものがある。概してそうした者たちは一方的に受けに回るだけではなく、男を掻き立てる術を心得るからである。時には体を投げ出すだけのうぶな娘も悪くはないが、彼の好みからするとこちらにある。手鏡を取り出して口紅を直す順子を見るにつけ、気持ちの収まりをつける難しさを彼は感ずる。厚すぎず薄すぎず、その形の良い唇は物言わずして男をそそる。切れ長といっても決して細すぎることのない目は、すっと通った癖のない鼻筋と調和してこの女の美しさを惹き立てる。順子に言われるまでもなく彼は、この日を迎えるまでに相手に気を持たせすぎたことを反省した。仕事に余裕のないこともあったが、結果から見てそれは悠長にすぎた。間違いなく順子は男の誘いを待っていたのだ。無駄にしたこの日の出費を計算しながら、結局二宮は自分を責めることで気持ちにけりをつけた。

男が肩を落として気抜けした様子を見せるのを横目に、順子は終始何事もなかったかの如く振舞った。自分を×1女と自嘲はしても、その言葉は明るく快活でさえある。彼女が次のデートに話題を移そうとするのも、想いを果たせぬ男へのいたわりであろう。二宮はそれには即座に応えず、気のない生返事を繰り返す。

「怒っているのね、具広さんたら。もう私をお見限りなの。いやよ、そんな意地悪をしちゃ。私たち、今日結ばれることはなかったけれど、あんなにも熱い口づけを交わし合ったじゃありませんか。あれは嘘だったの。いいえ、違うと言って。もう私の体には、あの口づけによって愛のスイッチが入っているのよ。電話をする時間が惜しいというのであれば、今度は私の方から掛けてあげる。だけど、お役所に掛ける電話って気が重いなぁ、それも外務省なんて敷居が高くて。だから、具広さんの携帯を教えて。迂闊にも私、まだ番号を伺ってなかったんですもの。そう、序に、ご自宅の番号も聞いちゃおうかしら」

身振りを交え、茶目っ気を見せて言葉を繰り出す順子に促された二宮は、渋々という顔で備え付けのメモ用紙とペンを使って番号を書いた。これまで数回順子と電話で話をしても、彼は意識的に自分の携帯番号を知らせずにきた。それは自分の行動を相手に左右されず、都合よく動きたいという意図から出ていた。しかしもはやこの期に及び、それを避けることには不自然さが残る。彼は、携帯のみを記したメモ用紙を順子に渡した。

「あら、ご自宅のが載っていないわ、どうしてそれを教えて下さらないの。私って、具広さんからはそんなに距離を置かれる女でしたの。悲しいなぁ、そんなつれない間柄だなんて。余程今日のことを怒ってらっしゃるのね、私自身心痛めていることも知らずに」

「そんなんじゃないさ。僕が家にいるのは、殆ど寝ている時位のものだからだよ。家の電話なんかまず使ったことがない、そのせいか今では番号も不確かになっている。だから携帯で全て事は足りるよ」

「そうなの、だったら好いけど。お仕事、お忙しいのね。具広さんの一日って、殆どお役所の中って訳。でも、お役所だって休日はあるでしょう。そういう日はどうしてらっしゃるの」

「まだ役の付かなかった頃は、自由に過ごす時間も多かった。でも今は休日だからといって、のんびり骨休めをしている訳にはいかないんだ。目の前に抱えている事柄の他に僕たちには、過去の資料を頭に入れておかなければならない必要があってね。その知識がないことには、当面の問題に対処出来ない厄介さが付いて回るからです。司法畑に進んだ大学時代の友人も同様のことを言ってましたよ。厖大な過去の判例を調べることに、相当のエネルギーを費やさなければならないとね」

「それで、さっき通って来た外交資料館なんていうものがあるのね」

「うん。ああいうものがある位だから、資料が半端な量じゃないことがお分かりでしょう。尤も、それは役人だけに課せられた負担じゃなくて、様々な分野の学者・研究者たちにも言えることなんです」

「あら、そうなの」

「彼らも自身の研究の他に、世界中の研究論文に目を通す、過去のものにも遡ってね。恐らく、時代の先端を切り開く研究者ともなると、寝る間も惜しんで仕事に没頭しているんだろうと思いますよ。まあ、それから見れば、僕らはまだ泣き事を言う程のものじゃありませんけどね」

「よかった、具広さんがそんな研究者の一人だったら、次のデートはいつ巡って来るか分からないもの。仕事はほどほどにしたいものね、いつもこんな機会が持てる程度に。それで出世が出来ればなお好いわ」

「役所はそう甘くはないさ、競争者が大勢いるんだから。誰もが他者より上に立ちたいと願っている。でも、ポストの数は限られている。他にさきがけて出世するには、それだけのものを身に付け、かつ上司にそれを認めさせなければならない」

「熾烈な争いがあるのね、役所の中には。さぞ神経を磨り減らすことでしょうね、そんな毎日を送っていては。その争いに敗れた人はどうするのかしら」

「ここだけの話だけれど、中には省内で自殺を図る者もいるんですよ、相当のエリートでありながら」

「それは外務省だけのお話」

「なーに、他にもあることです。殊に、格の高い省程にね」

「それじゃあ、財務省なんかにも」

「ああ、あそこにも屋上から飛降り自殺を図る者は何人も出てます。尤もそんなことが重なるんで、途中に金網を張って防止策を採ったりしてますがね」

「いやだわ、具広さんがそんなことになったりしては」

「はははは……大丈夫、こう見えても僕は存外図太い所があるんだから。最終目標を達成するまでは何事にも屈しない、という強い意志を持ってるんです」

「それはアメリカ大使になることよね、その時私はどうなるのかしら」

「分かってるじゃありませんか、あなたの気持ちが変わらない限りは」

ベッドに入ることを諦めた二宮は、時間と共に少しずつ口が軽くなった。順子に合わせたやり取りにも応じ、先程までの燃え上がる衝動は下火になった。二人はしばらく取留めのない世間話を続け、程の良い所で部屋を出ることにした。二宮は勿論のこと、それには順子もいささかの物足りなさを残した。彼女は男の要求を踏みとどまらせたものの、理性的にすぎる自分へのもどかしさもほんのり感じた。相手との抜き差しならぬ関係を確立するには、男の腕に飛び込むこと位彼女とて承知する。昨今はこうした所から、成り行きで結婚に向かう男女が増えている。この部屋に足踏み入れた時に、彼女もそれが頭をよぎった。将来を嘱望される外務官僚を取り込むには、この手が考えられる最善策と思われるからだ。男に抱かれる誘惑とも合わせ、一瞬順子の胸はときめいた。しかしその際、不思議な程彼女に冷静さを呼び起こしたのはひづるである。何故かこの場に降って湧いたようにその顔が浮かび、甘い雰囲気に包まれようとする彼女を押しとどめた。ひづるは順子にこう呼び掛けるのだ、「男の嘘に気付きなさいな」と。

同じコーラスグループで歌うひづると順子は、共通する将来への夢を語り合う友でもある。二人は共に、ダイヤの指輪や金のネックレスに包まれる暮らしを夢見てきた。安易な結婚には背を向け、現状からの限りない飛躍を男に託した。若大路の背信行為に泣いたひづるの経験談は、まだ順子の脳裡に強くとどまる。男と寝ることに異存のない順子も、この裏切り行為だけは許し難い。相手が真に自分を想うのであれば、一度位その欲求をはぐらかしたからとて大勢に影響はない、と順子は読んだ。そこで思い付いたのが先の手である。女に付きものの毎月のそれを持ち出し、精一杯の演技でひと芝居打った。咄嗟の判断とはいえ、自分でも真実らしく振舞ったものだと感心する。無論そこで、二宮が構わず服を脱がせれば嘘は露見する。それだけに、この一か八かの芝居は綱渡りのものがあった。幸いにも東京駅での別れ際に、二宮は特段不機嫌な顔を見せずに順子が列車に乗るのを見送った。

「とても楽しかったわ。具広さんにあちこち案内して頂いて、今日は一日、自分が都会の女になったような気がするんですもの。すてきなホテルで食事までご馳走になって、今夜は直ぐには寝付くことが出来ないかもしれない。それにしても少し気の利かない所があったりして、具広さんのお気持ちを損ねたことが悔やまれてならないの」

「もうそれを言っても仕方ありませんよ。君を抱けなかったのは寂しかったけれど、また次ということにしましょう。その時はもう君は僕のものだよ」

「嬉しい、そう言って下さって。あの接吻で、今だって私はあなたのものよ。具広さんに強く抱き締められて、私とっても幸せだったもの」

「こうして君を見送る段になると、益々順子さんの美しさに心が揺れ動いてしまうな。君は都会の女よりも美しいよ。成田を田舎だとは言わないけれど、順子さんは華やかな舞台に立ってこそ相応しい人だ。僕も見栄坊な男の一人として、君のように綺麗な人と肩を並べて歩いたことを誇らしく感じてるんです。だからこれで、またしばらく君と離れてしまうのがとても寂しい。尤も、そうして離れていることが、人の恋しさを募らせることになるんでしょうけどね。さあ、それまで僕は、何に気を紛らせて毎日を過ごしたものだろうか」

「お仕事があるじゃありませんか。それに、外交資料はまだ全部読み切っていないんでしょう」

「ははははは……やられましたね、順子さんは何を」

「私はコーラスグループのメンバーとして、間近に迫るコンクールに向けての練習よ」

「ほーう、それはテレビでも放映されるの」

「地方予選を勝ち抜いたグループが集まる全国大会になればね。でも、私たちはいつも県大会で敗退してしまうの。当面の目標は三位入賞なんだけど、それすらも私たちにはハードルが高くて」

「それは去年までのことでしょう、今年はまだ分からないじゃありませんか。応援しますよ、順子さんがテレビに映るのを楽しみにして」

「ええ、頑張るわ。その時は具広さんも会場にいらして」

「勿論、声を掛けて下されば」

「声と言えば、次のデートのお声もね」

「そうそう、それが先でしたね」

「私から電話しても差し支えなくて、携帯の方に」

「ああ、お待ちしてますよ」

短い会話を終えて、順子は空港行きのエキスプレスに乗り込んだ。座席の正面に向き直るまでの間、彼女は二宮が高く手を上げる姿を見届けた。往きと違い、帰りは大きな荷物を持つ渡航客が数多く座席の前後を占めていた。空港利用者のために作られたこの路線に、順子のような一般客が乗るのは珍しい。誰もが静かに座席に着いてはいても、どことなく海外へ出掛ける者の浮き立つ気分が順子にも伝わる。彼らの持つ大きな荷物は、旅行者の弾む心を詰め込んでいるかに映る。そうした者たちの間に挟まれて、順子は自身もいつか二宮と連れ立ってアメリカへ向かう姿を頭に描いた。大使であるか総領事であるかはともかく、この日のデートによって、そうした青写真がこれまで以上に現実味を帯びて迫ってくる。まだ見ぬアメリカの国土と社会は、もはや彼女には自身と無縁のものではなくなっている。列車が速度を速めて先へ進むように、彼女の夢も引き寄せられる。

将来を二宮に託すこの日のデートを振り返り、順子は今後の展望に思いを馳せた。次に彼と逢う時には確実に二人の体は結ばれる。もう自分たちがそうした域に入るからには、次へのステップも早い。女に気のある男が必ず使う褒め言葉を彼女は何度も耳にした。それは殊更目新しいものではないが、二宮の口から出るとなると話は別だ。直接結婚を求めるプロポーズこそなかったが、それと同等の意志を彼は示した。彼が自分を必要としていることは疑いがなく、今日一日の言動の中にそれが全て集約される。あとは、いつその口から決定的な言葉を引き出すかにある。ここまでの所で二宮が、仕事に多くの比重を掛ける男であることは裏付けられた。それもこれも彼が、省内での出世争いに奮闘しているからだと思われる。それは彼が独身でいることや、今日までデートを先延ばししたこととも符号する。そうであれば、男を虜にすることに長けた順子には扱い易い。先程交わした長い接吻後の彼の表情には、これまで酔わせてきた男たちと寸分変わらぬ陶酔感が滲み出ている。更にそれ以上の行為に及べば、二宮を身動き出来ぬ領域に引き摺り込むことは手も無いことだ。勝算はこちらにあり、と思う順子の表情は自ずと緩む。

場面十

翌日曜日は通常勤務日に当り、順子は早起きしてコーラスの練習に加わった。残りひと月を切ったコンクールに向けて、この所は顔出しの少なかったメンバーの姿が目に付く。来宮悦子や水野映子、園原毬江、浜丘いずみ、桃ノ井和歌子等々といった者たちが姿を見せ、この時期の練習場は常にも増して活気を呈する。「駄目よ、もっと頻繁に顔出ししなくちゃ」などと言いながらも、順子はこれらメンバーとも親しく交わる。そうした言葉に悦子は応える。

「重々分かってはいるんだけど、早起きが辛くて駄目なのよ。みんなに悪いからもう辞めようかと思う時があるわ。でも、その都度橘さんが優しく声を掛けて下さるので続けているの。ここに来ると、実際心が休まることは確かなのよね。みんなで歌うことは楽しいし、顔を合わせるだけでも、その日一日を晴れやかに過ごすことが出来るんだもん。他のコーラスグループのことは分からないけど、ここにはたまに顔を出すだけの私たちにも、居心地の良さを感じさせてくれるものがあるみたい。そこが私の好きな所。こうしてコンクールが迫っていても、突き刺すような緊迫感はないでしょう。和やかで温もりのある雰囲気がとても好いわ。だからついそれに甘えて、いつまでも朝遅くまで眠りを貪ってしまうのね」

「それはみんな同じよ、朝の眠り程強い誘惑者はいないもの。私もそれに負けることはよくあるわ。でも、ここで過ごすひと時の歓びと充実感もまた大きいの。つまり、どちらの吸引力が強いかということね。多分リーダーが代わらない限り、私はこちらに惹き付けられると思うわ。まあ、それはともかく歌いましょう。今回のコンクール曲は好いわよ、みんなが声を合わせて歌うには打って付けの乗りがあるんだから」

練習は全員声を揃えての発声から始まる。限られた時間のこととて、リーダーの橋には寸暇も惜しい所がある。しかし彼は、どんな場合も女性たちの雑談を妨げぬばかりか、足遠ざかっていたメンバーらには自ら近寄って話し掛ける。彼は何よりもグループ内の融和を重視する。極めて稀なことではあるが、皆が興に乗っておしゃべりを楽しむ時など、練習時間の半分近くをそこに費やすことすらある。ここのグループの基本姿勢として、音楽に接する愉悦は「技能の向上」に優先するからである。彼が妻と共にグループを立ち上げた理由がそこにある。全員が気持ちを一にし、打ち解けた気分で歌ってこそ美しいハーモニーが奏でられる。自由で屈託のない雑談こそは、それを叶える誘引剤と考える。一方、勤務時間や職場がまちまちの女性たちにとっても、ここは同時に語らいの場となる。当然リーダーによっては、それは趣旨が違うとして撥ね付けるであろう。一貫して橘はそれを採らず、コーラスグループを開放された寛ぎの場としてきた。個々の力量に不足はあっても、こうした融和力がこのグループをしっかり支える。贔屓目に橘が見る所、着実にスカイコーラスグループの力量は上向きにある。彼はこの雰囲気を維持しつつ、県下のコンクールでの上位入賞を目指している。

前日のデートを受けて、順子は浮き立つ気分のままに終日仕事に当った。季節を問わず、日曜日の旅行客は平日に比べて格段に多い。彼らは時間の許す限り、目の保養も兼ねてデューティーフリーショップへ足を運ぶ。言わば順子らの持ち場は、これら乗客を搭乗口へ送り出す経過地点の役を果たす。彼らはここで早くも自国を離れた気分を味わい、夢を乗せての空の旅へと心を馳せる。こうした旅人との接触が、ここまで順子の夢をも育んできた。それ故、彼らの買物の助言や手助けをすることは、彼女自身の歓びとなって返ってくる。別けても昨日の今日ということがあり、その表情には絶えず微笑みが付いて回る。品定めをする客の間を縫って歩く店内で、順子の脳裡には繰り返し前日の場面が映し出される。キスのみで終わってしまった中途半端なデートではあっても、彼女には男の気持ちを確実に掴み取ったという自信がある。これまでは彼女が気を持たせられてきた。たまたま昨日はその逆をいった形となる。これがどう作用するかは判然としないが、二宮の余裕が焦りに変化することを彼女は願う。それが相手に逸る気持ちを誘発させ、一気にプロポーズとなればしめたものだ。昨日一日の行動の中で、彼女は粗方二宮の人物像を描き出した。ほぼそれに狂いがなければ、次の出逢いで二人は決定的な局面に向かうことが予想される。無論順子はそれを迫る。二宮はこれまでの男とは違い、遊び相手としてとどめておく対象者ではないのだ。夢を現実とし、自分の生涯に劇的な飛躍をもたらす男と彼女はとらえる。それを肌身に感ずるだけに、ダイヤの煌きの如く彼女の瞳は光り輝く。

夕方の勤務終了までの時間はまたたく間に過ぎた。笑顔を絶やさず振舞う職場にあって、時には順子も一日の長い時間を持て余すことがある。そんな時は概して気が乗らず、何度も時計を見やっては、針の進み具合の遅いことを恨めしく思う。それに引き替えこの日は、宇宙に飛び立つロケットに乗ったかと思う程早く終了時間がやってきた。遅番勤務で残る者たちに軽い挨拶をした後、順子は弾む足取りで更衣室に向かった。声にこそ出さないが口元からは、必ずカラオケで歌う「ダイヤモンドが微笑むときは」のメロディーが流れる。ダイヤモンドが微笑むときは、我が口元もほころぶわ、で始まるこの歌を彼女は得意とする。そのことは周囲の者たちの知る所であり、梨花と西原の新居に招かれた折にも彼女はこれを歌った。

ダイヤモンドが微笑むときは
わが口元もほころぶわ
夢を誘いし煌きは
女心をときめかす
如何なる男の囁きや
甘い口づけなどよりも
この世が闇に包まれようと
ダイヤモンドが私を照らす
他にはなんにもいらないの
目映い光を辺りに放つ
ダイヤモンドよ永遠《とこしえ》に

夕べから今日に至るまで、十一行からなるこの歌詞と旋律が繰り返し順子の体の中を駆け巡った。これまでは、誰が自分にダイヤの指輪を填めてくれるものかと夢を見てきた。それが今は茫漠たる霧が晴れ、対象となる男の姿がくっきりとした形を伴って浮かび上がる。もはやそれは夢の域を脱し、明日に繋がるものとして彼女に語り掛ける。何気ない呼吸の中にも、それまでとは違う晴れやかさが感じられる。そんな気持ちで更衣室に向かう彼女に、いつもは見過ごして通る電話ボックスが目に留まった。いずれ遠からぬ日に二宮に電話を掛けるつもりでいた彼女は、これを見て迷わずそちらに足を向けた。「次の休みにでも逢いたい」という言葉は引き出せぬまでも、昨日からの一日を相手がどう過ごしたかが気に掛かる。幸いそこは人気がなく、恋人への電話をするには都合が好い。しかもこの時間は在宅の可能性が高く、ゆっくり話をするにはお誂えでもある。昨日聞き出した二宮の携帯番号は既に順子の頭にある。彼女は玉手箱でも開ける気持ちで受話器を取った。ダイヤルした後の短い空白を置いて、通話を知らせる静かな音がその耳に伝わる。それは心地良いときめきのひと時である。自分を抱き寄せて唇を重ねた男の顔が回想風に現われる。相手の応答を待つ間、彼女はそれを映画の一場面として重ね合わせた。念の入ったことにそこには同時に、ヴァイオリンが主導する蕩ける程に甘い旋律が流れる。彼女は、二宮がどんな声で電話口に出るかを待った。

「はい」

若い女の素っ気ない声が最初にその耳に届いた。順子は首を傾げた。夢見がちに電話をしたため、ダイヤルを間違えたのかと疑った。

「おかしいなぁ、違ったかな」

彼女は口の中でぼそぼそ呟いた。

「何がですか」

先方は相変わらずぶっきら坊に言う。

「あの、私、具広さん、いえ、二宮さんに電話したんですけど」

「二宮はこちらですよ、あなたはどなた」

「間違い電話じゃなかったんですか、ほんとに二宮さん」

「何をそんなに驚いてるの。あなたはキャバレーのホステスさんね」

「キャバレーですって」

「まさか、飲み代の請求じゃないんでしょうね、わざわざ電話までする程の」

「私、ホステスなんかじゃありませんわよ。それよりお宅様は」

「家内ですけど」

「奥様ですって」

「それがどうしたというの、それより早く用件を言って。ホステスでないんだったら、彼に何のご用」

「二宮さんはどうしてらっしゃるんですか」

「手が離せないから私が出ているのよ。携帯に掛けてくるというのは……おかしいわねぇ。

よもや仕事先の方じゃないんでしょうね」

「ええ。それじゃあ、また改めて」

「ちょっと、ちょっと、名前位名乗ったらどうなの」

慌てて受話器を戻した順子は、放心状態でその場に立ち尽くした。悪夢としか言い様のない状況に打ちのめされ、彼女は全身から力が抜けてゆくのを感じた。何もかもが信じられず、立っていることすらが苦痛に思える。二宮に妻がいることを全く疑わなかったと言えば嘘になる。それは彼女の望まぬことで、極力頭の片隅に押しやってきた。その上で彼女は二宮の言葉を真に受け、明日に繋がる未来に夢を託した。ようやく手中に収めたダイヤの煌きが、かくも無残な形で消滅することに愕然とした。そのまま彼女は電話ボックスにもたれ、くずおれ掛かる体をかろうじて支えた。恐らく、宇宙の果てや深海の底にも匹敵する程の虚無と静寂の中で彼女は時間を過ごした。しかし、実際のそれは数分足らずにすぎず、背後からの人の呼掛けで我に返った。声の主はそのまま順子に近付き、覗き込むようにして横から順子の顔を確認した。

「ああ、やっぱり順子さんね。どうしたの、余程気分が悪そうだけど、お医者さんが必要であれば、私直ぐに手配しますけど」

その声を受けた順子は、ようやく身を起こして振り返った。呼び掛け主を見詰めるその目は空で、昼間の溌剌とした顔とはおよそ別人の感がある。

「ああ、ひづるちゃんだったの。有難う。ううん、それには及ばないの、具合が悪いとい
う訳じゃないんだから」

「でも、何だか顔色も悪そう、いつもの順子さんとは丸で違うもの。何かあったんでしょ
う、余計なことだけど心配しちゃうわ」

「うん、あったと言えばあったのよ」

「そうでしょう、やっぱり。ただ、具合が悪いというのでなければひと安心だけど」

「体の方はね」

「じゃあ、何か他のことで」

「そう、他のことで」

「出過ぎたことを言うつもりはないんだけれど、何か私に出来ることでもあれば言って下
さる、お手伝いするわ」

「嬉しいなぁ、ひづるちゃん、そう言ってくれて。今日はもうこれで上がり」

「ええ、そうよ。着替えを終えて帰ろうとする所で、順子さんを見掛けたの、おかしな恰
好してるんだもん」

「ふふふふ……そう思ったでしょうね、恥ずかしいわ。もし用事がなかったら付き合って

くれる、スターライトまで」

「うん、構わないわ、行きましょう」

着替えもそこそこにして順子は、ひづると共にビューホテルのシャトルバスに乗り込んだ。車内には、既に多数の乗客が出発を待っていた。折りよくバスは、二人を待ち受けていたかのように直ぐに走り出した。

「悪いなあ、ひづるちゃんには。これから、私の愚痴を聞いてもらうことになるわよ」

周りの乗客を気に掛ける様子もなく順子が言った。

「そんなこと平気よ。順子さんの愚痴なんて、聞こうと思ったって滅多に聞けないでしょうから。多分私には、貴重な経験になるかもしれないわ」

先程よりは顔色の戻った順子を見てひづるは応えた。

「こう言えば大体想像がつくかと思うけど、私も男の裏切りを受けてしまったの」

「さっきの電話がそうだったのね。あんな様子の順子さんを見たの、私初めて。今思うと、何ヶ月か前の私もあんなだったのかもしれないわ。それにしても、順子さんを袖にする男なんているものかしら。もったいないなぁ」

「ふふふふ……男なんてみんな気紛れよ。身勝手で無責任で、女を遊び道具位にしか考えてないんだから」

「電話で別れようなんて言ってきたのね、失礼だわ」

「ううん、さっきの相手は本人じゃないの」

「まさか、代理人を使って別れ話を」

「私の方から電話したのよ。所が出て来たのは誰だと思う。家内ですけど……だって」

「ええー、奥さん、その人に奥さんがいたってこと」

「まあ、詳しいことはお酒が入ってからにしましょう。白面《しらふ》じゃあんまり馬鹿馬鹿しくて話も出来やしないもん」

バスは十分程で夕闇浮かぶビューホテルに到着した。時間と共にホテル名を記した屋上のネオンサインが輝きを増し、内外からの宿泊客を迎え入れる。シャトルバスの到着時刻に合わせ、利用者の多いこの時間帯には、レセプション担当者がその受け容れを待つ。荷物の受け出しを待つ他者に先立ち、順子とひづるがひと足早くホテル内に足を入れた。その姿は客待ち顔の雪乃の目に留まり、双方はそこで視線を交わした。二人の女は、左手エレベーター方向へ行く足を右に変えてレセプションデスクに近付いた。

「珍しいこと。どうしたっていうの、二人がお揃いで来るなんて」

「そうよね、ふふふふ……。今日はダイヤモンドの歌じゃなくて、順子さんの怨み節を聞こうって訳」

「それはどうかな、順子さんに演歌は合わないんじゃない」

「だから聞きものなのよ。これは、授業料を払っても好いんじゃないかと思ってる位。嘆きの歌は、どうやら女に共通するものらしいんでね」

「それで一杯やろうって訳」

「うん、今日は少し飲むかもしれないわ。何ヶ月か前、私が梨花ちゃんに支えてもらった時のようにね。あの時は嬉しかったわ、彼女が親身になって聞き役に回ってくれて」

「でも、あんまり飲みすぎちゃ駄目よ、二人共、コンクールが近いんだから」

双方の会話は、続いてレセプションに並ぶ宿泊客によって跡絶えた。「それじゃあ」と言って雪乃は急いで接客に当り、順子とひづるも十一階のスターライトに足を運んだ。スカイラウンジバーには何人かの客が席を取り、いつも通りの黒の上下に蝶ネクタイの三村がその対応に当っていた。二人の女、それも順子を認めて三村は晴れやかな笑顔を見せた。

「やあ、いらっしゃい。珍しいなぁ、順子さんとひづるちゃんの組み合わせというのは」

「それは今も下で言われた所」

順子はいつにないはにかみ顔を見せて応えた。

「下というと、雪乃ちゃん」

「うん、そうよ。女たちが何人か連れ立って来ることはあっても、私がひづるちゃんだけを誘うなんて初めてだから」

「何か理由が」

「焼酒を飲むには、ひづるちゃんが一番分かってくれる人だと思えたから。それに、タイミング良く声を掛けてくれたしね」

「焼酒とは気になりますね、事もあろうに順子さんが」

「私にだって面白くないことはあるわよ、腹の立つこともね」

少し投げ槍な順子の口調に、三村の笑顔は掻き消された。彼はどう取り繕ったものか手をこまねき、とりあえず二人に注文の品を尋ねた。この短いやり取りの中で、ひづるは順子の受けた痛手の深刻度を推し量った。若大路に弄ばれた自分のように、順子にもそんなことがあるものかと首を傾げた。

「まあ二人共、焼酒などと言わずに楽しく飲んで下さいよ。その方がこちらも、サービスのしがいがあるというもんですからね」

三村は二人の前にワイングラスを置いて言った。

「そりゃあそうだけど」

順子は三村に応えてから、次にひづるの方に向き直って言った。

「それも時によりけりよね、ひづるちゃん。人を騙し討にする男なんて許せないでしょう」

順子はグラスを取り、ひづるにも目で促してひと口飲んだ。それに応じてワインを喉元に流し込んだひづるは、立場が違うとその味も異なるものだと感心した。ほんのり口に残るロゼワインの軽い薫りは、今の彼女には甘く馨しいものに感じられる。一時期まで若大路の面影が消えなかった彼女にも、この所はそれが遥か遠い過去の出来事になりつつある。不実な男への恨みを消し去ってみると、その心の中にはいつか中原への思慕の情が込み上がる。コンサートや美術展などの機会を見付け、彼女は進んで相手への理解を深めていた。そうした繰り返しを重ねる過程で彼女は、自分が梨花と同様の心境になり得るものかと試してきたのだ。華やいだ生活への夢を捨て、有触れた日常の中に幸せを見出すことが出来ればそれで好い。中原はあらゆる面で若大路には及びもないが、地に足を付けた誠実さという点で遥かに勝る。長い夫婦生活を続ける上で、それがダイヤの輝きに匹敵することがひづるにも分かり掛けてきた。

「その相手の人とは、いつから、どの程度付き合ってきたの」

「実際に会ったのは昨日が初めて。今年の五月にお店で知り合ってから、何度か電話で話はしてきたんだけど」

そこで順子は、手短に二宮の人物像と前日の場面を、回想するかの如くひづるに伝えた。それはひづるに、ちょっとした短編物語の読み聞かせといった印象を与えた。殊に順子が男の求めを制し、うまく摺り抜ける件はコミカルでさえある。そのせいか順子の口調は、一方で憤懣を覗かせながらもさらりとしていた。

「まあ、やるじゃない。お役人とはいえ、中々隅に置けない男ね。それにしても順子さん、よくまあそこで、そんな名案が浮かんできたものね。私だったら逃げ出しちゃうか、そのまま男の腕の中に入ってしまうでしょう」

「後にして振り返ると、そこが私も面白いと思っているの」

「と言うと」

「パブリックスペースにしては少しおかしいと感じながら入った訳よね。そしてそこが、ベッドの置かれた客室であることは直ぐに分かった。そこで女は誰しも咄嗟の判断を迫られるでしょう、応ずるか否か、とね。私は相手の意のままに従っても好い位に思っていたの。その方が、先方のプロポーズを引き出すのが早いでしょうから。所がその時、ほんとに瞬間的に、ひづるちゃん、そう、あなたの顔が浮かんできたのよ」

「私のですって。どうして、何故私なんかがそこに現われる訳」

「理由はともかく、ひづるちゃんはこう私に囁くのよ、男の嘘に気付きなさいなって」

「あーあ、そうなの。私の悪い前例が、順子さんの記憶の中に残っていたのね」

「多分ね。と言って、子供でもない私が、取り乱して出て行く訳にはいかないじゃない。

それに、もし相手が本気であった場合、二人の関係はそのことでおじゃんになる心配だって私にはあるわ」

「そりゃあそうよね。女には常に、男の機嫌を損ねてはならないという弱身があるもの。経験上私もそれはよく分かるわ。だから彼に尽くせるだけ尽くして、自分を認めてもらおうなんて気を遣っていたの。それもこれも、自分が高望みをしていたからなんだけど。だって、女には夢があるんですもの」

「そうよ、その夢がなくなってしまうのは寂しいわ。だから私はとにもかくにも、自分の胸の内を相手に悟られないための芝居を打ったの」

「一世一代という訳」

「うん。で、こちらから腕を絡めて接吻したり、すっかり自分が男の手の中にあるかのように振舞ったわ」

「なる程、そうしないと、相手への説得力が弱くなるという訳ね。でも、それは私には出来ないなぁ、順子さんならではという所かしら。それにしてもよくまあ、相手も矛を収めたものだわ。一般に男性って、ひと度火が着くと、簡単にはそれを鎮めることが出来ないものでしょう。自分がその気の時は、女の気持ちなんか無視してでも求めてくるんだから」

「ふふふ……男って、しようもない動物よね。立派に仕事をこなしている時と、それを離れた時とはまるで別人。彼もその時半信半疑で、何度か服を脱がせに掛かりはしたんだけれど」

酒が進む程に女たちの会話は脹らみをみせた。順子が二宮を叩けば、ひづるも若大路をこき下ろす。どちらもこれと思う相手に裏切られた共通項を持つだけに、男をなじる攻撃材料には事欠かない。時にその声が大きくなることもあり、カウンター越しに客の相手をする三村の耳にも話の内容が伝わる。順子が男とホテルの一室で過ごす辺りの件は、この女性への想いを募らせる彼の心を突き上げる。表向き平静を装う彼も、気が気ではないという思いで女たちの会話を注視していた。

バンドグループがコーラスグループと触れ合うに至り、仲間の西原は早々に梨花と結ばれ、中原もまたひづるとの交際を深めつつある。その例に倣えば、次は三村が順子の心をとらえても好い時機である。中原がそうであるように、彼も事ある毎に自身の気持ちを相手に伝えてきた。深夜十二時までの業務に就く彼が、コーラスグループとの朝練習に加わる理由もそこにある。順子への憧れは他の何にも変え難く、待つことでその心を掴めるものなら彼はその時間を厭わない。順子の魅力は、彼がそれまで接した如何なる女とも異なる。彼女には男を陶酔させる華やかさがあり、その姿を見詰めるだけでも歓びが込み上がるのだ。ひと目で順子に心奪われてからというもの、三村は他者との結婚を考えることが出来なくなった。それもこれも結婚が今目指す究極の目的ではなく、順子の心に取り入ることに願望の全てがあるからである。

小学生の頃から吹奏楽に親しんできた三村は、高校入学を機に一層身を入れてサックスを吹くようになった。その頃からジャズに興味を寄せ、将来プロ奏者となることを見据えての決意である。高校在学中の熱心な取り組みの成果で、その技倆は一定水準の域にまで到達した。さりとてその時点では、プロへの道は当然険しい。専門学校で学ぶ状況になかった彼は、当座の職に就く必要に迫られた。その際、プロ志向を捨て切れぬ事情から、日中の練習に支障のない職場として現職を選んだ。独学ながらも彼は戸外に出て練習に励み、経済的裏付けの出来た所で次への飛躍を考えた。それが二十七歳になる現在まで続いたのは、十分な預貯金の貯まらなかったことに加え、思い切って日常からの脱出が図れなかったことに起因する。行き当たりばったりに渡米し、小さな楽団にでも潜り込むことも視野にあった。僅かでも手掛かりがあればそれを実行したかもしれぬが、当てのない彼にその決断は難しかった。

空港施設従事者によるバンド活動に加わるこの間、先の見えぬ自分の将来に三村はもどかしさを感じていた。このまま為す術もなく時が経つことへの焦りも付いて回る。仲間との演奏活動にはそれなりの充実感があるが、趣味で音楽を楽しむ他者とは相違がある。リーダーの牧田を始めとする仲間たちは、日常生活に潤いをもたらす道具として音楽を位置付ける。彼らは皆現職を容認し、この先も何蟠りなくその業務に従事するであろう。それに歩調を合わせ、当初の夢が磨耗してゆこうとする時機に順子が彼の前に現われた。これは、時にやるせなさに打ちひしがれる彼に希望を与えた。プロ奏者となる道が遠のく三村の救いともなった。彼はこの女性に望みを託し、そこに寄り添うことで先の見えぬ自分への慰めとした。彼女を心に宿す時はあらゆる迷妄が消えてゆくのだ。辛抱強く待つことにより、相手の目がいつか自分に向けられる日のくることを彼は願った。

海外とを結ぶ夜間飛行の便が跡絶え、時計の針がだいぶ回った頃になっても順子とひづるの会話は続いた。この間彼女らの話は、いつか不実な男たちへの鬱憤から離れ、お洒落やファッションなどの楽しい語らいに変わっていた。他の宿泊客が三々五々連れ立ってはまた立ち去る中でも、二人の女はひと時の寛ぎに身を委ねた。それにより順子は、二宮から受けた先程の衝撃を柔らげ、その表情にいつもの輝きを取り戻した。それは、この場の相手役を務めるひづるの歓びともなった。

ガラス窓に映る離陸便の消えたのに気付いたひづるは時計を見た。そろそろ腰を上げぬことには、帰りの交通手段に支障をきたす時刻を針が示す。

「ああ、よく飲んだわね、私たち。順子さんの話につられて時間の経つのを忘れていたけど、ほら見て、もうこんなに夜は更けているのよ」

言われて順子も時計を見た。ひづるを相手に気持ち良くワインの酔いに身を任せた彼女には、まだ多少この場への名残り惜しさが残っている。

「仕方ないわね、出ましょうか。今日はもう少し飲んでいたい気もするけど」

二人の女が腰を浮かせようとするのに気付いたこの時、三村は素早くその前に立って遮った。

「よかったらもう少し飲んでいきませんか。看板まで直きだから、終わり次第僕が二人を送りますよ。どちらもこんな機会はそうないんでしょうから、飲み序でにゆっくりしていったらどうですか」

それを受けて順子は即座にひづるの顔を見た。ひづるは笑みを浮かべて頷いてみせた。代わる代わる二人の女の反応を窺っていた三村は、彼女らの同意を認めて傍のワインボトルを手に取った。

「さあ、やって下さい。この一杯は僕の驕りにしておきますよ」

「悪いなぁ、三村さんにそこまで気遣ってもらっちゃって。じゃあ、ひづるちゃん、お言葉に甘えて頂こうか」

「うん、ご馳走になるわ。三村さん、この後のことは宜しくね」

帰りを三村に預けた二人の女は、再び取り留めのない話に打ち興じた。こうした場での話題は何でもよく、彼女らは卓越した料理人のように自在にそれらを捌く。順子程には酒の強くないひづるは相当程度酩酊し、時に舌の運びの縺れることがある。

「さっきの話の蒸し返しになるけれど、何といったかしら、あの男」

「二宮具広よ」

「そうそう、その二宮とかいう男、こっちがこんな話をしているように、向こうでもひと悶着起きていると好いわねぇ。奥さんが順子さんの電話を受けて、これは怪しいと勘繰ることは十分考えられるもの。しかも順子さんをホステス扱いする位だから、結構な遊び人で、日頃から家庭内問題を起こしている男かもしれないでしょう」

「そこまで考える余裕はなかったけれど、もしかするとね。どうせやるなら、派手な夫婦喧嘩をすれば好いのよ、人に甘い夢を見させた罰としてね」

「多分男は、電話の主が順子さんと分かるでしょうから、もう声を掛けてくることはないんでしょうね。出来れば、もっときつい罰を与えてやりたいとは思わない」

「好いわよねぇ、男は。何をしたって、ちょっと上辺を取り繕うだけで事を納めてしまうことが出来るなんて。きっと彼は、奥さんをはぐらかすのもうまいんでしょう、何事も抜け目のない男だけにね」

「そんな男が出世をし、国を操るなんてどうかと思うわ。然る可き立場に就く者はもっと潔癖であるべきよ」

「それはひづるちゃん、甘い見方よ。世の男なんてみんな二宮と似たり寄ったり、少なくも、そう思った方が間違いないわ」

「そうかな、高邁な理想を掲げる政治家であっても」

「源氏の書き出しに、女御・更衣あまた侍ひ給いける中にってあるでしょう。神代の昔から、為政者程女に目がないというのが実体なの。私たちが近代史で習う明治維新の英傑だって、その例に洩れないわ。本来なら下級武士で慎ましい家庭生活を送る者が、ああして天下を取れば、例外なく愛人を何人も囲っているというじゃない。伊藤博文なんてその代表格の人らしいわよ。こっちはそんなこと知らないもんだから、初代総理として、余程偉い人なんだろうと仰ぎ見ていたけれどね」

「ほんとに、信じられない。嫌だわ、男って」

「私は必ずしもそう思ってはいないの、それはそれで好いんじゃないかとね」

「どうして」

「だって、それが人間の本質だもん。男が富や名誉や権力に執着するように、女にだって人それぞれに欲望はあるものよ。にも関わらず、人はそれらを棚上げにして、或る功績を称える余りに神格化してしまう。ここに問題がある訳ね。だから要は、私たちが人を見る認識を変えれば好いというだけのこと。男はこういうもんだと思って、必要以上に美化しないことね」

「じゃあ順子さんは、二宮具広を許せる訳」

「そりゃあ腹は立つわよ、だからひづるちゃんに付き合ってもらったんじゃないの。でも考えてみれば、こっちにだって打算があったことは否めないでしょう。つまり、公平な第三者から見れば、どっちもどっちということなんじゃないのかな。私は彼に望みを託し、彼は私の体を求めた。まあ、男と女で成り立つこの世は、芝居じみた愚かな戯事《ざれごと》の繰り返しなのよね。当事者には笑えない話だけれど」

二宮への望みの絶たれた順子は、ひづるを得て当座の憂《う》さを晴らすことが出来た。この店に足を踏み入れた直後に比べ、今は穏やかな諦めが彼女の体を包み込む。再び相手に電話をする気もなければ、向こうからのそれを待つ気もない。全てが振り出しに戻った虚脱感が、ワインの酔いと共に彼女を不思議な感覚に誘い入れる。眠りの中で見る夢と現《うつつ》の中で見る夢との間で、当てもなく浮遊する自分を順子は感ずる。二宮は必ずしも彼女が求める究極の男ではないとはいえ、現実味を帯びた点では捨て難いものがある。彼がどこまでの出世を果たすかは別として、そこに期待を抱かせる資格は十分有する。特段の失態さえ演じなければ局長級位には昇進するであろう。アメリカ大使は置くとして、いずこかの大使に赴任する可能性は高い。ほんのひと時、大使夫人としての夢を見させてもらったことが、二宮からの収穫としてとどまる。この先いつまでも、こんな夢を見続けるだけで年を重ねてゆくのだろうか、という不安が彼女の胸をふとよぎる。そんな順子の心情を知らぬげにひづるが言った。

「私いつも思うんだけど、順子さん程全てに恵まれた人が、何故芸能界に進まなかったのかって。だってそうでしょう。綺麗なだけでなくて背も高く、おまけに華やいだ雰囲気もある。無論、映画界には綺麗な人が大勢いる。でも、そうした人たちに比べて、順子さんは何ら遜色がないと確信するわ。きっと順子さんの性格なら、ああいう所で成功すること間違いなしよ」

「いいのよ、ひづるちゃん、今日は私の奢りだからって持ち上げなくても」

「ううん、そうじゃない、これは私の日頃からの本心なの。女の私からみても順子さんには華があるし、憧れを抱かせるものがあるからよ。つまり、自分にはないものを順子さんが持っているので、私はとても羨ましいと思っているの」

「駄目駄目、私なんかに女優なんて。第一、そんなこと考えたこともないわ。人前で演技をするなんて私にはとても無理」

「じゃあ、ファッションモデルは」

「ちょっと背が足りないかな、一七五センチ前後ないとね。その割には胸が大きすぎるし」

「だったらグラビアもあるわ、水着の。今はそこからコマーシャルに出たり、女優に転向する人も多いらしいじゃない」

「うまくいけばの話よ。いずれにせよ、もう全てが遅いの、私たち女には時間という制約があるでしょう。ひづるちゃんはまだ感じてないでしょうけど、私位の年になると、時が刻む過酷な仕打ちが目に見えて分かるようになるものよ。だから女は、時間との競争を強いられるって訳ね。時は何気なく過ぎてゆくけど、無慈悲なものよ、女には」

「やだなぁ、私もそんな年に近付くと思うと。順子さんとは二つしか違わないんだから」

「だったら早く身を固めなさいな、梨花ちゃんのように。私たちの中では、彼女が一番の優等生。しっかり足元を見詰めて堅実に生きてゆく、これがほんとは好いのよね」

看板の近付いていることが、バーテンダーの動きから二人の女には察せられた。宿泊客が一人二人と席を立ち、残る客が順子とひづるだけとなって三村は素早く片付けに入った。

「楽しんで頂けましたか、遅くまで引っ張ってしまったけど」

三村は二人の方に顔を向け、ひと仕事終わってほっとしたという表情で言葉を掛けた。

「ああ、時間になってしまったのね。今度はいつ、こんな風にひづるちゃんと話が出来るのかなぁ。感謝してるわ、付き合ってくれて。いつかこの埋め合わせをしなくちゃ罰が当たるわね」

「そんなこと。もし順子さんが女優にでもなっていたら、私なんかこんな風に親しくしてもらうことなんか出来ない人なんだから」

「まだそんなこと言ってるの、ひづるちゃんたら。だいぶ酔いが回ったらしいわね。大丈夫、歩ける」

順子は先に椅子から立上り、席を離れるひづるの様子を見守った。さすがに長時間を過ごしたため、ひづるの足元は少なからずぐらぐらする。飲み始めこそ自分の適量を頭に留めていた彼女も、話の進行と共にいつかそれを忘れていた。歩く程に、酔いは足先にまで回っていることに気付く。それでいて、存外気分は心地良かった。それは順子との打ち解けた会話がもたらすもので、たまに女同士がこんな形で飲み交わすのも悪くない、とひづるは思った。

やや心許ない足取りでエレベーターに乗った女たちは、玄関先で三村が車を回すのを待った。既にレセプションに雪乃の姿はなく、深夜とあってロビーは静まり返っている。夜風に吹かれて星のまたたきを見上げている内に二人は、多少なりとも酔いが体から引いてゆくのを感じ取った。そんな所へ、三村の車が二人の前に滑り込んできた。

「さあ、ひづるちゃん先に乗って」

順子は抱えるようにしてひづるの体を奥へ押し込み、自身も続いて後部座席に身をもたせた。

「念のため、二人共シートベルトを忘れないように。安全運転で行きますけど」

「ああ、そうだった。酔いが回ると、そんなことも気付かなくなってしまうわ。三村さんはいつもこんな時間に帰っているのね、多くの人が寝静まるこの時間に」

「ええ、もうこれが僕の生活パターンになってるんです。元々夜型ではありましたけど、音楽一つ聴くにしても、深夜の方が心に染みるものがあるんです。だから、僕はこの時間が好きなんです」

「じゃあ、当然寝るのも遅くなるわね、毎晩」

「と言っても、二時から三時の間です。帰ると、直ぐにシャワーを浴びて軽い食事を摂り、音楽を聴いて気持ちを休めてから床に着く」

「起床は」

「余程のことがない限り、十時までには起き出しますよ。余りいつまでも寝ていちゃあ、病人になったような気がしますからね。それに、却って気分が悪くなるし。それから朝食の後は、二、三時間サックスを吹きます」

「驚いた、三村さんて熱心なのね。所で、サックスって何種類もあるっていうじゃない、ソプラノからバリトンまで。それをひと通りこなすの」

「僕が持ってるのはテナーとアルトの二本だけ。全部揃えるのは大変だし、テナーを中心に腕を磨きたいと考えてるもんだから」

「腕を磨くって、今だって相当なもんじゃない。コーラスグループの中には、三村さんのサックスに惹かれる人が何人もいるわ」

「そりゃあ嬉しいなぁ、順子さんもその一人であってくれると」

「勿論私もその一人よ、生で聴くサックスの音色ってすてきだもん。落ち着きがあって、どこか大人のムードを感じさせてくれるものがあるでしょう」

「そうですね。それが、この楽器に愛着を寄せる全ての者に共通する理由でしょう。ただ、所詮僕はまだアマチュアの域を出ていません」

「それでは不満、あんなすてきな音色を奏でているのに」

「叶うものなら、僕はプロを目指したいんですよ、アマチュアバンドで楽しむだけでは物足りないんで」

「それで毎日そんなに練習してる訳」

「ええ、機会があればと思ってね。そのためには、腕を上げておかなければいけないでしょう。今の仕事は、練習時間を取るのに好都合なんです。残業もなければ、ややこしい人間関係も生じない。ストレスがないっていうのは、音楽に打ち込むのに絶好の環境っていう訳です。これを生涯の仕事にするとなると、やや考えてしまう所はありますけど」

「そうなの、みんな夢を持っているのね、明日を見詰めて。ああ、三村さんの話を聞いていると、何だか考えさせられてしまう所があるわ。私なんか、今のまんまの生き方で好いのかしら、なんてね。もっと、地に足を着けて人生を見詰め直さなければいけないのかなぁ。もう、私も若いと言える年ではないんだから」

「そんな深刻にならないで下さいよ、僕の方が照れちゃうじゃありませんか」

「そうだったかしら。こういう話は、お酒の入らない時にすべきものかもしれないわね」

「ううん、酔いが回ってからこそ、本音で話し合えることもありますよ」

「ふふふふ……そうかな」

順子と三村がやり取りを交わす間、ひづるは目を閉じて殆ど眠りに近い状態でいた。車が自宅アパート前に停車しても、彼女はそれを知らされるまでは気付かなかった。順子に揺り動かされて目を開けた彼女は、「ああ、そうなの」と他人事のように返事をした。安心出来る送り手に身を委ねた彼女は、放心状態のまま直ぐにはドアに手を掛ける気配を見せない。

「順子さんにも手伝ってもらわないといけないかな、だいぶ酔いが回ってしまったらしいから」

そう言うなり三村は、車を降りて後部座席のドアを開いた。順子も続いて外から反対側に回り、両側から抱える形で三村と共にひづるを支えた。

「さあ、ひづるちゃん、お家に着いたのよ、しっかり歩いて。眠るのはお部屋に入ってからにしなさい」

その声に促され、ひづるはようやくとろんとした目を見開いて歩き始めた。彼女がおぼつかぬ手で鍵を取り出し、部屋のドアを開けて中に入るまで、順子と三村はその入口で見守った。中からしっかり錠の下ろされるのを見届けた所で、二人は車に戻った。

「さあ、次は順子さんですね。しかし強いなぁ、ひづるちゃんに比べて。順子さんは、ジュースでも飲んでいたかと思われる程しっかりしている」

「何の自慢にもならないのよ、こんなこと」

「以前からそんなに」

「うん、体質がそうなっているらしいのね。決して普段から大酒を飲んでるって訳じゃないのよ、誤解しないで」

「ええ、勿論。でも好いじゃありませんか、自在に酒が飲めるというのも。僕は逆に殆どやりませんから、事に依ると順子さんはおろか、ひづるちゃんより弱いかもしれませんよ」

「ほんとに」

「ええ、何よりアルコールが入ったんでは、サックス練習に差し支えますからね。それで控えているという所はあります、常に頭をすっきりさせておくために」

ひづるを送り届けてから更に十分余り走った所で、順子のアパートに到着した。幾分三村に物足りなさを残したまま、二人のやり取りはそこで終わった。

「どうも有難う、こんな遅い時間にも関わらず。助かっちゃったわ、おまけにご馳走にもなってしまって」

順子は礼を言って車を降り、自室に向かって歩き始めた。三村はそれに少し遅れ、車の傍に立ってその後姿を眺めやった。バッグから鍵を取り出す前に、順子は玄関前から向きを直して車の方に視線を送った。彼女はにこやかな表情を浮かべて頷いてみせ、再び玄関の方に体を向けた。これを見て三村は、電撃的とも言える速さで順子の背後に走り寄った。

「順子さん!」

その声の響きは、明らかに先程までのやり取りの調子とは異なっていた。訴え掛けるように熱を帯び、切迫感に溢れている。何事が起きたかという顔で順子は振り返った。二人の距離は殆ど触れ合わんばかりに接近し、荒く刻む三村の胸の鼓動が順子にも聞こえる程である。彼は目を大きく見開き、順子を直視して言った。

「順子さん、聞いて欲しいんです、僕の願いを。もうこれまでにも何度か、あなたへの意思表示をしてきました。僕はあなたをずっと想い続けています、せつないまでに。この気持ちを言葉で表現するのが難しい程、あなたが好きでならないんです。毎日、あなたの面影をこの胸に抱き締めて生きています。あなたを知ってからというもの、変わらぬ僕の生活にも張りが生まれました。順子さんは僕の憧れなんです。僕を支える美しい花があなたなんです。もし、あなたが僕を受け容れて下さるなら、転機を図るために、今の仕事を離れることも考えています。僕にも、西原さんたちのような家庭を持つことが出来たら、どんなに幸せかしれません。そんなことを、この所は日々頭に思い描いているんです。考えて頂けないでしょうか、僕との結婚を。必要とあれば、僕はあなたとの引き換えに、サックスを手離すことも厭いはしません。これまでそこに傾けた努力を、あなたと築き上げる家庭に注ぐつもりです。グループ活動を伴にして以来、僕は粗方順子さんのことが分かっているつもりです。二人の性格は必ずしも一致しないかもしれませんが、僕はあなたに寄り添うことが可能です。あなたの全てを受け容れることが出来ますし、あなたとならば、何をしても楽しく過ごすことが出来るんです。今の僕の収入は僅かですが、これから何か、手堅い仕事を見付けようと思っています。どうか順子さん、僕の真剣な気持ちを汲んで下さい。あなた無しではとても生きてゆくことが出来ないんです」

途中から順子は、三村の視線を外してその言葉に耳傾けていた。相手の真摯な訴えは嫌でも彼女の胸に届く。日頃、折に触れて伝える三村の胸中を知るだけに、遂に来る所に来たという感を順子は抱いた。その偽りのない誠意に彼女はいじらしさを禁じ得ぬ反面、何故これが二宮ではないのかという不満も募る。噛み合わぬ男と女の感情の行き違いに、彼女はそれまでの心地良い酔いを覚まされる気がした。女を誑かす二宮に比べ、目の前の男は誠実な真心を示す点で勝る。本来結婚相手を選ぶに当り、こうした所を重視すべきだと思う気持ちをよそに、今の順子はどうしてもそこに踏み込むことが出来ない。二宮との繋がりが絶ち切れた後も、次に現われる第二の二宮を待ちたいという願いが先行する。どれ程の夢を持っていようと、サックスを吹くだけの三村は音楽仲間の域にとどまる。そこから羽撃ける領域は限られ、自身の願望と合致しないことは歴然としている。相手の心を傷付けぬ言葉の見付からぬまま、順子は再び三村に視線を合わせた。

「三村さん、そんなに私を想って下さるお気持ちだけ頂いておくわ。今日はもう早く休みたいと思っているの。夜も更けて、愛を語らうには絶好の時刻だというのに、私ってこんな無粋な言葉しか言えない女なのよ。これからも、合同練習で一緒に音楽を楽しみましょう。こんな私が言うのもおかしいけれど、三村さんはどんなことがあってもサックスを手放してはいけないわ。それはあなたの命でしょう。自分を支えるものを手放したら、あなた自身が無くなることと同じだとは思わない。それは、私なんかと引換えられるものではないはず

よ。あなたの命、あなたの魂であるサックスと共に生きることが、あなたを支えることにな
ると信じて。三村さんの奏でる音色は、プロとアマの違いの分からない私の耳にも素晴らし
いものに聞こえるの。これからもそれを伸ばしてゆくのよ。私は陰の応援者になってあなた
に声援を送ります、あなたの味方として。それが私に出来る、あなたへの精一杯のことだと
思って頂だい。だから、今夜はこれでお別れしましょう。これからも私たちが、変わらぬ音
楽仲間であることを確認して、ね」

それだけを言って順子は部屋の中へ消えていった。彼女の言葉は、断りとしては余りに優しく、ほろ苦いものとして三村の胸を突き刺した。もっと激しい拒絶を受ければ、一時の痛みはあっても気持ちの整理はつき易い。彼は悄然としてその場に佇み、望みを絶たれた悲しみに意気消沈した。順子に自分の想いを打ち明ける場として、彼は今日程それに相応しい機会はないと考えていた。彼女は期待を寄せる男の裏切りを受け、焼酒をあおる程の心境にある。その心の中に分け入ることの出来るのは、真実の愛を捧げる男に限られる。たとえ相手が酩酊状態であれ、彼女の応諾を引き出すのは今を置いて他にはない。逐一、先程らいの順子とひづるの会話を耳にしていた三村は、二人が看板まで飲み続けることに期待を託した。それがその通りになり、彼は愛の告白への第一歩を踏み出した。初めにひづるを送り届けたのもそのためで、全てのお膳立てがこの時点で整えられた。それでいて、そのための言葉は

何も用意していなかった。どんなことを言えば、順子の心の琴線に触れるものかは見当もつかない。それ故、彼は全てをその場の成り行きに任せた。要は、自分の熱い気持ちを端的に伝えられるかに掛かっている。気の利いたことを言おうとする努力が、却って滑稽な展開を呼ぶことにもなる。あるがままの想いを吐露し、後はそれが、如何程の真実味を帯びたものであるかを判断してもらうこととした。

結果の見えぬ中でも、三村は順子に受け容れられる甘い場面を頭に描いた。自分の差し出す腕に彼女が抱かれ、脹よかな唇をそっと突き出す様を想像した。そのまま部屋に入り、想いの限りを尽くして胸の内を伝える感激をあながち否定はしなかった。それはどんな犠牲を払ってでも、彼が求める究極の願望と言って良い。服を脱ぎ捨てた順子の体が自ずと目の前に浮かび上がる。張りのある胸と、くびれた腰から下に伸びる曲線の美しさは、古今の画家がこぞってそれを画題としてきた理由を彼にも頷かせる。一糸纏わぬその姿態が綾なす甘美な時間の中で、身も心も順子と同化する歓喜を彼は求めた。気怠いまでの陶酔と共に、深遠な愛の世界へ落ちゆく心地良さがそこにはある。

だが、あえなくそれは弊えた。夢は文字通り夢として終わり、手元には何も残らずに虚脱感だけがその体を支配する。三村は力ない足取りで車に戻り、ドアを開く前に未練げな眼差しで順子の部屋に視線を投げた。カーテンの引かれた窓は僅かにその隙間から光りが洩れ、直ぐには彼女が床に入っていないことを示している。化粧を落とした彼女が透けて見える程に薄い夜着に着替え、これから床にその体を横たえる頃かと思われる。そんな順子を自分に代わり、誰とも知らぬ男が抱き寄せる姿を連想するにつけ胸掻き毟られる。それは彼自身の破滅を意味する。地の底が大きく割れ、奈落へ突き落とされるようでもある。この時間を境に、前と後とが三村には別世界のものに感じられた。これから何を頼りに生きるべきか、先の見えぬ彼の心は揺れ動く。どれ程の時間その場に立ち尽くしていたかは分からぬまま、順子の部屋の明かりが消えたのに促される形で彼は車内に入った。前方を見詰めてハンドルを握っていても、彼は空な気持ちで深夜の道を走り続けた。自身の狭いアパートに辿り着くなり、彼は打ちのめされた気持ちを沈めるようにベッドにその身を投げ出した。

場面十一

全国出場権を兼ねる合唱コンクール千葉県大会が当日を迎えた。橘が力を注いできた成果が実り、成田スカイコーラスグループは前年にして初めて五位入賞を果たした。グループ結成当初を思うと、その成績は橘に感慨深いものをもたらす。当初は順位すらつかない下位に低迷していただけに、それは無理からぬ所がある。僅かながらも年々力を伸ばし、表彰状を授与される所にまで食い込んだ意義は大きいと考える。これが三位以内に入れば楯も各チームに与えられる。この三位入賞が、今年橘の目標とする所である。彼はそこを見据えて練習を積み重ねてきたが、内々自身のグループの限界も承知していた。ようやくにして五位入賞まで漕ぎ着けたものの、先行するチームの実力を毎回コンクールで見せつけられてきたからである。両者を仕切る壁は極めて大きく、前年の順位を守り抜けるかさえもが危ぶまれるのだ。優勝を争う程のチームは人員も充実し、指導者の優れていることは端目にも分かる。

例年、十月の第一日曜日に開催されるこの日に備え、橘は必要とする望ましい人員を確保することが出来た。コーラスは多声で響かせる音楽だけに、人員が揃わぬことにはその効果が減退する。まして、会場が広い県民ホールとなれば尚更である。梨花やひづるや順子を始め、雪乃、鞠子、ひろみ、珠代、美帆子、妙子といった朝練習の常連組が顔出しすることは、橘にとって心強い。これに、来宮悦子、水野映子、園原毬江、浜丘いずみ、桃ノ井和歌子、雪ヶ谷えりな、月丘小夜子、玉木かずら、戸田みなみが加わる。当然、今年が三回目となる美佐子がピアノ伴奏を受け持つから、スカイコーラスグループは指揮者を含め、総勢二十名で大会に臨むこととなる。これらの中には、この日が休日に当る者もいれば、勤務時間を後にずらすなどして参加する者もいる。ともあれ、一定人数の参加を事前に取り付けたことが、橘の気を楽にしていた。あとは全員練習の少ないこのグループを、どこまで自身の振る指揮棒に集中させるかにある。

いつも通り起床して食事を摂り、ゆっくり寛ぎの時間を設けて出掛けても間に合うことは知りながら、さすがに橘はいつもより早めに床を離れた。目覚めと共に気持ちは既に県民ホールの会場に飛び、そこでグループを指揮する自身の姿を思い描いた。洗面を済ませてから厨房へ入る前に、この日に取り上げる譜面にひと通り目を通したのもそこにある。この所体力の劣え著しい妻に代わり、家事全般は彼の役割となっていた。医師から告げられたかおるの余命は、ほぼ燃え尽くされてもおかしくない時期に当っている。何より、間近に暮らす夫の目にそれがよく分かる。かおるの口数がとみに少なくなったことも気掛かりとしてある。食が細り、外見上もひと目で病人と分かるやつれが目立つ。若い頃のふっくらとした面立ちに比べ、今は別人に近い所にまで変わってしまった。元々色白の肌は、室内にいることによって青白くさえ映る。瘠せ細ったことによる皺もまた痛々しい。ただ一つ橘にとっての慰めは、ここまで妻が劣えはしたものの、恐れていた末期癌患者特有の劇痛が抑えられていることである。このことによってかおるは自宅療養が許され、曲りなりにも夫婦睦まじく暮らす歓びを享受出来るのだ。

橘の本心からして、妻を合唱コンクールの会場へ連れて行くことにはためらいがあった。

たとえ半日であれ、病人を外出させる是非に彼の判断は大いに迷った。長時間とは言わぬまでも乗り物に揺れ、堅い椅子に畏って過ごす体力の消耗を彼は気遣う。なろうことなら妻には留守を頼み、結果だけを報告することを願ったが、これはかおるに拒絶された。体力こそ劣えても、コンクールへのかおるの関心は尋常ひと通りのものではない。八年前に夫と立上げたグループは、その後の夫婦の歩みと切っても切り離せぬものだからだ。本来この歌の同好会は、歌うことを楽しみ、互いの誼《よしみ》を深める目的で作られた。それが年々その水準を上げるにつけ、彼女には今年もまたその行方が気に掛かる。コーラスグループは彼女にとって、我が子にも相当する程の愛着がある。実の子を設けることの出来なかった夫婦に、このグループはそれに代わるものとなったと言ってもよい。時々にメンバーの入れ替えがあっても、かおるが寄せるグループへの期待と執着は変わらずに続く。二豎《にじゅ》に冒される身でなければ、彼女自身そこに加わりたいと願う程である。

めっきり言葉少なになったかおるも、迫り来る合唱コンクールへの話題だけは別であった。夫婦が交わす関心事として、彼女がそれを棚上げすることはなかった。更にはピアノ練習に通うさと子とも共有し、二人は当日連れ立って会場へ出掛けることを約束した。その際さと子は、どんな応援の仕方が良いかをかおるに尋ねた。この幼子の心情からすれば、客席から大きな声で「頑張って」と叫びたい所である。しかし、それが許されるものであるかどうかが判然としない。

「そうねぇ、それも一つの応援の仕方としてはあるけれど、これから歌う人たちの気持ちを乱さないためには、大きな拍手でみんなに力をつけてあげることが好いかもしれないわね。会場からそれを受けると、これから演奏する人たちは、気持ちが引き締まって勇気づけられるものなのよ。手を叩くだけの拍手が、こんな場合、言葉にも代わる強い味方になってくれるということなのね。だからおばさんは、手が痛くなる程思いっきり叩こうと思うわ」

「じゃあ、あたしもそうする、お母さんの耳にも届くように」

「そうね。そして、終わってからの拍手も大事になるわ。その時の拍手は、すてきな演奏を聴かせてくれて有難うという意味になるの。面白いと思わない、拍手って。一つも言葉を使わないのに、相手の人を励ましたり、勇気づけたり、お礼の言葉にもなるなんて」

「誰がそんなこと考えたのかしら」

「さあ、誰かしらねぇ。きっときっと遠い昔の人たちだと思うわ。人は猿や猪などの動物とは違って、いろんなことを考え出す知恵があるのよ。私たちが楽しむ音楽も、さと子ちゃんが練習しているピアノも、みんなそうした人間の知恵によって作られたものだもん」

「偉いのねぇ、昔の人って。あたしはピアノがとっても大好き、これを作った人にお礼を言いたい位」

「昔の人にお礼を言えない代わりに、そうした良いものを伝えてゆくのが私たちの役割という訳よ。順送りに、素晴らしいものを後から生まれてくる人たちに伝えることで、みんなが楽しく、幸せになれるでしょう。それをおそわるのが学校ね。もう何年かしたらさと子ちゃんも小学生になるから、そこで沢山のことを勉強出来るわよ」

これまでの大会とは違い、ピアノを習ったことによるさと子の音楽への関心は深まっていた。従来の彼女は、大きな会場でピアノに向かう母親の姿にのみ心惹かれ、音楽は単なるその付随物であった。子供の目にも、鍵盤上で流麗に動く母親の指使いには見惚れるものがあり、ピアノは母親を美しく見せる小道具なのだ。自身の習うピアノと合唱という相違はあれ、今のさと子はそこに、音楽という共通点があることを理解出来るまでに成長していた。更には、以前から就寝時に母親が歌う子守歌も、その延長線上にあることを感ずるようになった。

食事を終えて出掛けるまでのひと時、階下で寛ぐ夫婦の耳に玄関の呼びリンが勢いよく鳴った。日曜日の郵便物にこれという覚えのない夫婦は、訪問者が誰であるのか思い浮かばぬまま顔を見交わした。

「いいよ、僕が行くから」

橘は妻を制して立ち上がった。静かにドアを開いてみると、そこに佇むのはさと子である。

「やあ、さと子ちゃん、お早う、もう直き迎えに行く所だったのに」

「お早うございます。私もう待ちきれなくなって、おじさんとおばさんの来てくれる前に出掛けようって、お母さんをせかせちゃったの」

その言葉通り前方には、美佐子が急ぎ足で近付いて来るのが橋の目に映る。察する所、伴に家を出た母娘は、間近になって一人さと子が駆け足で走り寄ったものと思われる。この幼子が肩で軽い息をしていることでそれが裏付けられる。そのさと子は、自身がピアノの発表会にでも行くかと思われる出で立ちでめかしこんでいた。頭にリボンを付けたそのかわいらしいピンクのワンピース姿を認めたかおるも、急ぎ足で玄関に足を運んだ。

「まあ、何てすてきなさと子ちゃん。早くお入りなさいな、おばさんにもその姿をもっとよく見せて」

その言葉に気を良くしたさと子は、撥ね飛ぶようにして室内に足踏み入れた。両手でスカートの裾を持ってポーズを取る様は、さながらバレリーナを気取った節が窺える。

「お母さんが買ってくれたのよ、このワンピース、この間デパートに行った時に。似合うかしら」

「そーう、よかったわね、とってもかわいい。色も形も、さと子ちゃんのために作られたお洋服みたいね。後で会場に行ったら写真を撮りましょ。こんなすてきなさと子ちゃんの写真は、おばさんの家にも飾っておきたいもの」

「嬉しいなぁ、何枚も撮って」

さと子がすっかり上機嫌になっている所へ、母親が遅れて入って来た。

「お早うございます。ご免なさい、まだお休みになっている所をお邪魔して。迎えに来て下さるから待っているように諭したんですけど、この子ったら、まるで自分のコンサートにでも行く気になってしまって」

「無理もないわよ、こんなにおめかししてしまったんですから。やっぱり美佐子さんの子だということがよく分かるわ。このまま行くと年頃には、母親としてさぞ気が揉めることになるでしょうね。楽しみじゃない」

「さあ、どうなることやら。私としては、丈夫で、素直な子になってくれれば好いと思っているだけ。今の所、取り立ててそれ以上の欲はないんです」

「そうよね。親は誰しも、それを第一に願うものだから」

一同はそこで、さと子を中心とする歓談に出発前のひと時を過ごした。その雰囲気は、これから勝負を競うコンクールに臨もうという者のそれではなく、好天日にピクニックに出掛けようとする気分と同等のものである。大人たちが語り合う間もさと子は、テレビで見る歌い手らの振りを真似ては一人はしゃいだ。

度々訪れるこの家と橘夫婦は、この少女にとってもはや遠慮を必要とするものではなかった。彼女は自分が夫婦に大事に扱われていることを自覚し、甘えることも許されていることを承知していた。ここでのそれは、日頃母親から受ける愛情とは、幾分質を異にするものであることをも見抜いていた。言わばそれは、孫と祖父母との関係に近いものがある。親の許さぬ相手との間に設けた子とあって、今も美佐子は、我が娘を連れて両親の下へ出向くことが出来ずにいる。このためさと子は、この年頃の多くの子供たちに与えられた祖父母との交流とは無縁なのだ。幼子がやがて成長する過程で享受する愛と慈しみは、幾重に重なろうとも過ぎることはない。彼らがやがて勉学の時期を迎え、学びの途上で受ける教鞭も、広い意味ではその範疇に属する。物心つき始めたこの年になって、さと子は自ら進んで橘夫婦の懐に飛込んで行った。そこには、祖父母に代わるべきものがあるだけでなく、何より彼女が求める父親像をも手にすることが出来るからである。

さと子の動きを注視しながら語らっていた大人たちは、すんでの所で出掛ける時間をやり過ごす所であった。一同はそこで腰を上げ、出発を待ちかねていた少女を歓ばせた。

「早く行きましょう。あたし、おばさんと一緒に一生懸命みんなの応援するんだもん」

「そうよね、行きましょうね。楽しみだわ、みんながどんな歌声を響かせてくれるものか」

大人たちは互いに忘れ物のないことを確認し合った。橘はひと足先に出て車を玄関脇に横付けにし、さと子の手を引くかおると美佐子をそこで待った。

一行は余裕をもって県民ホールに到着し、既に先に来ていた何人かの者たちと顔を合わせた。早い時間から本番に向けての練習に余念のない他のグループに比べ、スカイコーラスグループにはそうした緊張感は見られなかった。橘は後から来る者たちをのんびり待ち受け、全員揃った所で軽い発声練習などに取り掛かった。橘率いるグループは、比較的年齢の似通う若い女性たちで構成される。これを取り纏める彼は何より和を優先する。グループを和やかな語らいの場とすることで、全員揃うことの少ない弱点を補う。大勢が声を揃える合唱に必要な緊密さを彼は、技巧以前にこうした所から作り上げようと意を配る。このためメンバーはいつの場合もおしゃべりから始まり、それを序奏として本題に入るのを常としていた。

開始時間の始まりが迫るのに合わせ、ホールの客席は少しずつ聴衆で埋まっていった。毎年コンクールの開催を心待ちする一般来場者も少なくないが、その多くは出場チームと何らかの関わりを持つ縁者で占められる。家族であったり、職場や学校での友人・知人といった者たちがそれに当る。夫と美佐子を激励してからかおるは、さと子の手を取って客席に足を向けた。と、この時、間近に近寄って彼女に声を掛ける者がいた。

「橘さんの奥さんではありませんか、さと子ちゃんの手を引いてらっしゃるのは」

その声を受け、かおるは近付いて来る若い男の方に体を向けた。爽やかな笑顔を浮かべるこの相手を目にしても、かおるにはついぞ過去の記憶を甦らせるものは浮かんでこない。彼女が怪訝な顔をしているそばからさと子が声を上げた。

「あっ、クラリネットのお兄さんだ。こんにちは。あたし知ってるもん、このお兄さん」

「嬉しいなぁ、さと子ちゃんが僕を覚えてくれていたとは。とてもすてきなお洋服を着てるから、人の行き交うこの会場でも直ぐにさと子ちゃんだと分かったよ。今日は、おばさんと一緒にみんなの応援に来たんだね」

「うん、そうなの。さっき、おじさんやうちのお母さんも一緒にね」

幼子の目の位置に合わせて言葉を交わした後、クラリネットのお兄さんと呼ばれた男は、かおるの方に向き直って挨拶した。

「初めまして、梨花の夫の西原と言います。いつも妻が橘さんのお世話になっております。元はと言えば僕たちの結婚も、橘さんがコーラスとバンドのグループを引き合わせて下さったことによるものなんです。お陰様で梨花と僕は、この春から新生活を迎えることが出来ました。尤も式の方は諸般の事情で、この後十一月ということになっていますが。ここでお会い出来るとは思いませんでした。確か奥さんは具合が悪く、病気療養中ということを窺っていましたが。お加減は宜しいんですか」

「あーあ、あの西原さんね。お名前はこれまでに、橘から度々聞いて存じてますよ。こちらこそ初めまして、宜しくね。あなた方お二人が結ばれて、幸せな新生活を始めてらっしゃること、橘はよく話して聞かせてくれているんです。まるで我が事のように歓んで。私の体のことを気遣って下さったのね。確かに、もう無理は出来ないようになってはいるんです。この所は、自分でも体力の劣えをとみに感ずるようになってしまって。だから、家事全般も夫に任せっきりになってしまいましてね。橘が私に留守番をさせたい気持ちは分かってましたけど、今度のコンクールをとても心待ちにしていたもんですから、こうして足を運んできましたの。このさと子ちゃんとも、早くから一緒に応援する約束をしてましたのでね」

「そうですか。じゃあ、席をご一緒しても宜しいですか。実は僕も、バンド仲間の三村さんを誘って来る予定にしていたんですが、昨日になって急に都合がつかなくなったと連絡がありましてね。一人で拍手を送るよりも、仲間内で揃って手を叩いた方が、こちらの気持ちが舞台に立つみんなに伝わると思えるんです」

「ええ、そうですとも。そのために私たちここに来たんですものね」

三人は立ち話をそこそこにして客席に入った。舞台に近い席から順に埋まっていったため、三者は後部の並んで座れる場所に席を取った。さと子を中にして、両側から大人たちが保護者のように幼子を囲んだ。やがて舞台中央に司会役の篠宮玲子が進み出るのに合わせ、そこここから聞こえていた雑多な話し声が鳴り止んだ。これと共に会場には瞬時に静寂が漂い、始まりを待ち受けるちょっとした緊張感に包まれた。

「いよいよ始まるわね」

少女がどんな気持ちでこの瞬間に臨んでいるかを探ろうと、かおるはその耳元に顔を近付けて言った。その声を受けたさと子は、それまでしっかり結んでいた唇を緩めて頷いた。大きく見開いたその目は輝き、コンクールへの好奇心と期待がない交ぜになっているかに思われる。今回が三回目の役を担う篠宮玲子は、コンクールの開始を告げた後に今日の審査員を紹介した。続いて出場チームの歌唱順に従がって、そのリーダー役たる指揮者が呼び込まれた。各組代表者はそれぞれ引き締まった表情で舞台に現われた。タクトを手にする者もいれば持たぬ者もいて、何人かの女性指揮者もそこに含まれる。その顔からは一様に、この晴れがましい舞台に臨むに相応しい意気込みが感じられる。橘行憲は、全二十組中十九番目に姿を見せた。彼自身の弁によれば、この指揮者紹介の段階でのぼせてしまい、初出場ではその後の棒振りに影響を及ぼしてしまったということである。しかし今は微塵もその気配はなく、穏やかな表情で会場を見回す余裕を見せていた。

毎回この大会を迎えるに先立ち、県下では多数の出場チームを振り分ける予選会が行なわれる。その際、前年に十位以内のチームはシード権が付与される。スカイコーラスグループは二年前からこの特権を有するようになった。予選落ちして早々に会場を引き揚げる過去には、リーダー格同士が面識を持って交流するなどのことはなかった。どこのチームも敗者の落胆を後姿に表わし、判で押したように寂しく会場を去って行く。橘もそうした時期を何度か味わってきた。コーラスを楽しむことを最大の目的としながら、こうした場で明確に優劣を付けられる苦汁は拭い難いものがある。彼が奮起したのはそこにある。楽しみとするものが寂しさに変わるようでは意味を為さない。仲間たちが歓びを持って歌う爽快感を、そのまま会場を離れる際にも持ち続ける必要性に彼は迫られた。それには、彼自身の技倆の向上が不可欠となる。一音楽愛好者にすぎなかった彼はそこで目覚め、大いに学んだ。

スカイコーラスグループがシード権を持つことで、橘が他のグループリーダーと言葉を交わす機会は増えていった。当り障りのない雑談で始まるそこでの会話も、面識が深まるにつれ音楽に関わる事柄へと発展する。日常の練習方法は勿論、指揮法で特に着目すべき点などについて彼は尋ねた。リーダーたちは誰しも競技を離れれば、音楽愛好者に相応しい人格を有する。こうした者たちとの交流を深める結果、コンクール会場は、スカイコーラスグループ全員が心地良く歌声を響かせる場へ変わっていった。彼女らが歌い終わって帰路に着くその後姿は或る時期から、日頃の成果を発揮する者が味わう歓びに溢れていた。橘が狙ってきたのはそこであり、この時点で彼の目的は果たせたことになる。さすればこれ以上の何をも必要としないはずだが、さすがにグループの力量がそこまで伸びると彼も他のリーダー同様、その上を目指す意欲は抑え難いものがある。

コンクールの歌唱順は時として、参加者の心理に微妙な影響を及ぼすことがある。まだ会場全体に緊張の解けぬ一番手の出場者には硬さが残り、逆に最後部の順位者には待つ身の負担が付いて回る。それを撥ね退け、適度な集中力と余裕を持続する者に、日頃の力量を発揮する機会がもたらされる。今回、後から二番目の演奏順となった橋は、この待ち時間の過し方に意を配った。初めから出演準備をしていては精神面での負荷が掛かる。かつては自身を含めグループ全員が舞台に注目し、一組毎の歌唱に神経を集中させてきた。他者から学ぶという点で一面そこに利はあるが、肝心な時にゆとりを欠く失敗を橋は何度か経験していた。それを踏まえこの日のスカイコーラスグループは、十五番目の組が終了した所から準備に入った。

美しい歌声が次々会場内に響き渡り、いよいよ司会者が十九番目の演奏者名を読み上げる所となった。この間、客席の後方に座すさと子は終始舞台に注目し、それぞれのグループが奏でる歌声を興味深げに聴き入っていた。彼女は自身の手掛けるピアノとは別の魅力が、声を通して呼び掛ける合唱曲にも潜んでいることを発見したかのようである。篠宮玲子の口から母親の属するグループ名が告げられるに及び、この幼子は席から立ち上がって盛んな拍手でこれを迎えた。さと子はこれまで以上に瞳を輝かせ、再び座席に腰を下ろす前にかおるの方に視線を送った。

「さあ、順番が来たわね、楽しみましょう」

囁くようなかおるの声を受けてさと子は座に着いた。

一段高い指揮台に立つ橘は落ち着き払っていた。彼は皆が横一列に並ぶのを静かに見守り、伴奏者に合図を送る前に一人ひとりとアイコンタクトを交わし合った。彼はそこでメンバーが程良い気分で高揚し、「虹の空から降り注ぐ夢」を歌い上げるに相応しい状態にあることを確認した。即座に指揮者の手が上がり、しなやかに伸びた美佐子の白い指先が鍵盤上に揺れ動いた。次いでコーラスがそれを受け、場内を浸透させる澄んだ歌声が時に旋律を重ね合わせ、幾つかの聴かせどころを作りながら終曲へ向けて走り続けた。呼び掛ける歌にピアノが応え、厚みを帯びた歌声はしばし聴衆を魅了した。女性合唱の特質を存分に伝えるスカイコーラスグループの歌唱に、場内からはひと際高い拍手が惜しみなく送られた。

指揮棒を下ろした橘の表情には、陶酔にも似た充足感が漲っていた。彼は演奏前と同様一人ひとりに視線をやり、自身と共通する情感を皆が有するのを見て得心した。手応えを十分に感じて客席に向き直り、メンバーと共に一礼して控えに戻った。最終組の演奏が終えてからは、どの組も舞台で結果を発表する司会者に注目した。この待ち時間程長く、出演者の気を揉ませる時間はあるまいと思われる。十位からの順位が次々に紹介される度に、各チーム全員が舞台上に招き入れられる。誇らし気な表情を表わす組もあれば、期待に添わぬ成績に落胆を示す組もある。五位までの順位が告げられる時点で、スカイコーラスグループの名は読み上げられなかった。次に呼ばれた四位も他チームとなり、ここで初めてこのメンバー各人は色めき立った。皆は互いに顔を見交わし、期待と不安の交錯する中で篠宮玲子の声に聞き入った。橘がそうであるように、ここまで来ると彼女らは一様に、第三位が自分たちに相応の順位であると受け止めていた。よもやそれを超えることはないと思う一同は、次にチーム名を呼ばれなければ、シード権落ちを覚悟せねばならぬ所に迫られたのだ。

順位を告げられる組が舞台上に揃うまでにはちょっとした時間を要する。これが控えに居並ぶ出演者は勿論、客席の支援者たちにも胸の鼓動を募らせる時間となる。司会者はそれを知ってか知らずか、如何にもその時間を弄ぶかの節さえ窺われる。篠宮玲子はその都度客席からの反応を眺め、表情を引き締めたかと思うとまた緩めては順位を告げる。彼女の口から第三位入賞を告げられたのは、それまで十位にも入ったことのないチームであった。これを見て橘の全身から力が抜けていった。他にも下位から上がったチームはあり、順位の入れ替えの起きたことを彼は認めた。その虚脱感はたちまちメンバーの女性たちに伝わり、肩を落としたり深い溜息をつく者もいた。ひづるは隣に立つ順子の肩にもたれ掛かり、もはや力尽きたと言わんばかりの言葉を吐いた。

「ああ、もう終わってしまったのね、順子さん。今回程気持ちを乗せて歌いきった舞台はなかったと思ってたのに」

所が、順子はこれに同調しなかった。彼女はひづるの両肩に手を宛てがい、強く揺すって言い放った。

「何言ってるのよ、ひづるちゃん、まだ発表が終わった訳じゃないじゃないの。私たちには優勝のチャンスが残されているのを忘れないで。私は最後に呼ばれるのを待っているんだから」

どこまでも強気の姿勢を崩さぬ順子の言葉は、他の者たちの耳にも届いた。しかし、それは誰にも空しく響くばかりで、皆を元気付けるものとはならなかった。自信をもって次の発表を待つグループに反し、スカイコーラスグループは橘までもが帰り仕度を始める始末であった。万事休すというように彼が舞台側に背を向けた時、次の順位を告げる司会者のひと際高い声が控え室に届いた。残る一位二位を目指すチームはこぞってそれに注目した。それに対し橘は、篠宮玲子の口から出る声を自ら遮断し、舞台袖口から出口に近い方へ歩き出した。彼はそれによって、舞台に呼び出されるチームに道を開けるつもりであった。「第二位は……」という声をぼんやり耳にした後に、橘は背後で嬌声にも近い女たちの歓声に呼び覚まされた。梨花やひづるを始めとする仲間たちが互いに抱き合い、或いは飛び跳ねる姿に我を取り戻した。そこに、顔見知りで、上位入賞常連組の指揮者が彼に近付いて言った。

「遂にやりましたね、橘さん、おめでとうございます。優勝こそ逃しましたが、素晴らしい快挙じゃありませんか」

相手から握手を求められ、固く握り締められたことで橘は全ての情況を把握した。

「成田スカイコーラスグループの皆さん！　お入り下さい」

舞台からの呼び掛けを合図とするかのように、メンバー全員が一斉に橘を取り囲んだ。彼は一人ひとりと手を取り合い、揃って舞台に進み出た時には完全に正気を取り戻していた。目指してきた三位入賞を越え、優勝まであと一歩という成果を達成した歓びに胸を熱くした。司会者が最高チームの名を読み上げる間も、彼はこれまで辿ってきた道のりを感慨をもって振り返った。三位までを他チームに占められた時は、掲げた目標が高すぎたのかという思いを禁じ得なかった。仲間に一度は上位入賞の歓びを味わわせたいと願ってきた者として、彼は人知れずそこで涙を呑んだ。それだけに、その直後に知った大きな落差はこのグループリーダーを感動させた。彼はその感激を妻と共有しようと客席に視線を投じた。遠くに目をやるその視界に、立ち上がって拍手をするさと子の横で涙を拭うかおるがあった。彼女はしっかり舞台に顔を向けはしても、手にするハンカチで目頭を押さえていた。彼女の頬を伝わる感涙は直ぐには止まらなかった。スカイコーラスグループが響かせる歌声もさることながら、その技倆がここまで向上したことへの讃美が彼女の心を揺すったのだ。ここに至るまで、夫が弛まぬ努力を積み重ねてきたことを間近に知るだけに、この事実は彼女に心地良いむせび泣きをもたらした。

最後に優勝チームが舞台に登場し、会場内の拍手は最高潮に達した。各チームのメンバーがそれぞれの思いでその結果を胸に秘め、全国合唱コンクール千葉県大会の幕が下ろされた。会場を引き揚げるスカイコーラスグループの者たちは、皆晴がましい表情に包まれていた。常日頃、熱心に早朝練習に出る常連組は言うに及ばず、たまの顔出し組にも意識の変化が起きていた。ここまでの好成績を上げるに至り、誰もが次の目標として第一位という栄冠を見据える。そこには全国大会への出場権が付与されるだけに、時間と共に彼女らはこれを逃したことへの悔しさを募らせる。技能の向上は一人ひとりの意欲と目標をも引き上げる。

「こうなったらもう、次は優勝を狙いたいわね」

誰からともなく出るこの言葉は、もはやスカイコーラスグループの合言葉になりつつある。先程順子の口から出た「私は最後に呼ばれるのを待っているんだから」という言葉が、現実を帯びて皆の胸に響く。彼女がそれを口にした時の白けた気分は既になく、全員が今ある自分たちの実力に自信を抱いた。予めそれを見抜いていた順子だけは、第二位入賞を果たした歓びの中にも僅かな失望を覗かせていた。彼女はそれを狙っていたのだ。出場者の顔がテレビに映し出される全国大会に、彼女は密かな期待を寄せていた。我が身に胸踊らせるときめきがもたらされるとすれば、そうした場こそが多くの可能性を有すると考えられる。日常の狭い交流の中では限界がある。多くの者の目に留まるメディアの下で、何かしらの幸運が舞い込むことを願わぬという手があるだろうか。宛にしていた二宮という目標を失って以来、順子は県大会での優勝を今日までのよりどころとして過ごしてきた。それだけに、他の者たちが手放しで今回の成績を歓ぶのをよそに、彼女だけは複雑な思いでこれを受け止めていた。

場面十二

県大会終了後の短いひと時、橘夫婦の間に新婚当時に似た甘い雰囲気が漂った。感激的なコンクールの成績は、二人にグループ立ち上げ時を思い起こさせ、これを取り巻く様々な事柄が彼らの話題として持ち上がった。更にはそれが結婚前の出逢いへと遡り、懐かしい思い出話が二人を優しく包み込んだ。

　厨房を除く橘家の各部屋には、病気発症前に写した夫婦の写真が飾られてある。それぞれが単独で写されたものもあれば、二人並んで収まっているものもある。それを順を追って眺めてゆくと、わざわざアルバムを開かずとも両者の辿った日々が浮かび上がる。これまで壁に飾りっ放しで見過ごしていた写真を、夫婦は過去を振り返る度にそこに立ち止まっては眺めやる。互いの胸に込み上がる情感は違っても、二人はそれを通して、これまで伴に歩んできた道のりに思いを馳せた。それらの写真に照らし合わせ、病と闘うかおるがすっかり昔の面影を失っていることが目立つ。身は細り、肌の色艶も損なわれた今は、実年をかなり上回って見られる程にやつれてしまった。

　そんな妻に橘は、次回でのコンクール制覇を誓うことにはためらいを覚えた。一年はおろか、かおるに与えられた余命は秒読み段階に差し掛かっている。たとえ元気付けとはいえ、心にもなく一年先を口にする空しさは彼自身をも傷付ける。体力の劣え著しいかおるに回復は望み難い。二人が伴に過ごせる日々は、これまで以上に凝縮された形で橘の前に迫ってくる。それだけに、彼には一日が限りなく貴重なものに思われた。もはや後先のことは考えず、妻の望むことは何でも叶えることを心に決めていた。当のかおるは、万難を排してでも合唱コンクールに出掛ける意欲に燃えた頃とは別人の感をみせた。その結果に十分満足しきり、それ以上の大きな目標を夫に課そうという気配を示さなかった。僅かに彼女が瞳を輝かせるのは、家族の一員の如く尋ねるさと子の来訪位である。それすらも彼女は、勝手知ったさと子に以前程付き添うことはなく、ソファーに座したままその練習に耳傾けることが多くなった。

コンクールで母親の属するチームが優秀な成績を収めたことは、将来のピアニストを目指す少女にも刺激を与えた。演奏者が公開の舞台で技を発表する晴がましさや、優れた者に栄誉がもたらされることをさと子はその場で知った。それは彼女の心をとらえて離さず、ピアノに取り組む意気込みをこれまで以上に増大させた。生の会場で味わう音楽会の雰囲気は、彼女の小さな心にも深く響いた。たとえアマチュアの演奏であれ、テレビを通して見るそれとは格段の違いがある。半ば遊び心で始めたピアノへの取り組みが、これを機にさと子を大人の感覚に近付けたのだ。合唱とピアノとの相違はなく、彼女はここで音楽への魅力を呼び覚まされたと言っても良い。種類は何であれ、音楽が人々の心をとらえ、演奏者には、それを奏でる醍醐味があることを彼女は教えられた。母親からは、迷惑の掛からぬ形で橘家への出入りをするよう諭されていたが、さと子はそれを聞き流した。

目標としていたコンクールへの出場を終えて、スカイコーラスグループの練習風景にはいつもの伸びやかな空気が戻っていた。しばらく続いた緊張感を解きほぐすため、コンクールの後には、いつも橘は気軽に楽しめる合唱曲を用意する。元々それが彼の基本方針であり、そうした選曲をすることがこのリーダーの歓びともなっている。県民ホールでの結果は地元紙に報じられた他、全国紙の地方欄でも取り上げられた。概していずこの合唱団も、これを組織するのは学校や同一の企業・団体の職場に限られる。今回その順位が二位とはいえ、やや特異な団員から構成されるスカイコーラスグループが着目された。そこには各人の顔写真こそ載らなかったが、成田空港を中心とする様々な職種からメンバーが集うことへの関心が寄せられ、記事は殆ど優勝チームと同格の扱いがなされた。これを率いる橘へのインタビュー記事もそこを飾った。彼はそこで、人集めと練習時間確保の困難を述べたが、そうした悪条件を克服して歌う歓びをも付け加えた。

この記事は空港会社の経営陣の目に留まり、橘は労務担当重役に呼ばれてその労をねぎらわれた。日頃、会社側の好意に感謝の念を抱いてきただけに、思い掛けぬ言葉に彼はいたく恐縮した。ただそこで、今後共従来通り練習場の確保が出来たことは、ひとまず彼に安心感を与えた。加えて、新聞記事がいくばくかの誘い水となってか、これを機に新規加入者がちらほら現われるようになった。これは橘を何より勇気付けた。若い女性たちからなるグループだけに、辞める者に比べて加入者の少ないことが悩みの種となっていたからである。

コンクールの結果を話題とする日々が過ぎ、橘夫婦の生活には興奮が覚めて穏やかな時が流れていった。長く続いた残暑が収まり、十月も半ばに入って季節はめっきり秋の気配を見せ始めた。夏の強い日差しで弱り掛けた木々は勢いを取り戻すようになった。夫婦が伴に植えた草花の彩りも目映く映る。かおるは、部屋の窓越しからその様子を窺うことを楽しんだ。自宅療養を決めて我が家に戻った当初は、短時間ながらも庭に出て伸びやかに手足を伸ばすことが多かった。そこで、戸外の空気に触れる歓びを存分に味わった。たとえ部屋を一歩出る程度の狭い領域であれ、大空の下で感ずる空気は室内とはおよそ異なる。そこに漂う空気感は、当り前の日常生活を営む者には察知出来ぬものがある。自然の光りや温もりや風の音など、どれもが室内とは異質で新鮮な感動を呼び起こす。長い療養生活をする者程それを強く感ずる。限られた空間が居住者に圧迫感を与えるのに対し、壁の取り払われた戸外は得も言えぬ解放感を人々にもたらす。遠く広がる彼方に目を向ければ明日も見える。我が家の庭は、かおるにとって掛け替えのないよりどころとなっていた。そこに足踏み入れることにより、今ある命の歓びを感ずることが出来た。それがここに来て、彼女の足取りはとみに重くなった。体が言うことをきかぬばかりか、内から湧き上がるものを何一つ見出すことの出来ぬ日が続いた。

夕食の片付けを済ませて夫が居間に入るのを迎えた或る晩、かおるはしばらくその肩にもたれ掛かった後にこんなことを言った。

「ねえ、行憲さん、私急にあなたの歌を聞いてみたくなってしまったの、お願いしても好いかしら」

珍しい注文に、橘は姿勢を正して妻の顔を覗き込んだ。かおるはそれには応えず、僅かに口元に笑みを浮かべるにとどまった。

「そりゃあ構わないさ。でも、どうしてまたそんなことを。ピアノの注文というなら分かるけど、僕が歌うことを君が望むなんて珍しいね」

「あなたが台所で片付けをなさっている間、随分以前のことが思い出されてきたんですの」

「ほう、それはいつ頃のこと」

「きっと、あなたもまだ覚えてくれていると思うわ。こんな風に私たちが寄り添って話をした当時のことを。行憲さんが事故から復帰して今の新しい仕事に就いた頃、あなたは生き甲斐としてきた仕事を絶たれて、辛い日々を送っていたでしょう」

「ああ、そんなことがあったっけね。今になってみると、あの頃の自分の未熟さに赤面する思いがしてくるよ。それだけ若かったということなのかな」

「ううん、そんなことないわ、自分の仕事に生き甲斐と愛着を感ずるのは当然のことですもの。それがあって初めて、誰もがそれぞれの仕事に情熱を傾けることが出来るんですから。ひと時あなたが打ちひしがれていたのは、それまでの仕事に誠実に向き合っていた証であると私は思うの」

「そう言ってもらえると心が慰められるね。いつも君は、そんな風に優しく僕を包み込んでくれてきたんだ。君がいなければ、その後の僕はいなかったかもしれない。自分を支え、明日を見詰めて生きてこられたのは、ひとえに君の変わらぬ愛情だと僕は感謝している。君とめぐり逢えた幸運と合わせてね」

「嬉しいわ。私の大事な人といつもこうして身近にいられる歓びは、どんな言葉をもってしても言い表わすことが出来ないでしょう。私はとっても幸せです。体の底から湧き上がるこの幸福感を、私はいつまでも、どこまでも持ち続けていたいと願っているの」

「ああ、かおる、僕たちの愛は不滅だよ、二人を引き離すものなんて何もないんだ。ここまで僕たちは互いを敬い、慈しみ合いながら沢山の思い出を積み上げてきた。まだそれは、この先も続けていかなければならないものだよ」

「そうよね。それで私、もう一つあなたとの思い出を積み上げるために、行憲さんにさっきのお願いをしたんですの。あれはもう八年前のことになるかしら、あなたが新しい仕事に馴染めずにいる時に、今と同じこの場で、何気なく私が口ずさんだ歌をあなたが心に留めて下さった」

「そうだった、僕が君に続けて歌ってくれるよう頼んだ、あの歌のことだね」

「そうよ。あの後私たちはそれが切っ掛けで、コーラスグループの立ち上げを決めた記念すべきあの歌よ。夜が更けゆこうとする風のない静かな今宵、今度はあなたの優しい声で真夜中のバラードを聞いてみたくなってしまったの。あの歌を聴いていると、小舟に揺られて穏やかな波間を、どこまでも漂い続けるような気分になれるんですもん。だからどうぞ行憲さん、ひと時私にその心地良さを作り出して下さらない」

橘は静かにソファーから身を起こし、何年か前を思い返す如くゆっくりした足取りで部屋の中を歩き始めた。歩を進める程に、懐かしくも温もりを持つその歌への感興が胸の中に呼び起こされた。それにつられて彼の口からは、妻の求める「真夜中のバラード」の節が流れ始めた。彼は時折妻を眺めやり、或いはそっと瞼を閉じて歌い進めた。かおるはそんな夫の行く先を目で追い、ゆったり流れる旋律と甘く響く夫の声に満足気な笑みを浮かべて聴き入った。一番を歌い終わった所で橘は妻の方に視線を送った。それは、次を続けるべきか否かの問い掛けである。かおるはにっこり頷いて先へ進めることを促した。これを受けて橘は二番の歌詞を口ずさんだ。

月明かりに誘われ
真夜中の渚を

歩く目の前は風の音
潮の薫りに溜息つく
遥かな憧れいとしい人
君の瞳に心惹かれ
瞼の中焼き付き
胸を焦がし続ける
急げよ今すぐ
変わらぬ我が愛よ
銀のペガサスに乗って
全ての星を伴として
あの人の枕辺で
真実《まこと》を告げておくれ

歌が二番に入ると橘は自分でもそのメロディーに惹き込まれ、壁に掲げられた若き日の妻の写真に釘付けになった。そのいずれも、かおるの表情には柔和な笑みが溢れている。妻の優しい眼差しに見守られ、彼はこれまで幸福な日々を過ごしてきた。結婚以来伴に歩んできたこの妻へのいとおしさは、到底言葉では伝えきれぬものがある。彼女と伴にいることで橋は自分を支えてきた。かおるの中には彼の求める全てがある。この妻こそは彼の命そのものなのだ。その命が秒読み段階に差し掛かり、一人残される自分を考えることが彼には恐ろしく思われる。それは余りに惨めで残酷な場面を連想させる。今口ずさむ歌の旋律のように、妻と自分との間には、穏やかな時間の流れにも等しい抑揚が必要なのだ。程良い高低を伴う気分の流れに身を任せ、今日から明日へと変わらず時間が進むことを彼は願う。衝撃を打ち付けるドラマは二人の間に必要ではなく、ひたすら平穏な日々の積み重ねに彼の期待は向けられる。

時折自分に注がれる視線を受け止めながら、かおるは夫の口ずさむ歌に酔いしれていた。ソファーの背に身をもたせて耳傾けるひと時、彼女は得も言えぬ至福の境地に浸りきった。食事を終えてひと足先に居間での寛ぎに入った後に、彼女の体からは吸い出されるように力が抜けていった。それは彼女に苦痛をもたらすものではなく、むしろ重力のない空間を漂う如き気分を与えた。その際かおるは事に依ると、それが自分の死期を知らせる兆候かもしれぬと感じ取った。そこで彼女の頭をよぎるのは、夫・行憲との最も望ましい形の別れ方である。病気の再発を医師から告げられて以来、死は彼女の脳裡に焼き付いている。ここに来て明確に体力の減退を感ずるに及び、既に彼女の心の中にはそれを許容する準備が出来つつあった。

唯一かおるの心残りは、我が身亡き後の行憲の行く末にある。彼が悲嘆に暮れるであろう様は容易に察せられる。残される誰もがそれを経験し、悲しみを乗り越えて歩み続けることが求められる。それを可能とするのは、新たな生き甲斐と目標を見出せるか否かに掛かる。或る時機からかおるは、それを心密かに美佐子に託すようになった。行憲との年齢に著しい開きのあることを除けば、美佐子はあらゆる面でその要件を満たしている。さと子を預かることから始まった両家の交流の中で、かおるは日毎それを確信した。美佐子への好ましい感情が生まれるにつれ、いつか彼女の心の中には、自分と相手とを同一人物のように重ね合わせるようにさえなった。美佐子が自分の分身となり、やがて必要な時に行憲を支えてくれる人となることを願った。

さと子という愛らしい幼子がいることも、二人を結び付ける上では却って好ましく思われる。現に、そのさと子は行憲を父親のように慕い、この所は橘家を親類同様にとらえている。夫婦の間に授からなかった子供が、新たに美佐子を迎えることで可能となる。かおるはそれを抵抗なく受け容れるばかりか、そうなることを切望する。行憲がさと子を実の子として愛することは疑う余地がない。もう既にさと子はこれまでの間に、半ば橘家の子になりつつある。こんな風に、美佐子を自分と結び付けることに助けられ、かおるは間近に迫る死と直面することが出来た。もはやそれの避け難いことを自覚しても、彼女は永遠の闇に吸い込まれてゆく不安に怯えることはなかった。必ずしもそこは急いで行く場所ではないが、かつて恐れていた暗黒の世界とも異なるように思われるのだ。この世で命を燃やし続けた者が、あらゆる情念を取り払って安らかな眠りにつく場と考えれば受け容れ易い。

夫が歌い終わるのに合わせるかのように、かおるの体はもたれていたソファーの背からがっくりと横に崩れ落ちた。

この光景を、橘は一瞬呼吸が止まる思いで見守った。彼は反射的にソファーに走り寄り、そこに身を投げ出す形の妻を抱き上げた。かおるはそっと瞼を閉じ、僅かに唇を開き掛けている。揺り動かせば、今にも微笑み返すであろう程穏やかで安らぎに充ちた表情を覗かせる。しかし彼女は、繰り返し呼び掛ける夫の言葉に応えることはなかった。痩せ細ったその体は既に硬直し、温もりのあるつい先程までのかおるとは違っていた。しばらくして橘は、妻が息絶え、帰らぬ人となってしまったことに気付いた。彼はそれを知って愕然とした。とうに予期していたこととはいえ、遂にその日を迎える衝撃は量り知れぬものがある。全身から一気に力が抜け、魂さえもが自分を離れてどこかを浮遊しているかと思われた。

息を潜める時に人はしばし呼吸を止めるものだが、死にゆく場合の呼吸の停止はそんなものではない。この厳粛にして深刻な事態に、橘は今自分の取るべき手立てを考えあぐねた。

もう如何程呼び掛けてもかおるが応答することはなく、彼は孤立する自分を強く感じた。たとえ病に冒されようと、これまではかおるの笑顔が常に目の前にあった。微笑み掛ければ妻もそれに応じ、二人は言葉を交わさずして心通わせ合うことが出来た。それがどうであろう、かおるの呼吸が止まると同時に、如何なる呼び掛けも空しい響きとして返ってくる。「死は愛する者同士を遮断する」という自明の理が、かくも冷徹に迫りくることに橘は打ちのめされた。

ただでさえ青白い妻の顔から血の気が引き、それは時と共に死に顔へと変わっていった。橘は改めて妻をしっかり抱き留め、変わり果てたその顔をいとおしげに眺めやった。そこでの彼の表情には、一人黄泉路へ向かう妻へのいたわりが覗いて見える。心細い思いで未知の世界へ旅立つかおるへの、限りない愛と慈しみがその顔に滲み出ている。冷たくなった妻の体に触れるにつけ、この先かおるが心の中でのみ生きる人となることを彼は認めた。この動かし難い現実をどこまで受け容れ、地に足を着けて生きられるものか、今の彼には予想だにつかない。どれ程心の準備をしていようと、こうした事例にあっては役に立たぬことを彼は教えられた。悲しみを癒すのは時の助けを待つ他はない、ということと合わせて。

湯灌を済ませたかおるの遺体は柩に納められ、橘は寄り添うようにその傍にあって朝までを過ごした。髪を整え、うっすら化粧の施された死者の顔には、この世の生を終えた者特有の荘厳さが見られる。闘病生活によるやつれは消え去り、かおるの表情には神々しいまでの気品が漂う。込み上がる悲しみを離れ、橘はそんな妻を美しく感じた。手元に引き止めたい気持ちはそのままに、かくも気高い妻を送り届けることに慰めを覚えた。その感情は自分自身にも説明し難く、今の彼の心境とは相容れぬものがある。それはそれとして彼は、死にゆく誰もがこんな表情をもって旅立つことが出来れば、死は必ずしも忌み嫌うものではないように思われた。この世を終えた者には次の世界が待っている。永遠に帰らぬ人となったかおると自分は、やがて近い将来、再びそこで逢えるという幽かな安心感すら芽生え始めた。

妻の死から通夜までの間、橘はまんじりともせずに過ごした。このため頭はかなり朦朧とし、そのせいもあってか、愛する者の死に向き合う悲嘆を幾分か回避することが出来た。かおるを失った後のことを、彼はこれまで何度か想像してきた。だが、それは余りに惨めで痛々しく、その都度彼はそれを途中で断ち切っていた。こうしてそれが現実となった今、彼は気を滅入らせながらもこの不幸を直視した。それを可能としたのは、意識するか否かはともかく、この間心の準備をしていたためであろう。かおるに小康状態を保つ時期はあっても、一貫して病の悪化は進行していたのである。言わばこの期間は、彼の受ける衝撃に一定のクッションを与えたことになる。

他方、妻がどんな精神状態でこの間を過ごしたものか、と橘は思いやった。彼が気掛かりとするのは、医師からの宣告を最後まで本人に伝えなかったことにある。それがかおるに苦痛を与えることになったものか否か、未だ不明として残る。事実を伝えぬことが、患者に苦しみをもたらすことは十分有り得る。家族の迷いはここにある。医師の見立ては動かし難いものと認める上で、橘もまた奇跡を願う多くの家族の中の一人であった。

告別式で妻の柩が霊柩車に運ばれる段となり、橘は抑えようのない感情に突き上げられた。その場に人がいなければ、彼は激しい慟哭で身を震わせていたかもしれぬ。だが、醜態を衆目に晒す訳にはゆかず、彼は必死の思いで感情の爆発を押しとどめた。それまでは無言のままとはいえ、かおるは彼と伴にあってその存在を肌で感ずることが許された。それ故、この時点での橘には、ここまでの進行を一つの儀式として眺めやる余裕が残っていた。所が、参列者による最後の別れを終えて柩が家を離れるに至り、容赦のない現実世界が彼を通常感覚に連れ戻した。その結果、妻の体が程なく灰と化すことへの痛みが彼を刺激したのだ。その瞬間彼の五官は震え、そのまま身が氷結するかと思われる絶望感に襲われた。最愛の妻との永遠の別れを迎える事実を突き付けられ、彼は平静を保つことの難しさに直面した。

橘の心情が尋常一様でないことは、母親に付き従って葬儀に参列するさと子にも察せられた。当然、彼女はこうした場を初めて経験する。人の死をまだ十分受け止められぬこの幼子にも、それがただならぬことであることは理解出来る。目を閉じて柩に横たわる慕わしいおばさんは、昨日までのその人とは明らかに異なる。それを見守る大人たちの顔は一様に深い悲しみを帯び、事の重大性を年端のゆかぬ少女にも伝える。まだ厳粛という言葉を知らぬ彼女にも、うっかり私語を挟む余地のない空気が流れていることを感じさせる。それは何よりも、彼女がおじさんと呼ぶ橘の表情に現われ出ている。さと子がこれまで接してきた橘は、柔和で暖かみのある優しさに満ち溢れていた。そのおじさんの顔がここでは、誰よりも険しく近付き難いものとなっているのだ。

「おばさんは死んでしまって、もう帰っては来ないのよ。遠いお空の彼方へ行ってしまうの。今日はそれをお見送りする日だから、さと子ちゃんもお母さんと一緒に、手を合わせておばさんとお別れしましょう」

さと子はこんな風に母親から言われて告別式に臨んだ。昨日まで命ある人が死にゆき、しかもその死が何故全ての人に訪れるものか、さと子にはいつまでも解けぬ謎として目の前に覆い被さる。大勢の人が集う場でありながら、そこでは誰もが寡黙となり、他を寄せ付けぬ程によそよそしい。自分を知る誰もが、視線を合わせると同時に笑顔を見せる普段とは大違いの感がある。これを取ってみても死は、人を悲しみの渕へ陥れるものだということが分かる。大人たちの顔から笑顔の戻ることがあるだろうかという疑念が、ひと時その場に身を置くさと子の頭を掠めた。おばさんが帰らぬ人となり、おじさんまでもが強ばった顔でいるようでは、この先橋家への出入りは難しくなる。それは即ち、今後のピアノ練習の中断を意味する。当面、母親にピアノ購入の余力のないことを知る少女には、見過ごすことの出来ぬ重大事である。親しいおばさんの死は自分に無縁なものではなく、こんな所にも波及しかねぬことを彼女は知った。もはや死者を呼び起こすことは出来ぬとしても、せめておじさんには、この悲しみを乗り越えて欲しいものだとさと子は願った。

野礼が済み、火葬場へ向けて関係者がそれぞれの車に乗り込むのに合わせ、コーラスグループのメンバーから死者に手向ける送別の歌が歌われた。

早過ぎるこの世の日々に別れを告げ
あなたは黄泉の地へ旅に立つ
はやそこに苦しみはなく
安らかな静けさだけが
変わらず漂う
見送る者の悲しみとは裏腹に

ああ　これが過去から繰り返されてきた
人の世の運命《さだめ》なのか
誰もがこれに涙を流し
残されし者の悲嘆を
味わってきたのだ
されど　この事実を屈せぬ今
美しくも気高く生きた
あなたを称え
いつの日か再び逢える日に
望みを託して送り届けよう

女性たちによる荘重な歌声は天上から降り注がれる如くに厳かで、亡き人を追悼するに相応しい敬虔な響きとなって死者を送った。日頃は、グループをピアノ伴奏で支える山科美佐子もこれに加わり、梨花やひづるらに交じってかおるの死を悼んだ。ここ最近、娘と共に橘家への出入りをしてきた彼女にも、この別れは身内のそれに変わらぬ痛みとなった。娘さと子がおばさんと慕うように、彼女もまたかおるを姉の位置に見立てていたのだ。年《とし》にひと回り以上の隔たりはあっても、彼女はかおるとの距離を感ずることなく交流してきた。親しく接する橘の妻という気安さもあったが、初対面から心許せる相手としてかおるを見ていた。

里方との不和で美佐子は、人生の隘路《あいろ》に追いやられる形を強いられた。寄方《よるべ》無き身の心細さは如何ともし難い。橘の呼び掛けでコーラスグループに加入したのも、そんな自分が身を寄せるにお誂えの場と考えたからである。実際そこでの活動は、仕事と子育てに埋没する彼女に安らぎと寛ぎをもたらした。女同士が顔を合わせる屈託ないおしゃべりも、日頃の閉塞感を多少なりと取り去ってくれた。今やこのグループ活動は、欠かせぬ生活の一部となっている。時々の朝の忙しさが苦にならぬ程、彼女はそこでの清々しい気分を歓びとした。

ただ、強いて言えば、グループのメンバーの多くは年が若く、子持ちの美佐子が慕われることはあっても倚り懸れる相手ではない。その点、かおるとの接触ではその立場が逆転する。相手を実の姉と位置付けることで孤立感は払拭される。娘共々橘家への出入りを繁くする結果、不安定だった彼女の心に将来を見通す余裕が生まれた。他者との繋がりを持たない弱い立場から逃れることが出来た。それは、手探り状態で始めた育児にも同様のことが言える。橘家との交流は、片親の愛情のみで育つさと子にも好影響をもたらしている。狭いアパートで身を寄せ合うように暮らす母娘二人の家庭から、さと子はこの家への出入りによって手足を伸ばし始めた。少ない収入に今も変わりはなくも、母と娘の毎日には希望の灯火が点るようになった。
こうした矢先でのかおるの死は、美佐子の行く手に暗い影を落とすものとなった。親しい者を失う悲しみに加え、ようやく掴んだ寄方を絶ち切られる思いがしたのである。希薄な人間関係の中で生きる彼女は、またしてもこの先孤立状態に陥るという不安を感じた。橘がどれ程妻を愛しているかを知る彼女には、コーラスグループの今後の活動休止という事態までもが見えてくる。

妻の骨壷を抱いて我が家に戻った橘は、通夜の晩同様寝室には入らずにその夜を過ごした。予期していた事態が遂に訪れた、という実感がひしひしとその胸に押し寄せる。語り掛ける相手はなく、無言で過ごす寂寥感が地の底から湧き上がる如くに彼を包む。それは彼にこの先毎日、そんな思いで一人の夜を過ごすのだと告げる。悲しみは涙を流すことでやり過ごすことが出来る。それは一時の痛みで鎮まるが、今の彼には涙位で事は納まりそうにない。強い力で胸が押し潰されるかのようで、しかもそれが時間を掛けてじわじわと迫ってくる。これが妻を愛してきた代償であるとするなら、余りに酷であると彼は感ずる。何故もっと踏みとどまってくれなかったのか、と橘は妻の写真に向かって訴え掛ける。もとより返事をするはずはなく、かおるは静かに笑みを浮かべるのみである。当然それは分かっていながら、なおも橘は何かを期待するかのように写真に見入る。その内、彼はいつしか無言の妻に呼び掛けていた。

ああ、かおる、もう君の息遣いを聞くことが出来ないなんて、こんな惨《むご》いことがあるだろうか。僕が語り掛けるのは、物言わぬ君の写真の前でしか許されないこの現実よ。短すぎるじゃないか、僕たちにはもっと長い時間が必要だった。語り合うことはまだまだ幾らでもある。たとえ沈黙の中でさえ、僕は君を間近に感ずることに歓びを覚える。僕の伴侶となって伴に歩んでくれた君が、こんな形で離れて行ってしまうことには耐えられないんだ。君はもっとこの世にとどまるべき人だった。それは僕のためだけでなく、君自身のためにも。君を奪ってしまった不治の病が、僕にはたまらなく恨めしく思われてならない。辛かっただろうね、さぞ苦しかったことだろう。けれども、病と闘う君は、ただの一度として弱音を吐くことはなかった。自分を苦しめる病気と向き合い、明日に希望を繋いで生きる君の姿に僕は打たれた。そこには、僕に対する優しい配慮があったのかもしれないね。迫りくる死をも恐れず、平常心で日々を送る姿を見せることで、僕の気遣いを取り除こうとしたんじゃないだろうか。実際君は、最後まで心乱す様子を見せず、全てを達観した賢者のような落ち着きすら見せていた。そんな君でも、或る時点で、自分の死の避けられないことに気付いていたことだろう。それはそうかもしれない。回復する兆しが一向表われない中にあっては、誰しもそこに考えが及ぶ訳なのだから。君がそこでどんな思いをしていたのか、僕はもっとそばにいて耳傾けるべきだった。所が、僕は君の口から死という言葉が出るのを恐れ、それを回避していたような気がするんだ。君以上に、などと口幅ったいけれど、正直僕はその言葉を恐れていた。君と死を結び付けるなんてことは、とても僕には出来なかった。だからどうしても君の前では腰が引け、夫らしいいたわりが欠けていたと反省する。こうして現実に死が二人を引き裂く結果となっては、もっとこれについて立ち入った話をすべきだった。一人暗い黄泉路を旅立つ君に、残された寂しさを嘆く訳にゆかないのは分かっている。死にゆく君に比べれば、僕にはまだ日の昇る毎日が巡ってくるのだから。しかしそれを重々承知の上で、僕は君に取り縋りたい。それは僕の甘えだろうか。ああ、かおる、君がこの世にとどまってくれるものなら、僕は何度でも君の名を呼び続けるだろう。

夜が更けゆくことも厭わず橋は、かおると肩を寄せ合ったソファーにもたれて妻の面影を追い続けた。体力の減退を覚えるようになって以来、そこはかおるが一日の中で最も長く過ごす場所となった。本を広げるにせよ、音楽に耳傾けるにせよ、最晩年のかおるはそこを自分の居場所とした。玄関に隣り合うそこに居れば夫の帰宅も直ぐに感じ、さと子の来訪にも素早く対応出来る。それを知る橘は、妻が残した温もりから去り難い思いで夜を過ごした。二日前のかおるの死からここまで、彼は宇宙の果てとの間を何度も往復するような気分を味わった。途轍もなく長い時間が体の中を摺り抜けてゆくようで、彼は自分を支えることの困難を感じた。と、彼は何かに揺り動かされて目を開いた。ひと時微睡《まどろ》みに陥っていたことに気付いた彼の耳元に、朧げながらかおると思しき声が囁き掛けた。

行憲さん、聞こえていますか、私の声が。私を愛して下さるあなたであるなら、もうこの辺りで私に休息を与えて下さいな。ここまでが、私にもたらされた地上の時間であったのです。ですから、精一杯生きた私にもはや心残りはありません。変わらぬ二人の愛は、たとえ私がこの世に身を置かずとも、崩れ去ってしまうことはないはずです。私たちが伴に寄り添い、慈しみ、手を取り合って生きた証は互いの心の中にあるのですよ。あなたがそれをいつまでも持ち続け、折々私を思い出して下されば好いのです。私はそれを願っています。行憲さんはまだ当分、地上の人として生きる歓びを見出すべきです。死に行く私は別世界で生きることになるのですから。私を想って下さるあなたに水を差す気はありませんが、あなたが嘆き悲しむ姿を見るのを私は望んでおりません。それは、今のこのひと時に納めて下さい。それより私は、ここまで積み上げた二人の思い出はそのままに、あなたが不幸を乗り越えて生きる姿を見たいものです。行憲さん、何に遠慮がいるでしょう。私が逆の立場であれば、恐らく一定の時間を必要とはしても、同様の選択をするはずです。どうか、明日を見詰めて生きて下さい。それこそは、亡き人への真の供養というものです。今回は、たまたま私が先に旅立つことになりました。死が、愛し合う者同士をこんな形で引き裂くことは世の常です。多くの人がその苦しみを余儀なくされてきたのです。その際誰もが、亡き人を終生想い続けることを強要されるものでしょうか。そんなことはないはずです。悲しみはひと時の涙で洗い流し、残された人は、思い出を心に留めて先へ進むのが道理です。嘆きはあなたに何ももたらしはしないでしょう。立ち上がることです、立ち上がってあなたは前へ進むのです。私はそれをあなたに求めます。

かおるの声はそこで終わった。橘は反射的にソファーから身を起こし、妻の姿が有りはせぬかと左右に目を凝らした。少し置き、それが幻聴であることを確認した後、彼は再び元の位置に身を投げ出した。ぼんやり前方を見据えるその目には、かおるが今のようなことを本気で口にするものかという訝りがあった。丸でそれは、自分に都合よく書かれた筋書きとも受け取れる。当然彼は、俄にその言葉に従おうという気にはなれない。しかもそれは、これから自在に生きようとする自分への弁解とも聞こえるのだ。妻を愛してきたと言いながら、死と共にそれを過去のものとすることへの後ろめたさも覚える。自分がそんな希薄な人間となることには抵抗がある。どれ程の打撃をこうむろうと、妻の思い出を胸にこの先も生き続けることを誓っていた。また、そうすることで、愛の強さを確認しようともしていた。それだけに、自分の意志とはそぐわぬ幻聴を耳にしたことに彼は意外を感じた。

その橘の前に、今度は昼間終えた告別式の情景が浮かび上がった。夫婦両家の親類縁者に加えて、親しいコーラス仲間も参列した。死者を送り出すしめやかな空気の中に聞こえる送別の歌が、今も彼の耳元に残る。葬儀を仕切る担当者の言動を白日夢の如く受け止める彼に、女性たちが響かせる歌声は感動的なまでに胸を打った。弱り果てた自身の心を慰めるものとして、これに勝るものは他にないとさえ思われた。彼女らが揃える美しいハーモニーは、何と崇高なまでに澄み渡っていたことか！　その歌詞も旋律も嘆きに終わらず、感情を超越した真実の心に貫かれているのだ。そこに歌われた言葉の意味を、橘は再確認するように反芻した。最後に、歌はこんな風に結ばれる。

この事実を屈せぬ今
美しくも気高く生きたあなたを称え

いつの日か再び逢える日に
望みを託して送り届けよう

橋はこの歌の意味する所を考えた。誰であれこんな別れの辞を受けたなら、心迷わず死後の世界へ旅立つことが出来るであろう。それは同時に、送る側にも類似したことが言えそうな気がする。事実に正面から向き合って死者を送り出した後は、これをけじめとして、それぞれがそれぞれの世界の中で生きてゆく。如何なる義務や束縛から離れ、両者の交流は心の中でのみ交わされる。死者と生者の理想の別れ方がここにある。確かに、大家の作る葬送音楽に比べ、ここには暗く重い引き摺るような絶望感は見られず、悲愴なまでの心情は抑制されている。この種の表現としては物足りない一面が残る。その一方、見送る者にはその後を生きる使命がある。しっかり大地を踏みしめ、明日に向けて羽撃くことが要求される。それを考えると、この歌は死者への敬虔な誠を捧げつつ、理性が挫けることのない配慮もなされていると見ることが出来る。こうしたことからつい今しがたの幻聴を、橋はこの歌との連動としてとらえた。仲間の女性たちがこの歌を選んだのは、純粋にかおるの死を悼んでのことであろう。が、それは結果として、橋の愁嘆に歯止めを掛けるものとなった。彼は改めて、幻聴の中での妻の呼び掛けに耳傾けた。時刻が未明に近い頃になり、橋はようやく寝室に入って身を横にした。

場面十三

若大路との恋敗れて半年が経過したこの間、ひづるの心の中に目立った変化が表われ出た。忘れようとしてもその面影を絶ち切れなかった彼女は、季節の移行につれてかつての夢を捨て去ることが出来るまでになった。つい最近ひづるは、若大路が二人連れで空港を訪れる姿に遭遇した。女の年恰好とその振舞いから、それが彼の妻であることは察しがつく。インフォメーションデスクから離れて歩くこの二人を、彼女はしっかりとらえて眺めやった。恐らくかつてのひづるであれば、これに目を背けていたことであろう。出張であれ海外赴任であれ、ひと時心許した男が妻と歩く姿には耐えられぬものがあるからだ。しかも、この世の幸せを独り占めする如く肩を寄せ合うその姿に、胸押し潰される思いがしたに相違ない。だが、典仁への愛を過去のものとしたひづるは、それに怯《ひる》むことなく二人を直視した。仮に相手がデスクに寄って話掛けようと、彼女はこれを一利用者として接する余裕すらその顔に覗かせた。

ひづるのこの変わり様は多分に、梨花と西原の新生活に影響される所が大きい。無理なく、地道に幸せな家庭を築く彼らの生き方は、それに背を向けてきたひづるを触発させた。この二人にはどことい って浮ついた所がなく、この先も互いの信頼を繋ぎ留め、仲睦まじく生きる未来を彼女に想像させる。歓びや幸せは一様でなく、選択肢は幾らでもある。梨花と西原がそれを実践しているようにひづるには映る。夫婦が自分の身近な所にいるだけに、それが自然な形で彼女に伝わる。

「私たちは歓びや幸せを自らの手で紡ぎ、織り上げてゆくのよ」

と、梨花の口にする言葉がひづるの心に浸透していた。

こうした心境の変化は、中原浩一郎の求愛に対する態度にも表われた。彼が示す誠意と真心に、ひづるは次第に頑なな姿勢を和らげていった。当初は常にその前に若大路の映像が立ちはだかり、素直にそれを受け容れることを妨げた。都会に住む洗練された高給取りに比べ、体に燃油の臭いを感じさせる中原には野暮ったさを覚えるのだ。航空機が乗客たちを憧れの地へ運ぶように、彼女もまた自分を一足飛びに夢の地へ誘う男に望みを賭ける。たとえ若大路に裏切られようと、彼女は次に現われる若大路に期待を寄せる。「夢は果てしなく広げましょうよ」と、順子とは事のある毎に語り合ってきた。「空の玄関口に当る国際空港に身を置くからは、地味な日々を送る結婚生活なんて考えられないわ」と、ここでも二人の意気は投合する。ダイヤモンドが微笑むように、我が身の口元もほころぶ将来図をひづるは描いた。

女の夢はそこに尽きると信ずるひづるにいつか、梨花や橘の日常生活を許容するゆとりが生まれた。殊に、一方が死と背中合わせの身となっても愛情を注ぐ橘夫婦に、彼女は惹かれた。男と女が利害を超えて愛し合う美しさは、ダイヤモンドの煌きにも勝る輝きとして彼女に映る。梨花が一早くそれを感じ、自らも実践していることをひづるは最近気付いた。そう思って中原を眺めやると、機体に燃油を注入する彼の仕事の重要さが見えてくる。それにより乗客たちは各自の目的地へ到達する。空港従事者の地味な仕事なしでは、全ての機能は麻痺する。それは決して空港に限らず、世の中全体に共通する。中原はその一翼を担っているのであり、収入の多少などは取るに足らぬことに思えてくる。

子供じみた夢を絶ち切り、自身も梨花に続くことを確認した所で、ひづるは中原にその気持ちを打ち明けた。彼女はスターライトで彼と落ち合い、多少ワインの助けも借りてかねての求愛に受諾を与えた。もはや自分の心に迷いはなく、いつまでも愛し合って幸せな家庭を築きたい旨を吐露した。秋の深まりと共に日の暮れが進み、スカイラウンジバーの向こうは夕刻から夜の闇を早めていた。照明を落とす店内もまた薄暗く、ひづるが胸の内を明かす雰囲気としては十分なものがある。彼女は遠くに映る航空機と中原とを交互に見やり、今度は自分自身が熱い想いで愛を伝えた。これまでの好意に感謝の念を示すと共に、長い時間を要したことへの理解を求めた。

相手からの初めての誘いに或る期待を寄せはしても、ここまでひづるの心が急展開したことに中原は驚きをもって聞き入った。彼は事実を確認しようと、目を見開いてひづるを見詰めた。それが、冗談でも偽りでもないことを知って言葉を発した。

「ああ、ひづるちゃん、僕は余りの嬉しさで胸が詰まって言葉が出ない。もう歓びが一杯で、この感激をどう伝えたものかもどかしく思う程です。確かに僕は君を待ち続けた。けれども、今のこの幸福感に照らして、そんなことは問題にもならない。待つことにも僕は幸せを感じていたんだから。君をこの目で間近にとらえ、短いながらも言葉を交わすだけで、得も言えぬ充実感が僕を包んでくれていたんです。熟慮のための時間は、きっと僕にとっても必要なものだったと思う。通り過ぎてしまった過去に比べ、二人の未来はずっと長い。それを確かで大事なものとするためにも、君にはそんな時間が必要だった。でもこれからはひづるちゃん、一人考えるのではなく、何事も二人が共有して進んでゆこう。西原さんたちが目指すものを、僕たちもこの手で紡いでゆくんだ。僕の出来ることには限界があるけれど、それを貫き通すことには自信がある。いつも僕の傍に君という人がいれば、ジェット燃料よりも強力な推進力になってくれるはずだからね」

「嬉しいわ、浩一郎さん、あなたが私を受け容れてくれて。これからはあなたに寄り添い、もう何も迷うことなく二人の未来に向けて歩むことが出来るのね。私はあなたを頼りとして生きてゆきます。歓びも悲しみもあなたと分かち合い、二人の愛の絆を揺るぎないものとすることを誓うわ。ふふふ……あらまあ、私ったら、まるで結婚式での誓約みたいなことを言ってしまって。これはちょっと早かったかな」

「ううん、ひづるちゃん、僕も式に先立ってそれを誓うよ。たとえダイヤモンドの輝きが失われても、二人の愛は永遠に続くように、と。そうか、とうとう僕は君の指に、ダイヤの指輪を嵌める役を与えられることになったんだ。ああ、何という幸せ。そんな日が来ることを夢見て、婚約指輪を贈る用意だけはしてきたんだよ、ダイヤの」

「ええっ……ほんとに、ダイヤの指輪をプレゼントして下さるの。嬉しいわ、浩一郎さん」

「無論、僕のことだから、順子さんが望むような立派なものは買えないけれどね。あの人は、何カラットもするダイヤの他に、金のネックレスや豪華なドレスも贈ってやらなければ気の済まない人でしょう。背伸びをしたって僕にはそこまで届かない。僕がひづるちゃんに贈り届けられるのは、雨風や年月の経過をもってしても錆びつかない愛情だけさ。これによって得られるものが、順子さんの望むものとどれ程の違いがあるものかは、何十年か先になってみなければ分からない。けれども、幸福感は重量によって量れるものではないはずです。どんな所にでも、またどんな形であれ、自分自身が幸せを感ずることが出来れば好いんじゃないだろうか」

「それを強力に支えてくれるのが愛情なのよね、金やダイヤモンドではなくて。今の私は、もう何十年も先を待たなくてもそれを理解出来るようになったんです。少し大人になったのかしら。所で来月は、いよいよ梨花ちゃんと西原さんが式を挙げることになるでしょう。内々の挙式を昼の内に済ませたその夜、私たち音楽仲間がこのビューホテルでお祝いすることになっている。これまでは、二人がどんな装いでパーティーに臨むのか興味津々だったけど、今はそれを自分自身に重ね合わせて胸がときめくわ。ねぇ浩一郎さん、これからのこと、色々お話しましょうね。私たちはあの二人に少し遅れを取っても、好いお手本として早く追い付きたいわ」

「今夜は、心の中に沢山のことが詰まってしまった。こんなことで眠れないとしたら、僕は幾ら寝不足になってしまっても構わない。航空機を地上にいて飛ばすことを業務とする僕が、今は自分自身が大空に飛び立っているような気がしているんだ。まだどこか地に足が着いていないというのが、本当の気持ちかもしれない。ひづるちゃんと将来を語り合えるこれからが、どんなに楽しい日々となることか」

胸の内を告白するひづるの目は熱く燃え、中原を見詰める眼差しには希望の光りが覗いていた。過去を振り切ったその瞳の中に、これから中原と築いてゆこうとする輝ける将来像が映し出された。この時点で二人を隔てる仕切りは取り払われ、恋人たちは変わらぬ愛を確認し合った。

入れ替わる客の接待に当る三村の耳に、男女の会話は跡切れ跡切れに入ってくる。彼らが互いに肩を寄せ合うその姿だけからも、バーテンダーには二人の親密な会話の内容は想像に易い。これまでひづるが中原に一定の距離を取ってきたことは彼も承知する。バンド仲間が恋する女の心をとらえたことを歓ぶ一方、複雑な思いに駆られて彼の気持ちは沈んだ。西原にせよ中原にせよ、次々恋の標的を射止めるのに比べ、我が身の侘しさが付き纏う。彼らが誠意を尽くして恋を成就させたというのであれば、自分にも同様の幸運が訪れそうなものだと三村は慨歎する。何気ない顔でカウンター席の客に酒を注ぐものの、明日の見えぬ自分に焦りを覚える。この先どこまでも、順子の心をとらえる当てのない日が続く。相手が手の届く位置にあるだけに、もどかしさと苛立ちだけが募る。今更、順子を諦めて他に目を向けることもならず、彼は恋の泥沼に足を取られる身の哀れを悲しんだ。

感情を押し殺してカウンターに立つ三村の目に、これから一人店内に入ろうとする橘の姿が映った。妻を亡くしてからというもの、それまでにも増して彼はここを訪れる。長く居続けて酔い潰れることはないが、ここは妻の死と向き合う彼の安らぎの場所となっていた。ひと時でもここで身を落ち着けることが、精神安定を保つ上で彼には必要な時間であったと思われる。「やあ、いらっしゃい」と三村が言い掛けるより早く、橘は人差し指を口に当ててそれを制した。次いで彼は隠れるように壁側に身を反らせ、改めて横目で店内に視線を送った。当然、その視界にはひづると中原の姿がある。互いに寄り添う形で言葉を交わす二人を見て、橘は自分が立ち寄ることの無粋を感じた。ひづるに想いを寄せる中原の心情は予て承知するだけに、ここで自分が中に割って入ることにはためらいを覚える。若い二人に恋の季節が到来することは橘の望む所だからだ。今がその機会であるなら、邪魔は回避すべきであるとの配慮が反射的に働いた。怪訝な顔で視線を送る三村に、彼は軽く手を振って踵を返した。

エレベーターを降りた橘は、やや俯き加減で足早に玄関方向に歩を運んだ。その顔には微かに笑みが零れ、恋人たちのロマンスがどんな発展を見せるのかと想像していた。

「あら、橘さん」

若い女の声に橘は顔を上げて立ち止まった。呼び止めたのはレセプションデスクに立つ雪乃である。

「どうなさったんですか、もうお帰りになるの、今しがたいらしたばかりだというのに」

「ああ、雪乃ちゃん、今日はこれで帰ることにするよ」

「おかしいわ、今来て直ぐ帰るなんて。何かホテルに不都合なことでもありましたか」

「いやいや、何にも。いつだってここのホテルは、僕の安らぎの場所となっているよ」

「それなら好いけど。でも、ちょっと気になるなぁ、お客様への持て成しを第一とするホテルとしては」

「はははは……雪乃ちゃんはすっかりホテルマンが板に付いてるな。感心感心、誰しも仕事はそれでなくちゃね」

「誉めて下さるのはその位にして、お差し支えなかったら話してくれませんか、橘さんが急にお帰りになる理由を。さもないと何だか私、心持ちが悪くて」

「ご免ご免、雪乃ちゃんに余計な気を回させてしまって。じゃあ、話そうかな、と言って大したことじゃないんだよ」

「ええ、何なりと」

「いつものようにスターライトに行ったことは想像がつくよね」

「ええ、そのためにいらしたんですものね」

「中に入り掛けた途端、肩を寄せ合う恋人たちの姿が飛び込んできたんだ。如何にも仲睦まじそうなひづるちゃんと中原さんのね。どうやら二人の仲は、相当進んでいる様子が見て取れる。そこに僕が立入っては、せっかくの雰囲気に水を差しかねない、と判断して戻ってきたという訳さ」

「ああ、そうだったの。よかった、安心したわ私。てっきりお客様の機嫌を損なうようなことがあったのかと、心配しちゃったんですもの」

「僕が入ったからといってどうということはないだろうけど、今日のあの二人を見ていると、そっとしておいてやりたい空気が強かったんだよ」

「じゃあ、ひづるちゃん、いよいよ中原さんのプロポーズを受ける気になったのね。これは忙しくなるわ。梨花ちゃんたちは来月だし、ひづるちゃんたちも直ぐその後ということになるでしょうから。どんな花嫁姿になるのかなぁ。早く見たい気もするし、ちょっぴり羨ましくもあるし、女心は複雑だわ。ああ、私ったら、余計なこと言ってしまって。橘さんは今、奥さんを亡くして悲しみを癒やそうとしている時機だというのに」

「なーに、そんなことは気にしなくて好いんだよ。コーラス仲間のお目出たは、僕にとっても嬉しいことだからね。こうした話題に触れていると、気が紛れて塞いだ心も晴れるというものさ。そうだ、これからは僕も、明るい気持ちでスターライトに足を運ぶようにしないといけないな。酒を涙や溜息に見立てるのではなく、歓びの友とするようでなければね」

「そうなると好いわ。きっと、亡くなった奥さんもそれを望んでいるんじゃないかしら。私たちのリーダーである橘さんに悲しみが付き纏っては、グループ全体が暗くなってしまうもの。若い女性たちの多いスカイコーラスグループにあって、橘さんはお父さんみたいな位置にあるんですからね」

「今日は、雪乃ちゃんに意見されるためにここに来たようなものかな。まあ、次に足を運ぶ時は、もう少し晴れやかな顔になっていることを約束するよ。自分でも、これではいけないと思っているし」

雪乃との短いやり取りの中で橘は、コーラス仲間に無用な気遣いをさせていたことに思い当った。規定の忌引きを早めてコーラス活動を再開させたものの、かおるに先立たれた痛手は思う以上に表に出ていたのだと反省した。仕事を終えて就寝までの時間を我が家で過ごすことに、ここまで彼は耐え難い胸苦しさを覚えてきた。家のどこにいても妻の面影が残り、今にも彼女の呼び掛けが聞こえてくるような気がするのだ。かおるの死からどれ程も経たぬこの時点でそれは、彼にやるせない思いを駆り立たせるだけなのである。それを逃れるために彼は、酒を飲む目的を離れてスターライトに足を向ける。カウンターに立つのが女ではなく三村ということも、彼には余計なことを考えずに済む気安さがある。しかも視線を前方に向ければ、空港敷地内の暖かい色合いの照明が目に入る。空港は彼が、生涯の仕事場と考えて選んだ舞台である。たとえ職種は変わっても、橘はそこに自分を一体化させることを生き甲斐とする男なのだ。それ故街中の酒場と違い、静かに音楽の流れるここは彼に安らぎと寛ぎをもたらしてくれる。
家路の途中橘は、妻の死によってさと子がピアノ練習から遠ざかっていることに思い当った。コーラスの練習を始めて美佐子とは顔を合わせながら、迂闊にもその事実を見過ごしていた。先方も彼の内情を気遣ってか、特にそのことに触れようとはしない。恐らくさと子は母親に、一日も早いピアノ練習をせがんでいることであろう、と彼は想像を巡らす。こんな所にも、我が身の立場を慮る余りの至らなさが見えてくる。そろそろ気持ちを切り換えるべき時だとする橘に、告別式の夜に耳にした妻からの幻聴が再び聞こえる。

嘆きはあなたに何ももたらしはしないでしょう。立上がることです、立上がってあなたは前へ進むのです。私はそれをあなたに求めます。

確かに妻の言う通り、嘆きは単に弱い自分を曝け出すにとどまる。それは、周囲の憐みを買うばかりである。この先自分の気持ちがどうなろうと、かおるを愛した事実は変わらず残る。さすればそれを思い出の中に閉じ込め、明日に希望を見出すことが努めと言えよう。そんな心境に傾きかけると、橘は急に目の前が大きく開けてくるように感じた。それと共に自分を縛り付けていた何かに解放され、足を前へ踏み出す仕草にも力強さが加わった。

橘は思い出したように時計を見た。時刻はもうだいぶ回っている。夜の遅いこの時間に美佐子の家を訪ねることにはためらいがある。彼は明日の早い時間に訪問し、かおるが持っていた自宅の鍵をさと子に渡そうと考えた。そのことで幼子はいつでも橘家のピアノを自由に使え、思いのままの練習が出来る。言わば、橘家へのフリーパスをさと子に与えるのである。しばらく少女をピアノから遠ざけていた罪滅ぼしとして、これが最良の方法であると彼は考えた。既に勝手知った家のこと故、それがさと子に戸惑いの種になるとは思われない。時間に制約のない自由な出入りにより、彼女の上達はこれまで以上に早まるであろう。本人は今から将来のピアニストを目指しているだけに、先々を想像することは橘の心をも弾ませるのだ。

スターライトで中原と言い交わした翌日、ひづるは歓びを隠しきれずに梨花を昼食に誘った。この友人こそは、彼女が誰よりも早く胸の内を共有したいと願う相手なのだ。若大路から受けた打撃をここまで支えてくれた友に、彼女は感謝の念をもって今の気持ちを伝えたかった。それを誰より歓んでくれるのが梨花であることを彼女は知っている。心傷付き、挫けそうになった当時、この友人がいつも優しく見守ってくれたことはまだ記憶に新しい。そのせいか以来ひづるは、梨花の方が自分より年上であるかのような感覚で相手と接した。自分が多分に未熟であるのに対し、梨花は賢く、物の分かった姉のような気がするのである。相手が先に結婚したことも、そんなひづるの気持ちを強める理由として上げられる。しかしそれは彼女に心地良く、この先も梨花に倚り懸っていたいという甘えが見え隠れする。

二人の女は、美佐子の勧める彩花の暖簾をくぐった。十二時を回って程ないために店内は混雑していたが、美佐子が手際よく席を選んで二人を案内してくれた。

「よかったわね梨花ちゃん、待たずに済んで。有難う美佐子さん」

「いいえ、忙しい二人を待たす訳にはいかないものね。今日は間近に迫った式のことでも」

「うん、それもあるけど、ちょっと梨花ちゃんの耳に入れておきたいことがあって」

「そう、じゃあごゆっくり、邪魔はしないわ。尤も、この混雑では邪魔のしようもないけどね」

「ふふふふ……帰り際に、美佐子さんにもお話しようと思ってるの」

「へえー、私に。じゃあ、また後でね」

美佐子がそそくさと客の応待に戻るのを見届け、ひづるは友人の方に向き直った。誰が声を張り上げている訳ではないが、混雑のせいか店内はどことなくざわついてみえる。ひづるはまだ注文の品のこないテーブルに両腕を載せ、少しばかり前かがみになって梨花に顔を近付けた。

「聞いて欲しいの梨花ちゃん、だからこうして誘ったのよ」

「そうでしょう、今日のひづるちゃんは、丸で宝くじにでも当ったような顔してるもん。明るく晴れ晴れとして、心弾んでいる様子は一目瞭然、誰にだって分かるわ」

「そんな風に見えて」

「うん、図星でしょう」

「まあね。でも、勿論当ったのは宝くじなんかじゃなくてよ、私が射止めたのは彼の心。中原さんのプロポーズを受けて私、彼と結婚することを夕べ決めたの。スターライトで事実上の婚約をしたって訳、彼も歓んでくれたわ。私たちそこで、将来を固く誓い合ったの。もう私に迷いはないし、彼を生涯愛し続けるわ。ねえ梨花ちゃん、これからも私を見守って、そしていつまでも好いお友達でいて頂だい」

「そうだったの、よかった。おめでとう、ひづるちゃん。きっとなるわよ、幸せに。中原さんは好い方だわ、西原もあの人とひづるちゃんが一緒になることを願っていたの。ちょっと回り道をしたようでも、決してそれは無駄なことではないはずよ。入社以来変わらぬお友達でいる私たちだもの、これからも手を取り合って進んでいきましょう。ひづるちゃんが間近にいることは私にとっても心強いし、何でも明け透けに話せるお友達は必要だもの」

「嬉しいな、その言葉を聞いて。友情は男女の婚約と違い、誓いを立てるべきものではないかもしれない。それでは義務が生じて、どこか窮屈だものね。多分、自然な形で当事者がそれを感じ、親交を深めてゆくものなんでしょうね。私たちもこの先、そんな風に友情を育める仲でありたいわ。互いの職場が成田空港を離れることがない限り、いつでもこうして顔を合わせることが出来る訳だし」

「ひづるちゃんもこの先ずっと働くつもり、私みたいに」

「勿論よ、子供が出来てもね。二人して働けば、夢はそれなりに叶えられるもの。私ね、この頃梨花ちゃんが言うように、それを自分の手で紡ぎ、織り上げる歓びを知るようになったの。あなたから見れば今頃、と言われそうだけど、降って沸いたように手にするものより、たとえどんな小さなものでも、愛する人とそこに向けて心傾けることの大切さに気付いたのよ。恐らく順子さんはその内、すてきなお金持ちと結婚して理想の人生を手にするでしょう。それはそれで好いとして、後日彼女と自分を比べた時に、何ら引け目を感ずることのない結婚生活にしたいと考えているの。その自信は十分あるし、何十年か後に、やっぱり中原さんと結婚して良かったと思える家庭作りを目指すつもりよ」

「頼もしいなぁ、ひづるちゃん。その意気込みは私にも十分伝わってくるわ。近くに目標・遠くに夢——私この言葉が大好きなの。間近に置く目標を一つ一つ越え、やがて遠くに見据える夢に近付いて行く。ちょうどそれは、陸上のハードル競技を連想させる所があるでしょう。人それぞれ夢の大きさも種類も異にする。それはともあれ、夢があるってことが幸せなのよね。順子さんは今も大きな夢を引き寄せようと挑んでいる。その果敢な挑戦意欲には、敬意を払うべきものがあるかもしれない。でも、夢は大きさを問題とするものじゃないから、私たちはそこにとらわれる必要はない訳よ。我が道を行く――で好いんじゃない」

二人が気持ちをのせて話を進めている所へ、注文の品が運ばれてきた。互いに顔を近付け、すっかり身を乗り出して言葉を交わす様を見て美佐子が言った。

「まだ早かったかしら、持ってくるのは。だいぶ話が弾んでいる様子ね、それも単なる世間話でもなさそうな」

美佐子はトレーに載せた器を手にしたまま、直ぐにはテーブルに置く気配もなく二人を見やった。ひづるも梨花も初めて話にのめり込んでいた自分たちに気付き、両者同時に顔を上げて美佐子に視線を向けた。

「戴くわ、美佐子さん。話はしても、お腹の空いていることに変わりはないもの」

「そうよね。はい、召し上がれ。私たちの体はうまく出来ているわ。時間がくればお腹も空くし、眠くもなる。嬉しいことがあれば自ずと口元はほころぶしね」

「そのほころんだひづるちゃんの口から今、楽しいお話を聞いた所」

「じゃあ、何か好いことがあったのね。それを、私にも聞かせてくれようとしていたというの」

「お気遣い頂いた美佐子さんにも、ご報告しておかなければいけないと思って」

「さあ、私がそんな気遣いをした覚えはないけれど」

「実はね、美佐子さん、ようやく私決めたんです、中原さんとの結婚を」

「ええっ、そうだったの。ああ、今日は何て好いニュースを聞いたんだろう。おめでとう、ひづるちゃん。よかったわね。幸せになって。きっとみんな、コーラスグループの人たちも歓んでくれるわ。うちの店に来るひづるちゃんが食事を終えた後、決まって展望デッキに出て向こうを見やる後姿が気になっていたの。色々考えているんだなあって思っていたけど、とうとうこんな形で話が纏まるなんてすてきなことよ。お目出たは幾ら続いても好いんだから。もう式の日取りも決めているの」

「ううん、それはこれから。でも、出来るだけ早い方が好いと思うので、年明け早々にはって、中原さんと話した所」

「そう、楽しみだわ、梨花ちゃんに続いてひづるちゃんの花嫁姿が見られるなんて。きっとうちのさと子が二人を見たら、私も早くお嫁さんになりたい、なんて言い出すんじゃないかな。ふふふふ……」

「さと子ちゃんに気に入ってもらえるかどうかは分からないけど、私も梨花ちゃんと同じように、ビューホテルで音楽仲間の人たちとパーティーを開きたいと思っているの。それも、もう中原さんとは了解済みのこと。その時は是非いらして、さと子ちゃんを連れて」

「うん、勿論。何だか、身内のことのように私まで心浮き立ってくるな。まずは来月の梨花ちゃんね」

「私たちはもう籍も入れて、実際の結婚生活に入っているので、花嫁姿になっても余り感激が湧かないんじゃないかと心配してるの」

「そんなことないって。姿形を整え、花婿共々神前で誓いを立ててご覧なさい、自ずと厳粛な気分になるものよ。それはそれは不思議な程にね。まあ、感動的と言っても好い位かな。生涯でそれ程感動することはそうないと思うわ。後は夫婦のどちらも、その気持ちをいつまで持続させることが出来るかどうかということよ。忘れずに、ね」

「ふふふふ……それは大丈夫」

美佐子を加えた女三人の会話は尽きぬ体であったが、残り少ない休憩時間を前にその辺りにとどまった。

食後、晴れやかな顔でそれぞれの持ち場へ向かう若い二人を、美佐子はやや羨望を交えた眼差しで見送った。楽し気に去って行く彼女らの気分が乗り移ってか、美佐子の脳裡にも、自身の挙式当時の場面が想起された。愛する男と結ばれた時には、それによってその後の全てが順調に滑り出すものと信じていた。夢は大きく脹らみ、甘く蕩けるような日々がしばらくは続いた。そうこうする内子供が出来、家庭という人生の基盤がほぼ固まったかに思われた。主婦として彼女は子育てに専念する。当然のこととして、彼女の意識は妻から母親へと変化する。所が、これが夫の不興を買う。彼は家庭に帰る歓びを忘れる。更にその心は日を追って妻から離れ、夫婦の間に亀裂が生ずる。遊び心から出た夫の浮気は本気になり、男は次第に家庭を顧みなくなった。その結果、どこにでもある擦った揉んだを繰り返した末に破局を迎えた。こうした自身の苦い経験に照らして美佐子は、新郎・新婦が神前で誓いを立てることの意味を考えることがある。誰しも皆その場では神妙な顔付きになる。身が震える程に純粋な心境にも達する。にも関わらず、それが時と共に色褪せる現実に彼女は哀しさを覚える。しかし、梨花とひづるが選んだ二人の男に限って、そんなことはあるまいと美佐子は思った。彼女たちは賢明な選択をしたのであり、自分にはその慧眼に欠けるものがあったのだと苦笑した。

場面十四

既に結婚生活に入って半年が経過するだけに、香取神宮での式に臨む梨花と西原には落ち着きが見られた。親類筋の見守る中、二人は余裕をもって神前に進み出で、神官の祝詞を神妙な面持ちで聞き入った。頭部をすっぽり綿帽子で被った梨花の視線は、幾分伏目がちのまま足下近くに注がれた。堅苦しい祝詞に耳傾けるにつれ、彼女の心は清々しい程に澄み渡る。と共にこれは、単なる儀式ではないという改まった気分も湧き上がる。美佐子が言う程の感動には至らないが、引き締まった緊張感が生まれたことは事実である。この日が自分たち夫婦の出発点になる、という決意もそこに含まれる。愛する男を真横にするその瞳には、これから築き上げようとする将来像が広がっていた。

厳かな神域での挙式は恙《つつが》なく執り行われた。釣瓶落としと言われる秋の日は、昼下がりを過ぎる頃にはぼんやりと霞んだ。だが新郎・西原の目に、そこに立つ妻は夏の日を見る程に眩しく映る。辺りが時間と共に暮れゆく中でも、彼は艶やかさを放つ梨花の花嫁姿に心奪われた。陶酔の眼差しを向けるそんな夫に、梨花は絶えず柔和な笑みを浮かべて応えた。そんな新郎・新婦を、列席者たちは競うようにカメラに収めた。やがて宴席に座は移り、ここでもカメラのフラッシュは時々に焚かれた。若い二人は、身内の者を中心とする披露宴での役割を見事に務めた。着慣れぬ婚礼衣装に身を包む彼らに、とりわけ、着付けに多くの時間を要する花嫁にこの一日は長い。それでありながら、それは心地良さを伴う長さで、彼ら二人はむしろそれを楽しんだ。それもこれも先に実生活に入ったことで、無用な緊張感から解放されたためと思われる。その分感動は薄らいだにせよ、結果として式を後にしたことは悪くなかった、と梨花はこの日を振り返った。

文字通り儀式ばった日中の挙式後、新郎・新婦は次の会場となるビューホテルへ移動した。友人・音楽仲間との打ち解けたひと時を過ごすために、一階に常設された氷の教会と銘打つ「オーロラ」がまずその舞台となる。このオーロラは照明により、極北の白夜さながらの景観を映し出す。椅子もテーブルもカーテンも幻想的で凍るような水色を帯び、部屋全体が正にオーロラ世界の神秘な煌きを醸し出すのだ。更に、床は一面氷河を下にするかの感があり、天井はプラネタリウムを仰ぐ如くに星が輝く。

新郎・新婦を囲む楽しいおしゃべりと食事を共にする場として、ホテル内は会場を選ぶのに事欠くことがない。宴会場は大・中・小と様々なグループに対応出来、レストランも和・洋・中華が揃っている。どこでどんな形を取るかは雪乃に一任された。彼女は様々構想を巡らした末に、次のような提案を出した。初めにオーロラで若い二人の門出を祝う。ここで適宣写真撮影を済ませた後、隣り合うレストラン「パティオ」の一角で立食に入る。多くの者たちが集える八時を開始時刻とし、この間、夫妻は昼間の疲れを取るための休息とする。元々勝手知った雪乃のこと故、梨花と西原は即座にこの案に賛同した。

招待客は七時半前後から三々五々参集した。この日が休暇に当っている者は少なく、多くは仕事を終えて駆け付ける者たちばかりである。彼らは皆、日常のカジュアル服から正装に着替えている。その中で、我が娘の手を引く美佐子母娘の姿は人目を惹くものがある。結婚式が晴れがましくもまた歓ばしいものであることを、この四歳の幼子は理解しているかのようである。合唱コンクールの際と同じピンクのワンピースを身に着けたさと子は、時折手を放しては母親の前を飛び跳ねてみせる。恐らく彼女は、おめかしをして出掛けることにより、それがどういう性質の行事であるかを直感するのであろう。無論、四歳にもなると結婚の意味はともかく、言葉としてそれが歓ばしいものであることを察知する。別けても、当事者二人が艶やかに着飾り、周囲の者から祝福されるものであることは承知するのだ。

招待客の数が増えるにつれ、氷を連想させるオーロラはそれとは逆に熱気を帯びた。会場が作り出す独特の雰囲気に惹き込まれる者もあれば、早くも主役の入場にさきがけてカメラを構える者もある。時間を合わせて伴に会場入りしたひづると中原は、他の者たちより一歩下がってこの場の様子を眺めやった。年明けには自分たちが主役に回るだけに、どうしても招待客になりきれぬものがある。自身は言うに及ばず、列席者をも満足させる演出を二人は無意識の内に考える。

「写真ではこの情景を見ていたけど、実際の空間に立ってみるとより印象が強まるわ。この涼やかな透明感がもたらす荘重な雰囲気、浩一郎さんはどう思って」

「うん、悪くないね。清澄な空気が漂って、一切の不純物を取り除いたかの感さえある。永遠の愛を誓う者の舞台として相応しいんじゃないだろうか」

「もう直き梨花ちゃんと西原さんが入って来ると、それが一層浮き彫りになってくるのね」

「僕たちの時はどうするか、それを見て決めようか」

「そうしましょう。これ以上のものが他に考えられなければ、西原夫妻に倣ったって好いんだものね。私たち、あの二人と張り合おうなんていう気はないんだから」

場馴れと共に緊張がほぐれ、そこここで輪を作る者たちの会話は跡切れることなく続いた。その雑多な音声は、やがて雪乃が先導する新郎・新婦の入場によって鳴り止んだ。ここでの二人は伴に洋装に着替え、純白のウエディングドレスに包まれた梨花には、周囲から一斉に溜息が洩れた。軽い騒めきの中であちらこちらから、「綺麗」「すてき」という賞賛の声が連発された。先程まで動きの止むことのなかったさと子も、さながら氷結したかの如く花嫁を見上げた。それは、この幼子が生涯に味わう最初の感動とも言えよう。この時のさと子には、ウエディングドレスが美しいのか、それを着る花嫁が美しいのかの区別はつかない。ともあれ、多くの少女に共通する花嫁姿への憧れが彼女にも芽生えた。やがて我に返ったさと子は、急ぎ足で花嫁の足元にまで近付いた。彼女はそこで下から上へと梨花を見詰め、今しがた自分の胸を突き抜けていった不思議な感情を確認した。

これまでにさと子は、しなやかな指使いで自在にピアノを弾く母親の姿に陶酔したことはある。そこに子供なりの美しさも感じてきた。それに比べ、ここでの感動は明らかに異なる。それは、彼女の小さな心を揺り動かすものであり、これ程に自分を魅了するものが他にあるとは考えられぬものでもある。眩しいまでの純白の衣装、惹き込まれそうな程神々しい姿形――それらは誰よりも慕う母親にすら見出し難い。花嫁にさえなれば、将来自分にもこの感動が呼び起こされるものだろうか、という問い掛けが彼女の脳裡をよぎる。その視線が梨花のそれと合致するや、思わずさと子の口元から笑みが零れた。それに合わせて花嫁からも笑みが返され、少女はそこにふわりと自分を包み込む幸福感を味わった。それに押されて彼女は、大事なものに触れるように両手で花嫁の手を握り締めた。その感触は予期していた通り、得も言われぬ程の温もりと優しさに満ち溢れている。花嫁に与えられたあらゆる栄光を享受しようと、幼子は甘えるように梨花の体にしな垂れ掛かった。

先程来、誰彼ということなく来場者のスナップ撮りをしていた橘は、素早く人を掻き分けてこの情景を写し撮った。彼が二、三度シャッターを押すのに合わせ、一同は堰を切って新郎・新婦に近寄った。ぐるりと取り囲まれた二人は、一々応えてはいられぬ程改めて皆から賞賛と祝福を受けた。この晴がましいひと時に、梨花と西原の口元は終始笑顔がほころぶ。二人は頷き合って思いを伴にし、目と目を見交わすことで意志疎通をする。何処も同じ花嫁への人気は高く、梨花は何度も皆の写真撮影の要望に応える。この間西原は彼女から少し離れ、バンド仲間らとの談笑に加わった。しばらくの間氷に被われたかのオーロラ内は、燃え上がるのではないかと案ずる程の賑わいとなった。

そうする内にも橘は、用意の花束を取りにレセプションに出向いた。

「もうお持ちになりますか」

雪乃は橘の姿を見て先に声を掛けた。主役を先導した後の彼女は次の立食会場のセッティング状況を確認し、ひとまずレセプションデスクに戻っていた。

「うん。写真撮影たけなわといった所だけれど、放っておけば明日の朝まで続きそうな気配だからね」

それを受けて雪乃は、奥からバケツに差しておいた花束を持ってきた。馨しくもまた華やいで見えるその束は、百合を中心とする大輪の花々で纏められてある。彼女は雑巾で水の滴りを拭い、「はい、どうぞ」と橋の前に丁重に差し出した。それが如何にも新郎に手渡すような仕草であるため、橋は思わず苦笑した。

「雪乃ちゃん、僕は西原さんじゃないんだから、そんな丁寧な手渡しは合わないよ」

「そうだったかな。橋さんが梨花ちゃんへ贈る時の、ちょっとした予行演習になるかと思ったんですねど」

「いいや、その役は僕より、次に花嫁になる人の方が相応しいんじゃないかな」

「なる程。となると……ひづるちゃんを置いて他には」

「多分ね、もう機は熟しているんだよ、あの二人。端で見ていてもそれがよく分かる」

そろそろ立食に移っても良い頃と考え、雪乃は橋と共にオーロラに戻った。どれ程時間が経過しても、来場者が花嫁を取り囲む光景は続く。この日の接待役を任されはしても、雪乃は仕事を離れて他の者と同様に振舞う訳にはゆかない。どこまでもホテルマンとして距離を置き、パーティーの進行に気を配ることのみが求められる。彼女はオーロラに入ると全体を見回し、少し声を高く上げて皆に呼び掛けた。

「それでは皆さん、ちょっとこちらをご注目下さい。そろそろ隣のレストラン・パティオに移りたいと思います。その前に、新郎・新婦に花束の贈呈を用意しております」

これを聞いて場内から一斉に拍手が湧き起こった。西原は友人たちから離れて梨花と並んだ。花束を手にするのは橘であるため、皆の視線は当然のこととしてそちらに向けられた。

「で、その贈呈役をして頂くのは、次の花嫁候補のかたが相応しいと思われますが、皆さん如何でしょうか」

雪乃のこの提案にそこここから、「えっ」「誰っ」といった声が洩れた。一同互いに顔を見交わし、投げ掛けられたクイズの謎解きでもする如くに想像を巡らせた。自分の呼び掛けに反応する来場者を見回し、雪乃はにんまりとした笑顔を見せた。程良い間を置いた後、雪乃に代わって橘がひづるの前に歩み出た。

「この役はひづるちゃんを置いて他にないよね、お願いするよ」

橘からの花束を受け取ったひづるは直ぐには動かず、その場で中原と顔を見交わした。二人は満面の笑みを浮かべ、この日の主役は自分たちだと言わんばかりにポーズを取った。その仕草から如何なる説明もなしに、誰の目にも好ましい二人の状況が伝わってゆく。今度もまた、先程に劣らぬ盛大な拍手が場内に響いた。それは事実上、婚約者となった二人への祝福と言えよう。辺りには二重のお目出たの空気が流れる。十分にそれを汲み取った上で、ひづるは新郎・新婦の前に進み出た。花束はまず西原の手に渡り、次いで彼から梨花の両手に抱かれた。その瞬間、どこからともなくカメラのフラッシュが焚かれた。その尖光は、あたかも天上からの星の瞬きのように映る。梨花の瞳も輝いて見える。この時、人々の頭上を越えて美佐子の声が届いた。

「梨花ちゃん、歌って、嫁ぐ日の歌。好いわね、伴奏するわよ」

そう言っておいて、美佐子は娘と共に隅に置かれたピアノに向かった。彼女はさと子を傍に立たせ、梨花とアイコンタクトを取った上でピアノを奏でた。

いつの日かあなたとめぐり逢う
その日を夢に見て今日迄待っていた
鏡の向こうに微笑む花嫁姿は
過ぎし日に描いた憧れの姿
胸はときめき心は踊る
どこまでも果てしなき道
手を携え歩いて行くの
いつまでもいついつまでも
変わりなき幸せを祈る

花束を両手に抱いて

あなたと並ぶ晴れの日を今日迄待っていた
忘られぬ初めての出逢い見詰め合う眼差し
昨日のように思い出が映る
交わし合う指輪に想いを込めて
どこまでもあなたと共に
愛し合って歩いて行くの
いつまでもいついつまでも
変わりなき幸せを祈る

梨花が二番までを歌い終わった所で、この場の空気は最高潮に達した。繰り返しの旋律となる最後の二行は、全員声を揃えての大合唱となった。花嫁が歌い上げる「嫁ぐ日」の幸福感は、そのまま全ての者たちの胸に伝わってゆく。心地良い陶酔が聴く者一人ひとりの心と体に染み渡る。次の会場へ一同を案内する役の雪乃自身、自分の務めを忘れて一瞬夢見心地の境に率いれられた。うっとりとした気分から自分を呼び覚ました彼女は、気持ちを整えて準備の出来たパティオに皆を送り出した。

立食パーティーでは幾つかのグループが作られ、しばしの歓談を終えて別の輪に入ってゆく者もある。上下関係のない気心の知れた者同士の集まりだけに、いずこも楽し気な談笑で参加者の顔はほころんでみえる。新郎・新婦は別々にそうした中を回り、友人たちとの屈託のない会話に加わった。

妻を亡くして間のない橘も、この祝宴には何蟠りなく溶け込んでいた。まだ悲しみを完全な形で乗り越えたとは言い難いが、ようやくそこに一定の区切りをつけることが出来るまでになっていた。それまで妻の遺品に何一つ手付かずでいた彼が、ひと月も経て不用品の処分を始めたのもその証である。それを進める途上で彼は、遺書ともつかぬかおるの手紙を発見した。これを通して橘は、より早い段階で妻が自分の死を覚悟していたことを察知した。その事実は彼に痛みをもたらすと同時に、かおるの意を汲んで早期に悲しみと決別することを促すものとなった。

宴たけなわの中で橘は、さり気なくそこを抜け出て十一階のスターライトに足を運んだ。先程来彼はこの場に、三村慎二のいないことに気付いていたのだ。三村の下にも招待状は届いているはずである。代わりを頼めば、休暇を変更することでパーティーに顔出しすることは幾らも出来る。あえてそれをしない彼は、通常勤務に就いていることを意味する。それが橘にはいささか気になる。ウエディングドレスの梨花は別格として、この日の戸叶順子は目を見張る艶やかさがある。誰もが相応に着飾り、美しさを競う中で順子はひと際群を抜いている。長く垂らした普段の髪を下から巻き上げ、若さよりも大人の気品を漂わせるかの工夫が覗く。化粧も減り張りが利いて、いつもよりは明らかに派手さが目立つ。男ばかりか、同性の者たちからも注目される所以である。そんなことから、ヒールの高い靴を履く今日の彼女には、近寄り難いものを感じさせる。この順子に熱を上げる三村が、その姿を目にしないというのは何とも惜しまれる。たまたま代わりが取れないのか、それともあえて出席を避けているのか、橘はあれこれ思いを巡らせながらスターライトに入っていった。

店内には、客三人の姿が見える。その内二人は、支払いを済ませて立ち上がろうという所であった。橘とその客とは、ちょうど入れ違いの出入りとなった。

「やあ、いらっしゃい」

三村は目敏く橘を認めて声を掛けた。その表情も声の調子も普段の明るさが覗いている。

「もうお開きになったんですか、パーティーの方は」

三村は時間を確認するように時計をみた。

「ちょっと早いように思いますが」

「うん、まだ続いてはいるんだ。みんな楽しそうにやってるよ、心おきなくね。何しろ新郎・新婦の友人、知人だけのお祝いだから、僕なども知った顔の方が多い位でね。その中を回って、もう写真を何枚も撮ってきた。ただ、そこでふと気が付くと、君の姿が見えないじゃないか。この時間だから、代わりがなければ出られないのは分かっている。でも、頼めば何とかなるんじゃなかったのかね」

「ああ、そうでしたか、ご心配頂いて恐縮です。確かにそうではあるんですが、僕は当初からパーティーには出ないと決めていたもんで」

椅子に座って三村と向き合う橘は、怪訝そうに相手の顔を仰ぎ見た。それまで通常の表情を浮かべていた三村が、その言葉と共に幾分影を落としたのを橘は見逃さなかった。そこには何かを秘めるような寂しさが漂い、まだ十分に若い彼の顔にそぐわぬものが垣間見られる。橘が直ぐには言葉を返さないのを見て、三村はいつもの決まった客の飲物をカウンターに置いた。

「まあ、どうぞやって下さい」

橘はグラスに口を付け掛け、思い返したようにそれを下に置いた。

「梨花ちゃんの花嫁姿の美しいことは言うまでもないけれど、今日の順子さんは別人の感があってね、息を呑む思いをしたのは僕だけじゃなかったかもしれない。あの人がここまで変わるものかと感心してしまった。ちょっと見てみないかい、君にと思って何枚か写してきたんだ。雑な撮り方はしても、彼女の魅力はこの写真でも余す所なく伝えられると思うので」

橘はそこでデジタルカメラをカウンターに置き、早く見るよう目で促した。言われて三村はカメラに視線を落とした。が、彼がそれを手に取って操作するまでには幾らかの間を要した。その内、幾つかの場面を拾い出していることは橘にも分かるが、それを見る三村の表情に輝きはない。如何にも気乗りのしない様子が端目にも伝わってくる。橘は拍子抜けがした。直ぐにも順子の写真に見入る三村を想像していただけに、この有様は想定外と言える。

「みんな楽しそうですね、この写真の中からそれが伝わってきますよ」

「その楽しいパーティーに、どうして三村君が出ないと決めていたのか分からないな。何か思うことでもあってのことかい」

「ええ、この機会だから、橘さんにもお話しておきましょう。実は僕は、ここでの仕事を辞めて東京へ出る決心をしたんです」

「東京へ」

「はい、今月早々ホテルには辞職願いを出しました。ですから、バンドグループでの活動も終わりになります。短い期間でしたが、橘さんとお知り合いになれたことは僕にとって好い思い出になります。コーラスグループの皆さんとの活動はとても充実した時間でした。ボランティア活動が出来たのもそのためでしたから」

「で、東京に出て何を」

「音楽学校に入る予定にしています。僕の夢はプロのサックス奏者になることです。これまでその道が開けず、ずるずるここまでこの仕事を続けてきました。多分年齢的に、これ以上先延ばしすることは出来ないでしょう。今が最後の機会と思って東京へ出ることを決めたんです」

「幾つだっけ、三村君は」

「もう二十七ですよ。独自に勉強はしてきましたけど、ここにいてはただの愛好者の域に終わってしまいます。どうなるかはともかく、後で悔いの残るようにはしたくないんです」

「そうか、どうも君のサックスは並みの音色じゃないと思っていたけど、そういうことだったんだね。それにしてもよく思い切ったね、順子さんのこともあるのに」

「正直の所を言ってしまうと、僕はあの人に振られました。それで、彼女の心を掴むことは無理だと分かったんです。これ以上どれ程愛の告白をしても、順子さんの胸には届きません。遅ればせながら、ようやく僕はそれを知りました。彼女が求めるものが何であるかを分かってみると、もう僕がここにいる意味のないことは歴然としています。それならばこれを機に、東京へ出てやれるだけのことはやってみようという気になったんです。あれこれ探している内に音楽学校も見付かりました。呑気に学業だけという訳にはいきませんので、夜はまたこんな風な仕事で働くつもりです」

「大変だね、体をこわさなければ好いが」

「好きな道に進む訳ですから何も苦にはなりません。そのためにも、今のこの若い時期が最後のチャンスだと思ってるんです。東京での生活は楽しみですし、却って刺激になることが多くて、自分の目を覚ましてくれるんじゃないかと期待もしています」

「その意気込みがあれば自ずと道は開けそうだね。僕も陰ながら応援するよ、いつかプロ奏者としての三村君の名が出るのを楽しみに。そうだ、もしよければ、このデジカメから順子さんの場面を写真にしてあげようか。手近に置いて、お守り代わりにするというのはどうかな」

「本音はそうお願いしたい所ですが、それは止めておきましょう」

「何故、東京に出ても、ここに写る順子さん程の人はそう多くはいないと思うけど」

「そうかもしれません、今もって順子さんは僕にとって永遠の人です。でも、もうあの人は現実の人ではないんです。僕は彼女を過去の人として、記憶の外に押し出さなければいけないと考えています。これからはあの人に縋るのではなく、しっかり目の前の現実と向き合って生きてゆかねばなりません。ですから、順子さんの亡霊を追い掛けるのは止めにしようと思うんです。縋るのは自分の可能性のみにして」

「やあ、余計なことを言ってしまって気恥ずかしいな。どの道彼女は君が東京に出ている間に、それもかなり早い時期に、好い相手を見付けるだろうからね。その人を大事に想い続けても仕方のないことなんだ。確かに早く忘れて、新たな永遠の人を見付けることの方が賢いと言えるね」

「さあ、そううまくはいかないでしょう。向こうでの生活は、時間にも気持ちにも余裕のないものになりそうですから。でも、それが今の僕には望ましいのかもしれません。つまらないことは考えず、ひたすら目標に向かって進んで行く。そうすることによって、自ずと夢も見えてくるんじゃないかと思っています」

「頼もしいな、三村君」

自分の決断と意気込みを話す三村の表情からは、次第に先程見せた暗い陰りは薄らいでゆく。第三者に有りの儘の気持ちを伝えたことで、却ってその顔には若者らしい生気が甦る。それを見て取った橘は、この青年の将来を案ずる必要のないことを肌で感じた。サックス奏者への道がどこまで三村に用意されるかは分からぬが、今の決意を聞く限り挫折はないことを確信した。彼はバーテンダーの注ぐ酒を口にしながら、ふとこの若者にも祝福を与えたいと思いついた。新居を構える者たちの門出を祝うことは当然として、明日を見詰めて羽撃こうとする者に幸多かれと願う気持ちに変わりはない。

「所で、今月一杯三村君はここで勤めるということだよね」

「ええ、次が見付かるまでは、直ぐという訳にはいきませんので。ホテルとはそういうことで話がついてるんです」

「だったら、それまで二週間近くの時間がある訳だね、こちらでの」

「そういうことになります」

「毎日体は忙しいの、引越しも含めてあれやこれやと」

「ははは……橘さん、僕のアパートにはこれという家財道具なんてありませんよ。殆ど身一つで東京へ出て行くだけです。まあ、目立ったものと言えばサックス位かな」

「そうか、それは好都合だな」

「何がですか」

「うん、いや、何ね、今ふと思いついたんだが、下では西原夫妻の門出を祝う宴が催されているよね。無論、あれ程の規模という訳にはいかないが、コーラスとバンドのメンバーの有志で、三村君の壮行会を開きたいと考えたんだ」

「いやー橘さん、それには及びませんよ、僕はもうここを離れる人間ですから。それに、壮行会とはちょっと大袈裟すぎやしませんか。今日こうして、橘さんに来て頂いただけでも僕は感激してるんです。もうそれをもって十分ですし、恐らくこれは長く僕の記憶に残るでしょう」

「もし差し支えなかったら僕に任せてくれないかな。たとえ極く少人数でも、形ばかりの送別はしたいんだ。僕らはこちらにいて何も君の応援をすることは出来ない。が、せめて今後の三村君の前途を祝することで、何がしかの勇気付けになればと願うものだからね」

「ああ、それは有難うございます。それじゃあ、お任せすることにしましょう。呉呉も大袈裟にならないように、少人数で」

「うん、分かった。押し付けがましいようだけど、ひと時共に親しく活動した仲だからね」

「ほんとに恐縮です、そこまでお気遣い頂いて」

一人寂しく成田を去るつもりでいた三村だけに、橋の配慮に感ずるものがあってその目頭は熱くなった。涙を見せまいとする彼は、背にする窓の方に視線をやった。折しも離陸便が飛び立ち、何処かへ向けて上昇飛行を続ける所である。

「見えますでしょう橋さん、あれを」

三村は体を横に開き、夜間飛行の機体を指し示した。

「ああ、よくね。どこへ向かうのかなぁ、この時間に」

「今ふと気付いたんですが、これまで恋も仕事も、何一つうまくゆかなかった理由が見えてきたような気がするんです」

「ほう、何かそんな思い当ることでも」

「考えてもみて下さい、ああして人々の夢を乗せて飛び立つ航空機に、僕は毎日背を向けて仕事をしてきた訳です。これじゃあ、自分の夢が叶う訳はありませんよ。これは偏に位置が悪いんです。やはり僕はここを離れ、夢と向き合う日々を作る必要を強く感じますね」

「ははは……それは当っているかどうか分からないなぁ。まあ、しかし理由はともあれ、何かを機に勝負に挑むというのも男の生き方だろうからね。君の言うように、正に今が最後のチャンスなのかもしれない。後々、この決断に誤りはなかった、という日のくることを願うよ」

二人が打ち解けた話を交わす所へ、新たな来店者が席に着いた。三村との話にちょうど区切りがついたことから、橘はそこで再会を約して席を立った。西原夫妻と三村との旅立ちには異質のものがある。両者を同列に並べることは出来ぬとしても、明日を見据えて生きる者に橘は輝きを感ずる。殊に、単身東京へ出る三村と自分とを重ね合わせるにつけ、かおるへの追想に浸っているだけでは先の開けぬことに思い当る。彼は、自らも旅立ちをする身であることに気付いてエレベーターに乗り込んだ。

西原夫妻が熱海への短期間のハネムーンを終えて間もなく、暦は二十四節気の小雪を迎えた。三村慎二の壮行会はこの日に、ビューホテルのメインバー「モンルポー」で行なわれた。当初はスターライトを予定していたものの、予想以上の参加者となってより広いこちらに移った。バンドからは九名、コーラスグループからは橘の他に梨花、ひづる、雪乃、鞠子、妙子に加えて順子が顔を見せた。三村が意外に感じたのは順子の出席である。いつもの屈託のないその笑顔に彼の心は揺れ動く。この気紛れ女を過去の時間に置き去りしようとしていた彼に、その出現は穏やかならぬ波紋を投げつけるからだ。これをもってこの女とは永遠の別れになると思うと、彼は胸締め付けられる思いに迫られる。せめて彼女が義理でこの場に表われ、十分な距離を取っていれば救いようもある。所があろうことか、順子は誰よりも多くこの日の主役に話し掛けるではないか。

「ああ、この女は一体どういう神経をしているんだ」

三村は、歓びと胸苦しさをない交ぜにして心の中で呟く。結局、壮行会は彼に、順子への想いとその魅力を再確認させるものとなった。全員の志から出た餞別を彼に手渡したのも順子である。包みから出てきたボールペンと、五線紙に綴られた本格的な楽譜帳について彼女はこう説明する。

「これはね、三村さん、あなたがサックス奏者になるだけではなく、編曲や作曲も同時に行なえる人となることを願って皆が考えたことなの。その方が、音楽に携わる人としての幅が出来て強味にもなるでしょう。必ずしもそれはジャズでなくったって好い訳よ。ガーシュインのように、ジャズ畑からクラシックの作曲家に転向した人もいるわ。逆に、ラベルはジャズを取り入れた作曲家として知られている。ジャンルはともかく、作曲も出来る演奏者となることを視野に入れてはどうかしら。全く別の分野に立ち入る訳じゃないんだから、その気になれば大きな負担にはならないんじゃないの。ともあれ、壁に突き当ることがあったらこれを眺めて頂だい、みんながあなたにエールを送っていることを思い出して、ね」

恐らくこの発案者は、リーダーの牧田弘貴と橘行憲であることは想像に容易い。それが他の者たちの賛同を得て、二つの品になったと考えられる。だが、それが順子によって贈られてみると、三村はその手を握り締めて熱い想いを伝えずにはいられぬ衝動に駆られた。これまで作曲などは考えたこともなく、曲作りは彼の頭の外に置かれていた。今、順子の言葉を通してその誘いを受けたことで、彼はそんな道もあることに気付かされた。彼女を我が物とすることは不可能としても、ここで三村は、この相手を過去の人として捨て去ることへの疑問を抱いた。無理に順子を抹消するのではなく、変わらぬ憧れを抱いたまま目指す道へ進むのも選択肢として有り得る。どの道彼女を忘れる日は来るのだ。それは自然な形に任せよう、と三村は自分の中で合点した。

場面十五

橋家へのフリーパスを得たさと子のピアノ練習は熱心に続いた。殆どそれは日課となり、特別のことがない限り、彼女がこの家に姿を見せぬことは珍しい。ベルを鳴らしてから鍵を使う教えは守っても、幼子の感覚として、この家は既に他家ではなくなっている。我が家同然にここに出入りする彼女に嬉しいことが、もう一つある。主人が不在であっても、冷蔵庫に必ずおやつが用意されていることである。練習の合間に或いは終えた後に、日々変わるそのおやつを見てさと子の口元は自からほころぶ。今日は何が冷蔵庫に入っているかを想像するのは、橋家へ向かう彼女の足取りを軽くする。練習は概ね二時間程度と決めてある。この時間内で少女は、ハノンの六十練習曲とソナチネに取り組む。指導は橋と母親が適宜行なってきた。こうした環境の下、呑み込みの早いさと子の上達の度は一段と加速を早めた。

毎回、さと子は夕方までには練習を終えて帰る。それまでに橋が帰宅することは稀で、彼の休日以外は、一人さと子だけが橋家で過ごすことになる。母親についてもほぼ同じことが言え、幼子は親の迎えを待たずに家路に着く。ただ、美佐子は自分の休日に当る日に限り、娘の迎えと共に厨房に入ることを目的として訪問する。そこで彼女は、さして手の掛からぬ料理を作って橘に供する。物によっては一週間分が用意されるので、主人の台所作業は大いに省ける。かおるの存命中に何度も厨房に入り、伝授される料理の品数を増やしたことが美佐子の役に立つ。こまめに作る彼女の料理を、橘はいつか当てにするようになった。妻からの直伝だけに味に注文のつけようはなく、どれも満足のゆくものばかりとなっている。このため彼は、材料と調味料を購入するだけで事が足りる。流しの下の収納庫も冷蔵庫も、今や主人に代わって美佐子の持ち場と化しつつある。彼女は自在にそれを取り出し、必要な物を必要な量だけ整える。

妻の死後、橘の食生活の乱れはこれによって短期間にとどまった。それは単に食に限らず、挫折した心の立て直しにも同様のことが言える。美佐子母娘の前で萎えた姿を見せる訳にはゆかず、ひいてはこれが、彼に気力を奮い立たせる元となったからである。さと子に自宅の鍵を預けた時点で、橘はこうした副産物が巡ってくることなどは予想もしていなかった。どこまでも幼子の勉学意欲の助けとなり、自分に出来る必要な手立てを施すことのみが頭にあった。さと子と直接向き合う日は少ないものの、これによって彼は愛らしい幼児を間近にする歓びを得た。さと子が橘をおじさんと呼んで慕うように、彼もまた少女を我が娘の如く受け容れた。それによる心の潤いは、酒に紛れて時間をやり過ごす以上の効果を彼にもたらす。更には、この幼子との触れ合いにより、父親という立場を僅かながらも体験することが出来た。

年の瀬の師走に入り、巷では何かと慌しさが伝えられる。それに伴う行事や正月準備の模様などが、各種メディアで取り上げられる機会が多くなる。橘家ではこれまで、この月はかおるの誕生月に当る特別なものとなっていた。ささやかながらも毎回誕生祝いが行なわれる十二月は、そのことでも素通り出来ない月なのである。今月はそれのない物足りなさを覚える橘だが、この月にさと子が五歳となることを思い起こした。いずれ、母親が娘の祝いをすることは分かっている。それならばいっそ彼は、それを自家で行なうことを美佐子に持ち掛けようと考えた。祝い事は人数の多いに越したことはなく、さと子もそれを望むであろうと思われる。たとえ祝う相手は違っても、恒例行事がそれによって継続されることは望ましい。少なくも寂しくなった橘家の灯を、再び点すことにも通ずるのだ。

当日、橘と美佐子の間には、準備の進め方についてさしたる打ち合わせを必要としなかった。料理は全て美佐子が受け持ち、仕事のある橘は帰り掛けにケーキを購入するだけで事が済む。既に彼はさと子へのプレゼントを用意しており、飲み物も万端整っている。定時の勤務を終えて帰宅した彼は、玄関ドアを開けるなり美佐子とさと子に迎えられた。その晴れやかな笑顔もさることながら、室内全体がどこか普段と違ってみえる。所々、色紙による装飾がホールに施され、見掛けぬ花瓶に花が生けられている。さと子は最上等のおめかしという程ではないが、祝いの主賓らしい装いを見せる。加えて母親もそれに合わせてか、化粧にいつも以上の時間を掛けていることが見て取れる。元々目鼻立ちの整った顔だけに、飾る程に人目を惹く度合いは大きい。先日の結婚式の際にも、順子と並んでさして遜色のないのが美佐子であった。いつもは顔の造りに無頓着な分、こうした時の彼女の美しさは目を引くものがある。

夕食のテーブルに着いた所で、さと子は早速大人たちから祝いの言葉と品物をプレゼントされた。いずれもその贈り物は常々欲しがっていたもので、彼女は手放しの歓びを見せる。五歳という年齢に達した少女は、それまでより飛躍的に自分が成長したかの如くに感じた。これまでは、毎年何歳になったのだと言い聞かされても、数字だけが先行して年齢の意味するものを掴めずにいた。それが今ここに来て彼女は、明らかに自分が乳幼児とは区分される域に達したという誇らしさを味わった。これで妹でもいいようものなら、一層その感覚は強まるであろう。それと同時にもう彼女の目には、小学校への入学すらもが視界に入る。そうなれば大人の世界に一歩近づき、とらえ難いときめきが待ち構えているのだと想像する。尤もそこで彼女が少し戸惑うのは、この先も大人たちへの甘えが許されるものだろうか、という疑念である。母親にであれおじさんにであれ、無条件で甘える心地良さをこの幼子はよく知っているのだ。大人たちの口にする「お姉さん」らしさに近付く願望もさることながら、いつまでも乳幼児でいる快感もまた捨て難い。そのどちらを選ぶべきものか、少女は幾分ずるがしこい目で大人たちを眺めやった。

普段よりは彩り豊かに食卓に賑わいを見せるのが誕生日であることを、さと子はここ二、三年の記憶の中で理解する。しかもこの日には贈り物が用意され、自分を見詰める母親の眼差しがいつも以上に優しくなる。このため当然子供心にも、誕生日の祝いは待ち遠しいものとなる。母と二人だけの日を送るさと子には、自分以外の者の誕生祝いを経験することがない。そのせいか彼女は、それは子供のみに与えられる特権なのだと受け止めていた。大人たちからの贈り物を手にしたさと子は、それを胸に抱き締めながら素直に歓びを言葉に表わした。

「ああ、嬉しいなぁ、おじさんからもプレゼントをもらっちゃって。あたし、お誕生日が大好き。毎日がお誕生日だったらどんなに好いかしら」

「何言ってるのよ、さと子ちゃん、そんなことになったら困るでしょうに」

「どうして。毎日ご馳走が食べられて、こんな風にプレゼントがもらえるのに」

「だって考えてもみなさいよ、人は誕生日がくる毎に一つずつ年を取るのよ。毎日年を取ったら、あなただって直ぐにおばあさんになってしまうじゃないの。どうする、それでも好いの」

「それはいやだー、おばあさんなんてあたしなりたくないもん」

「そうでしょう、お母さんだってなりたくないわよ」

「でも、お母さんはお誕生日のお祝いがないからおばあさんにはならないわ。いつまでもきっと、今のままでいるんだわ」

「そうだと好いけど、そんなことはないのよ。一年経てば、誰だって一つ年を取っていくんだから。お母さんにお祝いがないのは、してくれる人がいないからなの」

「ほんとに。じゃあ、おじさんちはどうなの。子供がいないのに、お誕生日のお祝いはするの」

「勿論するよ。今月はおばさんの誕生月だったから、こんな風にお祝いをしてきたんだ。でも、これからはもうおじさん一人になってしまったから、さと子ちゃんのお母さんと同じように、祝ってくれる人がいなくなってしまった」

「だったら、お母さんもおじさんも今日のように、ここの家でみんなでお誕生祝いをしたら好いわ。お部屋にお飾りをして、ご馳走を食べて、あとでお歌を歌って過ごしましょうよ。そうすれば、みんな楽しく過ごせるじゃないの」

無邪気な子供の提案に、大人たちは顔を見交わして笑い合った。どちらもそこまでを考えていなかったものの、あながちそれも悪くはないという感情を抱いた。で、半ばその気になった橘が美佐子に尋ねた。

「美佐子さんの誕生日は」

「私は四月。橘さんは」

「僕は八月。と言うことは、ちょうど四ヶ月に一度誰かの誕生月に当るという訳だね。面白い回り合せだとは思いませんか」

「ほんとに、何かで測ったように、偶数月がそれぞれの誕生日に当たるなんて」

「じゃあ、さと子ちゃん、新しい年の四月は、ここでお母さんの誕生祝いをしようよ、今日のように三人揃って」

「賛成賛成、お母さんもお誕生祝いをしてもらえるのね。今度はあたしが、お母さんにお目出とうと言ってあげられるようになるんだわ」

「ふふふふ……さあ、もう来年は三十一になると思うと、お目出たさも吹き飛んでしまいそうだけど」

「なーに、まだまだ美佐子さんがおばあさんになるのは当分先のことじゃないかな」

「そうかしら。もう今では、誕生日のくるのが怖いような気がしてますけど。だから、この所自分のことは置いて、この子のお祝いだけをしてきたんですの。子供が大きくなるということは、自分の年が増えることを意味するでしょう。嬉しいような寂しいような、何とも複雑な所があるんですよ。尤も、毎日を切り盛りするのに追われて、年を考える余裕もありませんでしたけど」

「それも一つの歓びかもしれませんよ、親になる者に与えられた。残念ながら僕ら夫婦にはそれがなかった。でも、さと子ちゃんがうちに来てくれるようになって、少しは親となる歓びが分かるような気がしてますよ。子供って、かわいいですからね」

「ふふふふ……今のうちかもしれませんけど」

少女の就寝時間が過ぎても、さと子を中にしての遊びで誕生祝いは賑わった。しばらくはトランプゲームが続き、その後は皆で歌を歌って過ごした。そこでは専ら幼児向けの童謡が歌われ、美佐子と橘が代わる代わるピアノ伴奏を受け持った。

さすがに夜が更けるにつれ、さと子にも遊び疲れが見えてくる。彼女は居間のソファーに身をもたせ、寝るのを惜しみつつも、瞼が閉じ掛けるのをこらえるのが難しくなった。

「さと子ちゃんと遊んでいると時間の経つのが早いなぁ。いつもこんな風にして二人で過ごすの」

「ううん、今日は特別に盛り沢山。でも、寝る前には、何かしら母親らしいことをしてやろうと努めているんです。この娘の話を聞いてやったり、一緒に歌ったり、絵本の読み聞かせをしてやったり、とね。それでこの娘が眠りに着くと、ようやく今日も無事に終わったという安堵感に包まれるんです」

大人たちのやり取りの中に割って入り、さと子は眠い目をこすりながら母親にせがんだ。

「ねえ、お母さん、いつものお歌お願い」

いつものって、と橘が問い返すのを受けて美佐子が応えた。

「眠くなると要求する歌があるんですのよ、面白いことに。だから私はそれを、さと子のおねだり歌って呼んでいるの」

「へえー、そんな歌があるの、さと子ちゃんお気に入りの」

「ご存知でしょう、四季の子守歌よ」

「ああ、あれね。だったら僕がピアノを弾こう、君が歌ってやると好い」

橘はソファーを立ってピアノに向かった。四季の子守歌は、養護施設でのレパートリーに入れてあるので譜面は手近にある。彼はそれを譜面台に据えると、美佐子に目で合図を送るなり弾き始めた。

　うららかな日差しに若葉が萌えて
　野山を渡る小鳥が歌う

咲き初《そ》む花の色あでやかさ
ねんころりねんころり
お空目指して手をかざしましょう
ねんころりねんころり

ひまわりによく似た丸いお顔
小さな腕にトンボが止まる
あんよが出来たら水遊びするのね
ねんころりねんころり
どんな夢をみているのでしょう
ねんころりねんころり

すすきが風に揺れてなびけば
十五夜の月に兎がはねる
おめめを開いて見上げてごらん
ねんころりねんころり

お団子飾ってお願いしましょう
ねんころりねんころり

季節がめぐって雪がちらつき
子犬がはしゃいで元気に走る
お外においでと雪だるまさん
ねんころりねんころり
おこた離れて覗いてみましょう
ねんころりねんころり

母親の声に聴き入る内、さと子は終わりまでゆく前にすっかり瞼を閉ざしてしまった。力なく母体に身をもたせ、小さな心は夢の境地へ飛び立って行ったかと思われる。

「大体いつもこんな調子なの、自分でも眠くなるのが分かるのね。世話がなくて好いとも言えるけど、このごろは大きくなったものだから、抱き上げるのに少し骨が折れるようになってしまったわ」

「ふふふふ……かわいいじゃないですか」

二人が顔を見交わして笑みを浮かべている所に、少し前に降り始めた雨音が室内にも届く程大きく聞こえた。両人共しばらく耳を澄ませて様子を窺った。雨粒はガラス戸をも打ち付け、明らかに天候の変化を告げている。

「雨が段々強くなってゆくようだわ、昼間はそんな気配はなかったのに」

「いつの間に降ったんだろう。この分だと、外はだいぶ気温が下がっているかもしれないな。良かったら泊まっていくと好い、この子に風邪をひかせてはいけないから」

「好いんですか」

「僕の方は構わないよ。枕が違ってちょっと落ち着かないかもしれないけど、君が一緒なら、さと子ちゃんは夜中に目を覚ましても驚かないだろう」

そう言うなり、橘はそっとさと子を抱き上げて二階の寝室へ歩み始めた。美佐子もそれに続いた。度々橘家を訪れる彼女も、二階へ上がるのは初めてとなる。洋間の寝室には暖色系のカーテンが下がり、二ヶ所に六号程の風景画が掲げられてある。派手に飾り立てられる所はないが、母娘二人の狭いアパートとの相違は即座に分かる。

既に深い眠りに入ったさと子の寝顔を、大人たちはベッドの端に腰を下ろして見守った。愛情に満ちた両者の優しい眼差しは、互いの間に生まれた我が娘を見詰める夫婦の姿に通ずるものがある。とりわけ橘にとってこの光景は、長年願望を込めて妻と語り合ってきた一場面と言うことが出来る。

「念のため、蒲団をもう一枚掛けてあげようかな。明け方に掛けて、思いの外気温が下がるといけないからね」

「橘さんはどこでお休みになるの」

「隣に和室があるから大丈夫。それじゃあ、僕らもこれで休もうか。明日は二人共通常時間の勤務だよ」

「そうでしたね」

橘は就寝の挨拶を残して部屋を離れた。それをドア越しに送って踵を返した美佐子は、つとかおるの使っていたドレッサーの前に座って自分の顔を覗き込んだ。これまでの娘の誕生日とは違いこの日は、自身晴れやかさに包まれるのをひしひしと感じた。暖かでゆとりのあるこの気分こそが、結婚当時に描いた理想の家庭像であったのだ。今回さと子も存分にそれを味わい、人並みの幸福感に浸ったことであろう。鏡を見詰める美佐子の瞳は、この先そうした日々の待ち受けていることを確信しているかのように映る。しばらく母親役に徹してきた自分が、再び女を意識する日の近いことを予感してその口元はほころんだ。


——完——

ダイヤモンドが微笑むときは

2015年3月23日　初版発行

著者
水島　桜水

発行・発売
創英社／三省堂書店
〒101-0051　東京都千代田区神田神保町1-1
Tel：03-3291-2295　Fax：03-3292-7678
制作／プロスパー企画
印刷／製本　藤原印刷

ISBN987-4-88142-899-3 C0093